走，我的青春年少

青野闲人 著

中国华侨出版社

图书在版编目（CIP）数据

别走，我的青春年少 / 青野闲人著. —北京：中国
华侨出版社，2015.7

ISBN 978-7-5113-5553-9

Ⅰ.①别… Ⅱ.①青… Ⅲ.①长篇小说—中国—当代
Ⅳ.①I247.5

中国版本图书馆 CIP 数据核字（2015）第 154933 号

别走，我的青春年少

著　　者 / 青野闲人

策　　划 / 周耿茜

责任编辑 / 文　喆

责任校对 / 孙　丽

装帧设计 / 一个人·设计

经　　销 / 新华书店

开　　本 / 880 毫米×1230 毫米　1 /32　印张 /9.5　字数 /249 千字

印　　刷 / 北京中印联印务有限公司

版　　次 / 2015 年 8 月第 1 版　2015 年 8 月第 1 次印刷

书　　号 / ISBN 978-7-5113-5553-9

定　　价 / 32.00 元

中国华侨出版社　北京市朝阳区静安里 26 号通成达大厦 3 层　邮编：100028

法律顾问：陈鹰律师事务所

编辑部：(010) 64443056　64443979

发行部：(010) 64443051　传真：(010) 64439708

网　址：www.oveaschin.com

E-mail：oveaschin@sina.com

目录
Contents

第一章

四 小 天 王

"菊花残，满地伤，你的笑容已断肠……"课间十分钟，高三（6）班教室的李锐又哼起这首歌。

"Stop！我说菊花哥，你能不能换首歌唱，天天听你唱，我耳朵里的鼻毛都长长了不少，你要认清形势，你那个公鸭嗓子要是能唱出这个高调来，我就请你吃一个月的鸡屁股。"高三（6）班的高富帅聂少拍了拍李锐的肩膀，一脸诚恳地说道。

"你还真是个奇葩，耳朵长鼻毛。你是不是上厕所又没洗手往老子身上擦？"李锐突然意识到不妙，耸了耸肩，抖掉聂少修长细腻的小手，有点厌恶地说道。这家伙每次都会打断自己的雅兴，到现在为止，那个你的笑容已泛黄，从来都没有唱出来过。

"没有，没有，只是洗了手，湿湿的，感觉很不爽。"聂少坐在李锐的身后邪邪地笑道。这笑容，足以让班里的女孩子抓狂了，只是在此刻李锐的眼中，那张脸，让他有想毁掉的冲动。

一爷们，长一个娘们的脸算什么？或者说，长得这么妖孽干什么？

"我去，这么挫的笑声你也敢对我放出来？你是在逼我拿我的御用宝刀捅死你吗！"说完李锐就提起身边的晨光0.5毫米的水笔想往聂少的肚子捅去。

"嘘，你们俩别闹了，给我50块钱，我告诉你们一个秘密。"正在俩人打闹的时候，高三（6）班的百事通程杨瑞打断道。

"30。"聂少还价道。

"不行，40最少了，这还是看在同班同学分儿上。"程杨瑞眼珠子一转地说道，他的这长相，天生就是一个做生意会亏本的料。

"20。"聂少不为所动。

"35。"程杨瑞见聂少态度强硬，没办法，再次降低价格。

"10块！"聂少偏过头去，一副爱理不理的样子。

"好吧，那咱就按你先前说的，30。我可是亏本大甩卖啊。"程杨瑞露出一个苦瓜脸来。

"5块。"聂少好像没听到一样。

"好，成交！"程杨瑞欲哭无泪地一把握住聂少修长的小手，生怕他的手指再变，不能再少了，在这个班里，会花钱买消息的也只有聂少一个人了。

"拿来吧！"聂少拇指在食指上面蹭了蹭。

"啊？我给钱？"程杨瑞傻眼了。

"咳咳，菊花哥啊，你记不记得那会咱俩上楼梯的时候看见某个家伙拿着手机在玩，不知道老师看见了会……"聂少的话还没说完就见程杨瑞脸色一片惨白。

"聂少，哦，不，超哥，给，这是10块钱，你拿着，你拿好啊，我什么也没做，我也没来过哈，你没看到那是我啊。"程杨瑞哆嗦地从口袋掏出 10 块钱放在聂少的身前，转身想走。

"慢着……"聂少用极为阴阳怪气的调调叫着。

"超爷，您，您还有什么吩咐？"程杨瑞脸色十分不自然，一旁的李锐脸都憋红了，差点笑喷了。

"说好的消息呢？"聂少晃了晃手中的 10 块钱。

"哦哦，今天我们班要转来一名学生，是个女的，长得不知道，名字不知道，三围是 32、21、34。"程杨瑞一口气说了出来。

"鬼扯，长相、名字不知道你却知道三围，你神啊！"李锐忍不住地吐槽道。

"算了，也别说我聂超不够意思，来，按照说的，打赏你 5 块钱，来，找我 5 块！"聂少将那个 10 块放在程杨瑞的手里。

"谢谢聂少。"程杨瑞一脸尴尬地扔下 5 块钱转身就逃了，边走还边骂着：我花钱还要我说谢谢，什么世道啊，赚钱真难！

"哇哈哈哈哈。"李锐终于忍不住放声大笑，与聂少那种媚笑的含蓄不同，如果说他那是小家碧玉的浅笑，李锐这就是浪荡不羁的狂笑了。

"别这么没节奏、没情调的笑好不？容易得阑尾炎的！"李锐一旁戴眼镜的家伙捂着耳朵叫道。此人乃是高三（6）班一代学霸、传闻中的爆破专家化学课代表朱俊宏，因为这家伙的化学实验经常弄的不是起火就是爆炸的，所以叫作爆破专家。

"我笑跟我得阑尾炎有什么关系。"李锐止住了笑声好奇地问道。

"很简单，当人在笑的时候，气管往往是开着的，没节奏的笑声让气管进气不畅，排气不灵。从而导致肠胃淤塞，大小便失禁，最后阑尾炎了。"扶了扶眼镜，朱俊宏一板一眼地说道。

"我去，什么狗屁理论，照你这样推理，聂少的挫笑还会让他大姨妈来的不规律呢。"李锐看了一旁正在得意地笑的聂少说道。

"你妹，你们两个扯，跟我的大姨妈有什么关系，不对，老子哪儿来的大姨妈？"聂少一时口误，惹得李锐和朱俊宏笑的前仰后翻。

"咳咳，正经点，难道你们对新来的妹子不感兴趣吗？这可不像你们的风格。"正在三人打闹的时候，聂少旁边的一个一直默默不说话的男生开口道。

这人是高三（6）班的刘星宇，长得帅气，但是不喜欢说话，又喜欢装酷，待人不怎么热情，对妹子也是，看起来给人的感觉就像是一副冷淡的样子。

"是啊，新来的妹子怎么样啊？"李锐率先开口道。

"哎，要不要咱们四小天王在这新同学身上找点乐子呢！"李锐不怀好意地说道，整蛊恶搞什么的，他最拿手了。

"行啊，你说玩什么？"聂少第一个应和道，对于他来说，是唯恐天下不乱的。

"来个真心话大冒险吧，真心话咱就省掉，谁输了，谁去跟她约会，下午6点，学林路清风桥上见。然后我们不去，好不好？"李锐提议道。

"这会不会不好啊，人家毕竟是新同学，会不会说我们欺负人家？"朱俊宏有些顾虑地说道。

"我去，你忘记我们四小天王的座右铭了吗？"李锐伸出右手，放在四个人的中央。

感受到李锐的意思，聂少第一个把手放了上去，刘星宇第二个，朱俊宏怯生生的，却被刘星宇一把拉过来放在上面。

"四小天王，混世魔王。不谈恋爱，专门使坏！"

第二章

新 生 来 袭

"好，那我们老规矩，剪刀石头布，输了的人去。"聂少提议道。

"我去，能不能别用这么土鳖的方法？高端、大气、上档次一点不行啊？"李锐一脸不屑地叫道。

"哦？高端、大气、上档次？菊花哥说说看，你有什么方法？"聂少饶有兴趣地问道。

"很简单，咱们玩夹子包布锤！"李锐眨了眨眼睛说道。

"滚！"聂少、朱俊宏、刘星宇三人不约而同地一脚踹了过去。

"好吧好吧，我不闹了，咱们玩黑白，怎么样，够大气了吧。"李锐拍了拍屁股跑回来说道。

"黑白？怎么玩？听起来还不错。"刘星宇面露倾听之色地问道。

见三人面露倾听之色，李锐得意地说道："就是手掌是白，手背是黑，伸出去，颜色不一样的就输了。"

……

三秒钟后，教室响起了不绝于耳的杀猪声。

"哈哈，死猪，是你，我可要坐等你的好戏！"李锐揉着屁股一脸幸灾乐祸地说道。刚才朱俊宏下手可没留着点，现在猜拳他可输了。

"好吧，等她来了，我就去。"朱俊宏摆着一个苦瓜脸说道，想不到自己还是要做一回恶人，唉，世风日下啊！

聊着聊着，上课铃声就响起了，最后一节课是自习课，一般老大都会来闲逛的。这不，说曹操曹操就来了。

进门的是一位身穿西装的老师，耳朵上面还夹着一根烟，如果你以为他和蔼可亲你就大错特错了。他的那钛合金的眼镜可以看穿你一切作弊的小伎俩，他那无坚不摧的嘴巴寥寥几句就能让你无地自容，他就是高三（6）班的掌门人，人称"灭绝师叔"——聂木水。

当然，他之所以能如此出名，跟他的三个"特别"是离不开的：特别能喝酒、特别能抽烟，还有特别能战斗。别小瞧这个个子不高有点像小流氓的老师，他一身功力出神入化，且不说铜皮铁骨百酒不侵，就是他那认真较真的严肃劲儿就让你服服帖帖地耗不下去。

"班里来了人，进来。"简单迅捷，聂老师说话从不拖泥带水，彰显一代绝世高手的风范。

聂老师话音刚落，一个羞答答的女生挪了进来，一进门就吸引了全班男生的目光。

"我靠，程杨瑞这孙子的数据是不是报错了，这也是32?"李锐不满地叫道。

"别说，除了那个地方，这女的还挺清秀的，属于第三眼美女。"聂少取下眼镜，把玩着手里的纸条，一副我没兴趣的样子。

这家伙，把女孩分为三类，第一类就是第一眼美女，说的是那些一看就是心动的快要死掉的女孩。用他的话说，就是：come on baby！第二眼美女就是相貌一般，但是身材姣好的女孩，用他的话来说：熄了灯，凑合着过吧。对于第三眼美女，那就是要细细发觉的，有可能是宝藏，有可能是破烂。用他的话说，就是：你很美，就是美的不明显。虽说不全是，但也可见其心多坏了。

"小猪，你的作业本湿了。"刘星宇拍了拍朱俊宏，低下头继续看自己的恐怖小说去了。

"啊？啊！"朱俊宏应了一声，赶忙地低下脑袋，拿出一本化学书来。

"大家好，我叫曾露，别被我文雅的外表蒙住了哦，我可是很活泼的呢，初来贵地，请多多照顾，谢谢！"曾露望着台下的众人，微笑着说道。

"好！说的好！"朱俊宏像个二愣子一样的拍着手掌高声叫着，在稀稀拉拉的掌声中，朱俊宏的声音特别突兀，引起一片目光。

"我真想一巴掌把你给踢出去，这个女生讲的有啥好的，至于你这么土鳖的憋这么大的劲叫吗？你看班里谁跟你一样这么土？"李锐抬起脑袋一脸不屑地说道。

砰、砰、砰！

李锐的话音未落，身后传来一顿敲桌子的声音，吸引了全班人的目光，包括曾露的。

"太好了，讲的真是太好了，感动的我都快流泪了！"一个大个子的男生傻不拉几的拿着自己的一个椅子腿站了起来，刚才的桌子就是他敲的。

天哪，这世界怎么了，要不要这样？李锐顿感自己三观尽毁，难道这是男性审美的新潮流吗？

这个敲桌子的人不是别人，而是高三（6）班的另一位学霸——英语课代表蔡灯。其成绩跟化学课代表的不相上下，是班主任的左膀右臂，这也是为什么他敢当着老师的面有如此举动的原因。

"呃哦，你俩又成对手了。"聂少漫不经心，优哉游哉地剪着手指甲，一副世外闲人的样子。

"咳咳……"班里的嘈杂被聂老师的声音所碾压。

40分钟的课，很容易过，当然，因为大部分人在走神。

不过，下课铃声就像是兴奋剂一样，让李锐四人来了精神。

"去去，按照约定的来！"李锐催促道。

"等等，我还没酝酿好，我、我……"朱俊宏有点紧张，就这么贸然地去搭讪有点不好吧。

"你以为你孵蛋啊，还酝酿，去吧你！"李锐推了朱俊宏一把。

"等等。"聂少拉住了朱俊宏，说道："这样吧，你要是不好说，看在兄弟一场的份儿上，我教你说，你说你姓吴，能问下你下午6点有空不？"

"为什么说姓吴？"朱俊宏挠了挠脑袋问道。

"唉，叫你这么说就这么说，就当作附加的惩罚，再说，你也不想她知道你真名叫什么吧。"聂超推了一把朱俊宏说道。

眼望朱俊宏慢慢地向曾露所在的位置挪动，李锐按捺不住心中的好奇，问道："为什么要说他姓吴？这个理由说不过去啊。"

聂超坐下身来，右手扶了一下额前的头发，一副自信满满的样子说道："你们知道朱俊宏跟女孩子说话会发生什么吗？"

"结巴啊，他一跟女孩说话就结巴。"李锐不解地答道。

"嗬，说得不错，好戏即将上演。"聂少胸有成竹地说道，也不再理会一头雾水的刘星宇和李锐。

曾露正在整理桌上的书籍，这个时候一个男生拍了拍她的肩膀，曾露回过头来，却发现是刚才那个鼓掌最大劲的那个人，微笑着说道："你好，有什么事吗?"

　　面对曾露这天使般的微笑，朱俊宏一下子把持不住了，不过一想到自己完成不了任务回去会被鄙视，所以横下一条心，死就死吧："我……我……姓吴……能……能……"后面的字句，朱俊宏感觉有点不对劲，而且他发现后面的话自己怎么有点说不出来了。

　　"啊?"曾露小脸通红，忍不住地学着朱俊宏的口吻说道："同学，你，你'性无能'跟我有，有关系吗?"

第三章

一 纸 战 书

"曾露，这个数学题你来解答！"灭绝师叔指了指黑板上的一个二元一次方程"$X^2 + X = 0$"说道。

"$X = 0$。"曾露很速度地在黑板上面写了这么个结果。

"哇，这么难的题目她都做得到？"李锐咬着笔尾一副思索状叹道。

"全班也就你这个傻货做不到，我早就知道了。"聂少一脸鄙夷地说道。

"扯，尽给我放马后炮，实不相瞒，我昨天就知道。"李锐一本正经地答道，在兄弟面前，什么都可以不要，就是面子不能不要。

"这个题目老师才出的吧……"朱俊宏不识时务地补了一句。

"一边凉快去，我是说我昨天就知道灭绝师叔要出题目考我们！"

……

"曾露，这个题目，你做错了，你们以前老师是怎么教你的？"灭绝师叔瞪了曾露一眼，虽然是个转校生，但是来了这个班就是自己的学生，就要给她个下马威。心想：要知道，咱灭绝师叔的霸气可不是浪得虚名的。

面对老师的逼问，曾露深深地低下了头，因为尴尬而脸红的分外鲜明，不过她还是不清楚自己哪里解错了。

就在这个时候，一个不合时宜的声音在这个暴风雨前的宁静的教室突兀地响起。

"老师，这个题目的答案是 0 和 -1，曾露同学解出了 0，已经相当不错了。既然她解出来了一部分，就说明她有这方面的努力，虽然距离成功只有一步之遥，但是我们不能忽略她的努力，更不能因为只差一步而责备她，您说不是吗，聂老师？"说这话的，不是别人，正是李锐旁边的朱俊宏。

"我没看错吧，呆子救美啊！导演，这家伙拿错剧本了吧！"李锐被突然站起来开口的朱俊宏吓了一跳。说出了一班人的心声，在灭绝师叔的课堂上，敢这么维护一个人？李锐、刘星宇和聂少顿时对这个家伙刮目相看了。

面对朱俊宏这突如其来的打断，聂老师也不好发飙，只能悻悻地走回讲台，而这个时候，曾露回过头来，很是感激地看了朱俊宏一眼。而这个片刻，特别的宁静。

谁曾想，事情还没这么结束。

"谁说曾露她解错了？我说她根本没错，这个题目也没说答案要你写两个，有些问题不需要回答那么多，虽然都符合条件。所以我坚持认为曾露没错，而且我也相信她知道全部的答案，不写而已。"话音刚落，整个教室里的人都呆住了，包括朱俊宏和曾露，一班人面面相觑和难以置信，李锐甚至在课桌下面给了说这话人的一个大拇指，这可是第一次当着全班的面，挑战聂老师的权威，第一次挑战灭绝师叔的底线。

"蔡灯，到我办公室来。"聂老师没有再讲课，径自地走出教室，临走的时候，李锐等人还看见灭绝师叔脸部抽搐的肌肉，这是发力的前兆。

"哼！"蔡灯很不屑地望了一眼朱俊宏，跟着出去了。

"天呐，这是不畏强权，为爱壮烈牺牲的节奏啊。"一时间，我们觉得蔡灯的形象在我们的心中高大起来，而朱俊宏，矮了好多。

"唉，他技高一筹。"聂超又拿出指甲剪修理着自己的指甲。

老师一离开，班里就炸开了锅，这次，蔡灯敢当着全班人的面羞辱朱俊宏，挑战灭绝师叔的威信，他会死得很惨吧。

蔡灯是上午第一节课被老师叫出去的，直到最后一节课才被放了回来，不过他的神情并不是很差，这人，抗打击能力还真不是盖的。

"哼，给你。"蔡灯很霸气的丢了一张字条在朱俊宏的桌上，李锐眼贼，朱俊宏还没打开，李锐就抢了过来，当着几人的面大声念着。上面内容如下：

死猪：

晚8点，学林路清风桥，不来不是男人。

纯爷们留！

"我靠，这难道是约会？"李锐大吃一惊地叫道。

"约会，这很明显的是战书好吧，都不知道你脑子怎么长的。"聂超忍不住地叫道，真为这家伙的智商着急。

"啊？战书？感觉不妙啊，蔡灯那么大个，听起来……"李锐反应过来说道："爽死了，哈哈，死猪要为了一个女生跟纯爷们干架，这绝对是爆炸性的新闻啊，哈哈。"

"别笑好不好，你没看朱俊宏一脸严肃吗？你还是不是兄弟，还是不是哥们？"聂少推了一把李锐，不悦地说道。

"好吧，我错了，那聂少你说，该怎么办？"李锐意识到了自己的错误，赶紧地止住了笑声，关心地问道。确实，虽然大家平常打打闹闹的，可是对于特殊事件还是比较严肃的。

"还能怎么办？"聂超做出一个无奈的表情说道："肯定是先开个赌局，猜谁赢撒，我赌蔡灯，一比一赔率，朱俊宏的一赔一百！"

"你不是说兄弟吗？你这算啥子兄弟？"刘星宇也大声感叹了一下，这可是很罕见的，不过随手从口袋里面掏了 10 块钱："来，我赌蔡灯赢！"

……

"好了好了，买定离手。"聂少收了钱，一脸无奈地看着朱俊宏："你会去吗？"

"唉，有些事，是时候该解决了，有些东西，是你的，就是你的，躲不掉的，这一次，我不打算再逃避了。看在兄弟一场的份儿上，如果我死得很惨，希望你告诉我爸爸妈妈，我爱他们……"朱俊宏眼圈红红的低沉地说道，语调中充满了凄凉。

似乎被朱俊宏的气氛所感动，李锐三人也放下了戏谑。

"不行，怎么说我们也是兄弟一场，虽然很想看你死的过程，但是我们还是不想你死，我们还是做些准备吧，不怕一万就怕万一。"李锐难得一本正经地说道。

"那你有什么办法？"聂少问道。

"工欲善其事，必先利其器，不准备点武器防身，岂不是太亏了？"李锐压低声音说道。

"你是说你要把你的那把御用宝刀 0.5 毫米的水笔给朱俊宏，让他拿着戳死蔡灯？"聂少不解地问道，这想法虽好，但是也太不切实际了吧。

"算了，还是用我的吧。"刘星宇突然开口道，吸引了众人注意力。

"你有？"三人异口同声地问道，这个平常不怎么说话的家伙怎么会在这个时候这么靠谱呢？看刘星宇一脸严肃的表情，原来他还藏着宝贝，真人不露相啊！

"什么什么？是含笑半步颠、锁魂鞭还是奥特曼激光棒？"李锐霸气地问道。

"你小说看多了吧，再说，那算什么，看！"刘星宇打开抽屉，在三人目不转睛地注视下掏出一把"十八子作"的菜刀。

"噗，你把你家菜刀都拿出来了，你妈妈知道不？"李锐大失所望地问道，虽说李氏菜刀风靡全国，但是并不是什么场合都适合的。

"没事，我削完铅笔就还回去，昨天卷笔刀丢了。"刘星宇解释道。

……

"你不是要借给朱俊宏吗，还怎么还回去？"聂少无语地问道。

"没事，我爸妈晚上出去吃，发现不了，为了兄弟，我就借他一晚上。"刘星宇大义凛然地说道。

"好兄弟，我……"朱俊宏声音哽咽，面对这帮好兄弟，他不知道再说些什么了，只能默默地收下这菜刀，收下兄弟们的情谊……

第四章

高 手 对 决

学林路，清风桥。

"你，终于来了……"毫无人气的一句话，像是在问人，更像是问空气，寒风吹着蔡灯的斗笠，谁也看不清楚他斗笠下的表情，此时月黑风高，两人将要在此刀光剑影地进行旷世之战。

"公交车堵了，来晚了点。"朱俊宏褪掉黑衣，活动着筋骨。

"亮家伙吧。"蔡灯不动声色地说道。

"彼此彼此。"

只见朱俊宏右手伸入怀中，掏出一物，借着月光，反射着森冷的光芒。

"果然是高手！"蔡灯一惊，略微后退一步。

"呃，不好意思，拿错了。"朱俊宏赶忙将手里早上没吃完的馒头扔掉，从衣兜里面掏出一把利刃，借着月光，再次反射着幽幽寒光。

"这刀，锋锐而小巧，霸气而委婉，好刀好刀。"蔡灯仔仔细细地看了一眼："什么牌子的?"

"你不需要知道什么牌子的，因为……"朱俊宏手中的刀一横。

"既然如此，那我们开始吧。谁赢，谁就可以跟曾露在一起。"蔡灯倏地取掉了斗笠，露出一样冷峻不失二百五的脸。

"君子一言。"朱俊宏不为所动。

"驷马难追。呀啊啊啊啊……"蔡灯突然发力，大喝一声，同时青筋暴起，右手握拳，脚一蹬，整个人如脱缰的野猪冲了出去，俩人的距离瞬间拉近200米，只余3米不到，对高手来说，这个距离就是过招的绝佳时期。

果不其然，只见蔡灯脚步一蹬，整个人腾空而起，瞬间切到朱俊宏的身前，同时大喝一声："请问，哪位历史人物最欠扁!"

"苏武，苏武牧羊北海边（被海扁）。"

"呦，不错嘛。"蔡灯猛然后退一步说道。

"哼，要你说，123456789哪个数字最勤劳，哪个数字最懒惰?"朱俊宏举着菜刀问道。

"1最懒，2最勤，一不做二不休。"蔡灯不假思索地说道。

"你也不赖嘛。"朱俊宏退后一步。

第一回合，俩人打了个平手。

"看来不来点真功夫还玩不过你。"朱俊宏退后一步说道。

蔡灯冷冷一笑："哼，尽管放马过来吧!"

"一头公牛加一头母牛，猜三个字!"朱俊宏语气急促地问道，这样的题目就需要这样的节奏。

"生小牛!"蔡灯不假思索地答道。

"放屁，是两头牛!"朱俊宏笑道，一丝狡黠的神色从眼角溜走。

"呃，这也能行?"蔡灯的脸色有点难堪，没想到这个朱俊宏居然给自己使绊子。

朱俊宏也冷笑道："不服？那我再问，一头母牛跟一头公牛，猜五个字。"

"一起生小牛。"

"生你个头啊，还是两头牛！"

"……"

"哈哈，傻了吧唧的，玩不过吧。"朱俊宏笑得甚是夸张，这样的题目，蔡灯居然接连犯错，简直笨到家了。

"哼，该我了吧。请问：猪圈的猪跑出来了怎么办？猜一歌手的名字！"蔡灯不甘示弱地反问道。

"抓回去！"

"放屁，有这个歌手的名字吗？"蔡灯学着朱俊宏先前的口吻说道。

"那是谁？"

"白痴，是王力宏（往里哄）！"

"我晕！"朱俊宏有些招架不住了。

这样的机会蔡灯怎可放过？"那我再问：猪又从猪圈跑出来咋办？再猜一歌手的名字！"

朱俊宏咧开嘴一笑，胸有成竹地说道："再王力宏！哈哈。"

蔡灯大笑道："搓货，是韩红（还哄）！"

"……"

俩人喘着粗气，宣告着第二回合的结束。

"想不到几天不见，你的智商拔高了不少啊，跟你爸妈没少扯吧！"蔡灯喘着气笑道。

"呵呵，你也不赖嘛，这么会生小牛！"朱俊宏反唇相讥道。

一言不合，俩人再次较劲了。

朱俊宏率先发难："人为什么走去床上睡觉？"

"因为睡在地上会着凉。"

"笨，因为床不会自己走过来！"

"……"

"我接着问，你和猪在一起，猜一动物。"

朱俊宏想了想："猴，我属猴的！"

蔡灯诡异地一笑："NO，是象（像）！"

朱俊宏脸色一黑："混蛋，敢阴我，问：龟兔赛跑，请猪来当裁判，请问谁会赢？"

这么简单的问题，蔡灯自然不会轻易上当："裁判说谁赢谁就赢。"

朱俊宏呵呵一笑，道："猪也是这么说的！"

蔡灯顿时反应过来了："巴嘎雅路！那我问，小华在家里，和谁长得最像？"

朱俊宏想也没想地说道："肯定是他爸爸！"

蔡灯仿佛抓到了朱俊宏的把柄一样："是他自己！"

"……"

"哈，认怂了吧。"蔡灯喘着粗气问道，自己体力已经有些不支了。

朱俊宏微笑道："我还没问呢，30～50，哪个数字比熊大便还厉害？"

"35吧。"

朱俊宏笑道："是40！事实大于雄辩（熊便）！"

"我噗！"

朱俊宏乘胜追击道："坚持不住吧。最后问你一个，为什么企鹅肚子是白色的？"

"因为遗传他爸妈的！"

朱俊宏摇了摇头："不，因企鹅手太短，洗澡只能洗到肚子洗不到后背！"

"噗……"蔡灯不敌，猛吐一口鲜血，倒地呻吟，"最后一个：为什么自由女神站在纽约港？"

朱俊宏思索道："因为那是她的诞生地，纽约也是美国著名城市。"

蔡灯用尽全身的力气说道："笨蛋，因为她坐不下来！哈哈哈……"

"噗……"闻此答案，朱俊宏也吐血三尺，直接倒地不起。

第五章

班 级 异 样

自从上次高三（6）班爆发两大顶尖学霸的对决之后，整个班级的氛围就变得特别的诡异，具体怎么诡异，谁也说不清楚。

"小猪，走，食堂吃饭去。"已经到了放学时间，聂少跟以往一样拍了一下朱俊宏的肩膀，刘星宇和李锐早就在教室门口等得不耐烦了。

"我不吃了，早上来的时候买了一袋方便面，中午就不用吃饭了，你们去吃吧。"朱俊宏把头埋进一本化学辅导书里面，连抬头的时间都没有。

"为什么突然间这么拼？以你的成绩考班级前三名完全没问题，身体是革命的本钱，先去吃饭吧。你看，那俩货已经等得不耐烦了。"聂少指着门口斜搭着脚，靠在墙上，不耐烦地用右手点着栏杆的李锐说道。

"真的不吃了，我还有一个化学方程式没有弄懂，你们先去吧，再不去，食堂可能就没有吃的了。"朱俊宏仍旧头也不抬地拿出化学教科书，将聂少搁在一边。

"妖聂，你没看见他这么用功地想要研究出原子弹炸死人家蔡灯吗，咱们可不能阻碍他的核研究，我们先去吧。"

李锐最讨厌婆婆妈妈的人了，而且肚子里的馋虫早就揭竿而起了，再不去吃饭，可能都要把自己的心肺给啃了。李锐不喜欢跟别人一样叫聂超聂少，反而喜欢叫他妖聂，虽然聂少很反感这样的绰号，但是李锐就喜欢这么叫，谁让他长着一张这么妖孽的面孔呢。

聂少无奈，只能跟着李锐俩人来到食堂二楼。

在广场高中这儿，食堂有 3 个，不过真正好吃的也就只有三食堂二楼了，不过这里面的饭菜的价格也是普遍高于其他食堂的，一般都是家庭条件不错的孩子常去的地儿。在一般情况下，李锐是不在这儿吃饭的，不过今天不一样，因为是聂少这个大财主请客，李锐自然却之不恭了。

"你们最近有没有发现朱俊宏的异样？"少了一个人吃饭，聂少感觉有些不习惯，以前每个人点一道菜，四菜一汤，挺不错的，不过今天少了朱俊宏，少了一道宫保鸡丁。

李锐鼓囊着个嘴，拿起筷子夹了一块大肉放进自己的嘴里，有些嘟嚷不清地说道："这有什么，他肯定要减肥，都说人怕出名，猪怕壮嘛。"

"吃饭还堵不住你那没把门的嘴吗，他那身材瘦得跟芝麻秆一样，还需要减肥吗？"聂少有些嗤之以鼻，这李锐，都不知道脑子里面在想些什么，跟个小屁孩一样，四肢不发达也就算了，头脑还忒简单，都不知道他怎么长这么大的。

"我也发现有些不对劲，这家伙比以前更加用功了，你看他上厕所的次数就知道了。"刘星宇冷不丁的说出这么一句话。

"上厕所次数？这个怎么了？"李锐有些丈二和尚摸不着头脑地问道。

刘星宇很是神秘地低下头来，聂少跟李锐很是默契地让 3 个脑袋凑到一起，刘星宇压低声音神秘兮兮地问道："小猪今天一上午都没有去上厕所，以前他可是每节课课间都要去上厕所的，你们说，这说明了什么?"

聂少蹙着眉头，陷入沉思，不料李锐拍了一下桌子："很简单啊，说明朱俊宏的前列腺以前有问题，现在好了啊!"

噗……

刘星宇刚吃了一口饭还没得及咀嚼就被李锐的这句话给憋的喷射了出来，猝不及防之下李锐的脸上直接梨花朵朵开。

"八嘎!"李锐不满地怒视着刘星宇，"你说你这个刘星宇，往哪儿喷不好，非要朝我脸上，难道我这帅气的脸型很像盛剩饭的垃圾桶吗?"

"不是你的脸型，我看是你的思想，真想在你的脑袋里面安装个抽水马桶，把那些不干净的东西给抽走。"刘星宇有些歉意地拿出一包纸，抽出一张给李锐，不料李锐一把全部抢了过去，自己还拿出一张，撕成两半。

"那我看，他整个脑袋都没了。"聂少忍俊不禁地笑道。

"不是前列腺问题，还能说明什么?"李锐不满地反问道，很明显的问题怎么他们就都不明白呢?

聂少将手中铁质的筷子放在碗上，很是深沉地说道："恐怕这件事没这么简单，小牛，你最近有没有留意蔡灯，他什么状况?"

小牛，是刘星宇的外号。

"没，他坐在我后面，没有留意。"刘星宇摇了摇头说道，其实，无论男人还是女人，能让刘星宇这家伙留意的很少很少。

"我倒是知道一些。"李锐一边擦拭自己脸上剩余的米饭，一边郑重其事地说道。

"得，你还是别说了，你那张嘴，吐不出什么象牙来!"聂少一脸的鄙夷，不过心里还是对这小子蛮感兴趣的，虽然很不靠谱，但是好在认识的人多，奇闻逸事倒是知道不少。

"不，这次绝不乱说，你们没发现中午的时候，蔡灯也在教室吗？偌大的一个教室里面就他们两个人，你俩就不觉得很奇怪吗？"李锐生怕聂少堵住自己的嘴，赶忙地一口气说完，以此来证明自己关键时刻还是挺有用的。

李锐这么一说，倒是让聂少和刘星宇想了起来，聂少中午喊朱俊宏吃饭的时候，蔡灯确实是在教室。

"你的意思是说他俩在较劲？比拼学习？"刘星宇有些吃惊地反问道，如果事情真的是这样的话，那就不好玩了，要知道，这四个家伙基本上形影不离的，要是少了一个小猪，那要少掉很多乐趣的。

聂少有些赞同地点了点头。

"恐怕，他们别有所图……"李锐神秘地压低声音学着刘星宇先前的动作，聂少跟刘星宇一起凑过头来，看看这不靠谱的小子能看出什么有出息的东西。

"你说的是？"

刘星宇见李锐左顾右盼神经兮兮的样子，压低声音问道。

"他俩想趁教室没人的时候，交流感情……"

李锐的话音未落，杀猪声再次不绝于耳。

第六章
短 暂 邂 逅

从食堂回来的时候聂少还是给朱俊宏带了一个鸡腿，现在大家都是长身体的时候，更别说现在的朱俊宏正在进行大量的脑力劳动，一袋方便面肯定不够吃。

今天的天气不错，万里无云，虽然教室依旧是硝烟弥漫的凝重，但是李锐却丝毫感觉不到压抑感，毕竟自己跟他们的目标不同，他们向往的是大学，而自己的目标则是怎么过好自己的社会生活，当然，这种社会生活的构成元素里面没有大学这个概念。

用聂少的话说，李锐要是能考上大学，母猪都会上树了，灭绝师叔也说了，你这样的学生也能上大学，那我就不会待在这个地方教书了。

原来，自己一直都是这样被人看的啊，虽然李锐心里难免有些酸凉，但是时间长了，听得多了，也渐渐地麻木了，或者说是被催眠了，他也懒得去跟他们辩解了。

"去给大伙买点水来喝吧。"聂少扔给李锐一张 50 元的票子，让李锐去校园超市里面买4瓶饮料来，刚吃完饭，口有点干。

"嘿嘿，这个我喜欢。"李锐小人得志的一笑，迅速地接过聂少拿出的钱，屁颠屁颠地往楼下奔去。

"这家伙，就天天盼着你让他去买水喝。"刘星宇望着李锐的背影，摇着头，会意地说道，这也不是李锐一次两次了。

"他也就这点出息了，不过他倒是一个做生意的料。"聂少整理了一下课桌上的书本，这学期的科目还真多，一桌子加一抽屉都装不下这些要学的书。

聂少的话倒是让刘星宇吃了一惊："就他这样蠢得跟头驴似的，怎么可能是做生意的料，指不定跟程杨瑞一样亏得连裤子都没得穿。"

刘星宇的话，聂少并没有辩解，只是微笑着摇了摇头，依旧整理手头的书本，有些事，只能用时间来解释了，

广场高中的校园占地面积比较大，不过校园超市却只有一家，因为军事化的管理，上课期间学校学生不允许外出，所以校园超市的垄断生意还是很火爆的，虽然价格贵一点，但是50块钱买4瓶水，还是绰绰有余的，以聂少的条件，这多余的钱自然是赏赐给李锐的跑路费了。

也不用再去琳琅满目的冰柜里面精挑细选，毕竟也不是第一次买饮料，聂少和朱俊宏喜欢喝冰红茶，刘星宇喝可乐，自己就喝最便宜的1块5毛钱的冰露矿泉水，一共13块5，自己还能收获不少呢！

李锐挑好了就拿着4瓶饮料往收银台那儿挤去，这会儿超市的人还是比较多的，收银台那儿排起了长长的队伍。

"唔，好香……"

一股沁人心脾的香味也不知道从哪儿来的，直勾勾地钻进李锐的鼻孔，牢牢地抓着李锐的心，让其一阵心神荡漾。李锐忍不住地使劲多嗅了几口。

抬起头来，一个亮丽的背影闪现在李锐的身前，修长齐腰的头发，乌黑发亮的光泽，馥郁迷人的芬芳，让李锐神情一顿，不过看到那个女孩的刹那，李锐转瞬萎靡地低下头来，神色有些窘迫。

前面的这个香喷喷的女孩李锐认识，而且是同班同学。不过虽然同在一个班，但是完全是两个世界里面的人，一个是完美的代名词，一个是被公认吊车尾的坏孩子。

一个貌似注定了没有交集的两个世界的人。

"一共34块5。"收银员将所有的东西刷了一遍对李锐前面的女孩子说道。

"嗯，等等，我刷卡。"前面的女孩声音有点甜，有点腻，听在耳朵里特别好听，不愧是班级的学习委员。

"没带卡可以给现金的。"

李锐在她的身后等了一会儿，也不见这个女孩离开，倒是听到了一个催促的声音，这粗喇喇的声音自然不是这个女孩说的。让李锐没有想到的是这个售货员居然也可以这么温柔的说话，以前都跟个泼妇一样大嗓门的，看来美女的效应还真是显著的。

"我，我先不买了，钱，钱我忘带了。"羞答答的声音有些尴尬地响起，让人忍不住的心底一酸，排了这么长的队，最后出现这么个乌龙，这女孩心里比较难受吧，队伍里面已经有不耐烦的声音响起了，可能是因为快要上课了吧。

"我替你给了吧。"

也不知道自己脑子里面抽什么筋，李锐将聂少给的50元钱递给了收银员。收银员跟那个女孩用同样吃惊的眼神看着李锐，这虽然不是什么英雄救美的桥段，但是确实可以化解此刻的尴尬，女孩有些歉意地低下了头。

"你是我们班的那个，那个……"女孩试图记起眼前这个帮自己解了围的男孩，可是尽管绞尽脑汁，也想不起这个男孩叫什么名字。

一阵凉意袭击在李锐的心中，苦笑着说道："没想到你还知道我们俩是一个班的，不用知道我是谁啦，班里面那么多同学，多我一个不多，少我一个正好。"说完李锐就快步走开了，看来赚不到跑路费了。

李锐的话，有些悲凉，让眼前的女孩有点惊讶。

"我叫梁禄灵，你的钱我会还给你的！"

女孩的声音在李锐的身后依旧甜甜的响起，有点腻，但是听在李锐的心里，却再也不是先前的那种沁人心脾。

梁禄灵，我一直都知道你，可是，角落里的我，你却连名字都记不起……

第七章
只 是 误 会

"Oh，no！又是这么个数，你说灭绝师叔多给我一分会得糖尿病啊！"李锐痛苦地抱着自己的脑袋抓耳挠腮，望着自己数学卷子上面鲜红的 59 分，气个半死，你说多给一分及格该是多好。

"就算老师多给你一分你也及格不了，别忘了，150 分的卷子及格的可是 90 分哦！"似乎要故意打击李锐一般，刘星宇将自己手里的卷子很优雅地翻了一圈，很是得瑟地说道。

"你拽什么拽，不就是 90 分吗？下次我考个 91 分给你看看！"李锐有些不服气地说道，不就是个数学嘛，有什么了不起的。不过貌似自己从来都没有及格过，自己说的这个及格的分数线不是 90，而是 60 分。

"你看你就那点出息。"聂少把刚发的笔墨香味犹存的数学卷子揉成一团，毫不在意地扔到自己桌子边的那个垃圾篓里面，不用说，这家伙得到的数字肯定不怎么满意，潇洒如他，不为数字所左右。

被聂少这么一数落，李锐倒是有些不满地嘟囔着："真是饱汉子不知饿汉子饥，等你们也每次拿个 59 分就知道我的心情了。唉，我的人生真是寂寞如雪啊！不知道什么时候才能会当凌绝顶，一览众山小啊！"

"还一览众山小，我看你是坐在飞机上面放炮，想（响）的真高！"刘星宇忍不住地泼冷水道，这家伙，整个就是死猪不怕开水烫。

"咦，怎么没看见小猪呢？"貌似不想听李锐在那学林黛玉一样唉声叹气，聂少发现朱俊宏的位子上面没有人，开口问道。

还有一分钟就上课了，这个点按理说朱俊宏应该在座位上预习课本了，可是这家伙却不翼而飞了。

"估计去找母猪了。"李锐嘟囔着，把脑袋埋在自己的手臂里面，下一节课是无聊的体育课，鉴于学校的规定，上课还是复习都由自己把握决定，当然，这对李锐来说无疑是宝贵的睡觉时间。

"这件事恐怕没有这么简单，你看，蔡灯和曾露都不在，恐怕事有蹊跷。"刘星宇合上一本侦探小说，模仿一个专业人士，从专业的角度分析道。

"两男一女能整出什么飞机啊，我困了，先睡了啊。"昨晚不知道干吗去了的李锐恹恹欲睡，连插科打诨的兴趣都没有了，或者说，没有必要去弄得那么清楚了，小猪这家伙可比自己靠谱的多，四小天王里面，出乱子最少的也就是这个书呆子了，当然，化学实验除外。

"你这个笨蛋。"聂少有些鄙夷地看了一眼埋头大睡的李锐，巡视了一下四周，看见正抱着一大袋零食往座位上挪动的程杨瑞对刘星宇说道："喏，问他不就知道了嘛。"

程杨瑞刚想坐在位子上面享受刚才的劳动成果，却被一只纤长的小手按住了肩膀。

"妹子，这是教室，不方便哟！"程杨瑞头也不回地将自己的手放在那只纤瘦的小手上，滑腻腻的，皮肤超好。

"你这个死人，恶心死我了！"聂少胃里一阵翻滚，赶忙从抽屉里拿出一张纸，在自己手里擦了又擦，一脸嫌恶的模样。

感觉到声音不对劲，程杨瑞脸色刷的一下白了，赶忙站起身，正好看见聂少不停地晃着右手，而一旁的刘星宇和李锐早就笑的不成样子。

"妖聂，哦，不，聂少，您，您有什么吩咐？"程杨瑞诚惶诚恐地问道，刚才自己鬼使神差地竟然把那双手当成女孩子的，现在想起来自己都觉得恶心，不过没办法，谁让聂少长得这么像女人呢。

刘星宇按捺住心中的笑意问道："你知道小猪去哪儿了吗？"

班里的事情，百事通程杨瑞没有不知道的，对于四小天王，程杨瑞可是一点辙都没有。

"我刚才上楼的时候看见他和蔡灯俩人在学林路小树林那儿，好像在谈论什么事情，具体是什么事情我也不清楚，可能跟他们俩争曾露有关吧。程杨瑞回忆地说道。"

"争曾露？"

聂少三人俱是一惊，先前蔡灯发战书给朱俊宏，三人还是以为玩玩而已，闹过就好了，但是现在看来，事情远远没有那么简单，联系到这段时间蔡灯跟朱俊宏的异样，这应该是很明显的问题，可是3个人却没有看出来，或者说看得出来，但是没有人去深想，毕竟曾露的外貌不太出众，也不是班里什么耀眼的美女，在高三（6）班这个美女如云的大集体里面，曾露连个中等美女都算不上，怎么可能会让朱俊宏看上呢？

至于蔡灯，这家伙纯粹是一个打酱油的料，他是不是真的喜欢曾露很难说。但是值得一提的是，这家伙占有欲很强，也有很强的好胜心，跟朱俊宏是死对头。除了梁禄灵这个家伙稳坐班级第一的宝座之外，唯一能威胁到蔡灯统治地位的只有朱俊宏了，朱俊宏也因此成了蔡灯的竞争对手了，很多时候，蔡灯都疯狂到了不管自己喜不喜欢，只要朱俊宏想要的东西，自己就必须得优先得到它，这家伙已经魔怔了。

"不好，我们去看看。"聂少有种不祥的预感，感觉今天会发生什么大事一样。

"要去你们去，我可不去，两个大老爷们，能有什么好看的。"李锐有些不满地说道，刚刚有点睡意，昨晚跟周公的那盘棋还没有下完呢。

李锐不去？可能吗？

聂少有些不耐烦地说道："不去，中午饭你一个人吃了。小牛，我们走。"

李锐一听这话，什么瞌睡都没了，听这意思，聂少中午饭要请客的节奏啊，天下没有白吃的午饭，但是有白吃的午饭白痴才不吃。

学林路。

"结果已经出来了。"朱俊宏眼中带有分明的自豪与骄傲，这一战，他终于赢了，不仅赢回了美人，更给了这个老对头强有力的一巴掌，也得到了这么些日子压抑的回报。

"哼，愿赌服输，这一次算我栽了，不过你给我记着，出来混的，总是要还的！"蔡灯扔下这句话，扭头就走，真没想到，这家伙居然能拿满分，还是小瞧他了。

望着蔡灯离去的背影，朱俊宏有些苦笑地摇了摇头，这家伙，太自负了。

本来约定好的，这次数学成绩作为两个人的一次较量，谁赢了就有资格跟曾露在一起。本来朱俊宏是说比分数高低的，但是这自负的蔡灯却放出豪言，且不说朱俊宏能超过自己，就是朱俊宏能跟自己拿一样的分数，也算朱俊宏赢。事有凑巧，蔡灯依旧拿的是满分，但是按照约定，蔡灯输了。

一听是满分，李锐忍不住地倒吸一口凉气，这分数足足是自己的3

倍啊。自己还挣扎在水深火热之中，人家早已经腾云驾雾了，一股巨大的落差感紧紧地萦绕在李锐的心头，像是暖日下的阴云密布，压得透不过气来。

"你赢了蔡灯，可是你问过人家曾露的意思吗？"本来不应该在这个时候说这些话，但是身为兄弟，聂少还是忍不住地在朱俊宏志得意满的时候泼了一盆冷水，毕竟这事曾露并不知道，也不知道人家的意思如何。

"不用问了，我知道，肯定有意思。"李锐失落了一下，转眼就好了，开口道。

"你知道？"朱俊宏瞪大了眼睛，有些难以置信地看着李锐，说实话，聂少的问题也是朱俊宏所担心的，毕竟这个赌约是自己跟蔡灯私底下定下的，关键决定人还是在曾露那儿。曾露喜不喜欢自己，朱俊宏自己的心里也没有底。

李锐神秘地一笑，说道："你可能没留意到，第一次见面的时候，曾露看你的眼神就跟我们的不一样，而且你发现没，曾露成绩不怎么好，但是喜欢问问题，他问问题最多的是谁？好像从来没有问过蔡灯哦！"

"嗯，这个我认同！"刘星宇附和道，李锐难得一回正经一点，这次说的确实没错，很多次刘星宇都看到曾露亲自跑到朱俊宏的位子这儿来问一些问题，自己坐他后面，连看个小说都不消停。

可能有李锐和刘星宇俩人的认证，朱俊宏眼里泛发出一阵光芒，自信了许多。如果曾露对自己有意思就好了，虽然灭绝师叔多次明令禁止在校园里面谈恋爱，但是上有政策下有对策，而且四小天王从来就没有把那些条条框框放在眼里。

"那你什么时候跟曾露说？"聂少不失时机地问道，打铁趁热，虽然这小子早于四小天王里面的其他人谈恋爱让人心里有些不舒服，但是兄弟的幸福，总不能不为他着想吧。

曾露外貌不出众，人又不聪明，虽然家世不清楚，但是能有朱俊宏这么一个虽然外貌有些残疾，可品学兼优的家伙追她，俩人应该很容易就在一起吧。

"我约了她一会儿体育课见。"朱俊宏有些不好意思地说道，现在上课时间快到了，这个万里无云的天气看来不需要这三个大灯泡。

"那就祝你好运了，事成之后，你请吃饭啊！"聂少使劲地拍了拍朱俊宏的肩膀，率先一个人离开，李锐跟着拍了拍朱俊宏，刘星宇跟着，三人结伴离开。

说好的四小天王，恐怕今后会少一个，或者多一个人干预吧。

体育课上。

"为什么突然间给我买奶茶呢？"曾露有些好奇地问道，她感觉今天的朱俊宏有些不对劲。还没说话，这家伙脸就红了，女人的第六感一般都很准的。

"因为，因为我喜欢你。"朱俊宏低下头来，仍旧有些结巴地说道。虽说四小天王只谈不爱，但这还是朱俊宏有生以来第一次向一个女孩表白。

可能没有意识到朱俊宏会这么直白，曾露被朱俊宏的话弄的一愣，嘴唇微启，想要说什么，但是没有说出来，可能太震撼了。

这才认识了几天？

"喜欢我？"曾露仿佛受宠若惊，有些呢喃地反问道，在确定自己没有听错之前，还是想再确认一遍。

"嗯。"朱俊宏用力地点了一下头，同时将自己的身体偏向一边，看着曾露，自己说话肯定要结巴的。

"我喜欢你，从我第一次见到你就埋下了这个挥之不去的伏笔，每日每夜，我都期待我俩故事的结局；我喜欢你，从我第一眼看到你就种下了这个深情千载的种子，每分每秒，我都盼望我俩能结果开花。我已经不记得什么时候忘记了去表达心中的这份感情，抑郁的久了，久的有些多愁善感了，但我却蓦然发现，原来你，不知何时已经成为我的阴晴圆缺，成为我生命中的不可或缺。每晚的彻夜难眠，思绪宛若万千虫蚁撕咬我的肉体，灵魂上的枯寂，让我渐渐的忘却该如何反抗，因为，我宁可让其撕咬，哪怕体无完肤，至少，我可以傻傻地这样想着你。曾露，你知道吗，我喜欢你，我真的……"

"等等！"

曾露突然打断朱俊宏深情的吟咏。

"嗯？"朱俊宏有些摸不着头脑地用疑惑的眼神凝视着曾露，莫不是她已经被自己的深情所打动？

"你在背谁写的情书？"曾露突然提高了一个音调问道，语气中带有十分明显的不高兴。

曾露的话让朱俊宏一愣，朱俊宏完全没有料到曾露会这么一问，只能嗫嚅地说道："我，我写的。"

"你一个语文作文只能打30分的家伙，能说出这么诗情画意的情话？你当我是猪啊！"曾露彻底的愤怒了，自己最讨厌的就是弄虚作假了，更何况还是表白这样浪漫神圣的事情。

"不，不是我写的，是聂少，我偷看了他的一封信。"朱俊宏不太会说谎话，曾露一问，情急之下，朱俊宏忍不住地说道。

"你拿别人的情书来说喜欢我，你的动机如此不纯，你让我如何相信你？又如何接受你？我当这一次纯属闹剧，希望下次不会有类似的事情发生。"曾露有些恼怒地说道，这人表白的方式如此拙劣，别说自己，就算是任何一个女人也不会答应吧。

"曾露!"

就在曾露准备转身离去的刹那,朱俊宏还是喊出了声,有些话,不说出来,可能一辈子都有遗憾了,马上就要高中毕业了,很多事情现在不定下来,恐怕就没机会了。

"嗯?"

曾露没有回头,只是背对着朱俊宏,她不知道朱俊宏还有什么话要说。

"对不起,我,我很笨,我嘴很笨,我不会表白,我是我们4个人之中最差劲的一个,我真的喜欢你,我好不容易从蔡灯那里赢得了能追你的权利,我,我从第一眼见到你的时候就喜欢上了你,这话是真的,我从来没有跟一个女孩子表白过,我真的好想跟你在一起,才……"朱俊宏低着头,有些委屈地说道,自己是第一次表白,但是没有想到的是,第一次表白就失败了。

似乎感觉到这些话的真诚,也可能是这样结结巴巴的朱俊宏才是曾露认识的那个人,曾露缓缓地回过身来,看着朱俊宏说道:"该说对不起的不是你,是我,对不起,我已经有男朋友了,虽然我知道这很残忍,但是我不得不告诉你,来广场高中插班,就是为了能跟他在一个学校读书,我知道你对我有好感,但是那不是喜欢,仅仅是欣赏而已,虽然我不知道我有哪些地方引起你的好感,但是这个世界上的好女孩很多,你会遇到比我更好的,不过下次可别拿着别人写的情书念给人家女孩子听哦,不像你的风格,好了,过了今天,我们还是好朋友,你好好保重,会有女孩让你真正喜欢的。"

说完这些话,曾露头也没回的往教学楼的方向走去,她没有停留,哪怕一步,她也清楚,这会让他万劫不复。

　　望着曾露离开的背影，朱俊宏苦涩地一笑，将手中的奶茶和一团早已经揉捏得不像样子的纸团扔进一旁写着废品回收的垃圾桶里，黯然离去。

第八章
伤　逝

"不可能啊，这完全不成立啊！"

李锐知道结果之后大发感叹道，难得小猪表白一次，这么快就失败了，虽然心里爽得不行，但是毕竟身为兄弟，也不能喜形于色。

"这世上没什么不可能，强扭的瓜不甜，只是希望小猪不要沉溺在悲痛中太久了。"刘星宇看着空落落的朱俊宏的位子，有些担忧地说道。

曾几何时，四小天王那么无忧无虑的恶搞作怪，可是不知道为什么，曾露的出现，4个人都有一种不好的预感，仿佛先前的日子不复存在一般。而曾露的出现，貌似只是一个导火索。

"解释不通啊，你说，如果曾露不喜欢小猪，干吗老是要问人家小猪问题，不问老师，也不问其他同学？"李锐嘴里还嘟囔着，这件事确实解释不清楚啊。

"很简单，因为她问我的都是些化学问题。"

正在三人总结作战经验的时候，朱俊宏冷不丁地出现在 3 个人的身边，蹦出这么一句话。

"啊？那她为什么看你的眼神都那么带情呢？这个不假吧。"李锐有些不服输地问道，前面一个问题，李锐居然没有想到答案，不过也是情理之中。

曾露是外校转过来的，相比于广场高中这样的省重点高中来说，曾露的学习水平还是很有限的，加上曾露本来化学就差劲，朱俊宏虽然化学实验不靠谱，可是理论知识就连蔡灯也要暂避锋芒。在班里，曾露第一个认识的同学也是朱俊宏，自然只能问他了，只不过不知道这简简单单的问问题怎么就让四小天王误会了。

"你那审美眼光，是个女人看你都带情！"聂少鄙夷地说了一句，搞了半天，原来一切都是闹剧。

刚才聂少还专门找了程杨瑞，花了 50 元打听了一下曾露的消息，这百事通还真有本事，曾露的绝大部分信息都被搜罗到了。曾露确实没有说谎，她有自己的男朋友，叫什么名字，在哪个班级，什么来头，聂少都摸清楚了，但是聂少并没有对大家说这些，不知道出于什么原因，聂少心底里并不赞成曾露跟朱俊宏在一起。

"哼！"李锐不满地哼了一声，接着说道："不在一起正好，那个飞机场的女人有什么好的，长得又不漂亮，而且又武笨。"

"你才笨！"

朱俊宏扔下一句话，就气呼呼地坐回自己的位子上，什么也不做，只是愣愣地看着眼前的书架发呆。

聂少三人聚到朱俊宏的身边，刘星宇拍了拍朱俊宏的肩膀："小李子这话说的话粗理不粗，你俩只是一个美好的误会罢了，马上就要毕业考了，你是我们 4 个人之中最有出息的一个，好好考。"

"嗯，你看我们班漂亮的女孩子多的是，也不乏一些对你有好感的人，天涯何处无芳草，何必单恋飞，哦不，一枝花呢?"聂少也拍了拍朱俊宏，毕竟这是朱俊宏第一次谈恋爱，不，表白，失败了，虽然三人平日里互损，可是关键时候，还是挺够意思的。

"小猪，我知道说的你不喜欢听，虽然我不知道那个女孩有什么好的，让你这么破天荒地去追她，可是人家都已经是别人的女朋友了，你伤心，她还不是在人家怀里撒娇争欢，还不照样秀恩爱、过日子?"李锐同样拍了拍朱俊宏的肩膀说道。

"得，我看你还是先消失一会儿，否则，我保证小猪不打死你!"聂少推了李锐一把，这家伙专门哪壶不开提哪壶，而且说话都不分场合的，更别说说话多么没有技术水准和艺术含量了。

"没事，我想一个人静一静，马上要上课了，你们先回座位吧!"朱俊宏并没有因为李锐的话而生气，现在只想一个人静一静。

见朱俊宏不想多说什么，聂少三人也不想自找没趣，毕竟这件事只能让他自己挺过来，不经一事，不长一智。

"哈哈，猪兄，听说你表白失败了啊，恭喜啊!"

聂少三人刚走，蔡灯的话音就在朱俊宏的耳边响起，这家伙，就是一个唯恐天下不乱的主儿。

面对蔡灯的讽刺，朱俊宏并没有言语，只是拿出一本书，眼睛盯在上面，但是什么也看不进去。但是目前的这种做法，是唯一一件朱俊宏能做的事了，跟蔡灯吵架，完全是一个费力不讨好的事情。

"你说的也对，曾露怎么可能喜欢你这样的家伙呢，唉，我真是搬起石头砸自己的脚，早知道就不跟你打赌了，否则我就跟人家在一起啰。"朱俊宏的冷回复，让蔡灯感觉没什么意思，不过嘲讽挖苦一下还是很有必要的。

朱俊宏依旧没有说话，心里却很不是滋味，真没有想到这件事搞的班里人尽皆知，说不定老师那边也知道了，如果这件事再让家里人知道，朱俊宏已经难以想象这件事会带来多大的麻烦了。

蔡灯说了两句话就走了，上课铃声响了起来，班里暂时恢复了宁静，但是朱俊宏的心却怎么也静不下来，真想找个地洞钻进去，一辈子不出来。

也不知道这一天是怎么过的，放学的铃声刚响朱俊宏就逃似的飞出了教室，连跟聂少打招呼的时间都没有。

或许是压抑的太久了，需要发泄吧，朱俊宏来到操场的跑道上，不知疲惫地疯狂地奔跑了起来，现在的他，需要发泄。

可能是老天作弄，朱俊宏刚跑了两圈，就听到一个熟悉的女声。

"稳，今天有个男孩跟我表白了。"这熟悉的带有很浓厚的方言口音，不是曾露还能有谁。

朱俊宏的脚步慢了下来，夜的好处就在这里，漆黑得分不清数米远的彼此。

"哦？你怎么说？"男孩的声音比较清朗，有着很强的磁性。

"他只是一个傻瓜而已，他的一厢情愿，我怎么可能答应他呢，你知道的，我的心里自始至终都只有你。"曾露的声音柔和的可以融化一切。

我只是一个傻瓜？

朱俊宏苦笑一声，确实，自己只是一个傻瓜，一个不知道把朦胧的爱恋藏在心里的傻瓜，一个不知道怎么跟喜欢的人表白的傻瓜，一个很傻的傻瓜。

夜，更深了。

第九章

调 位 运 动

广场高中的绿化面积很大，在教学楼前方有一排上了年纪的梧桐树，不仅枝干粗壮，而且枝叶繁茂，在这个温度略微转高的天气下，倒是起到了很好的遮阳效果。

"快点把我的御用宝刀还给我，否则我让你跪着唱《征服》！"

虽然是毕业班，但是高三（6）班并不是大家想象中的那种头悬梁锥刺股挑灯夜战的氛围，反而每当下课，同学们都闹的很欢，当然，最欢的，莫过于李锐这家伙了。

"他唱歌比你好听，这威胁不到他哦！"聂少笑着看着眼前李锐跟刘星宇俩人的打闹，插了一句话说道。

"哼，逼我出绝招？再不还我，我就高歌一曲《菊花台》！"李锐不再去追闪躲中的刘星宇了，反而撸起袖子，仰着头，一副即将要引吭高歌的样子。

"得，我还是给你好了，杀了我都比听你唱歌强。"刘星宇顿时扔下那根晨光水笔，双手捂着脸，用食指堵着耳朵，闭着眼睛。他依稀记得，上次就是违拗了一下这家伙的意志，然后自己听到了人类历史上最难听的声音，而且余音绕梁三年不绝，成为他的终生阴影。

李锐得瑟地白了刘星宇一眼，用胜利者的姿态拿回了自己的东西。

这个时候，朱俊宏从教室外面走了进来，脸上没有丝毫的表情，径自回到了自己的座位上，跟以往一样的，拿出一本书，独自地看了起来。

"你去！"

聂少推了李锐一把，今天朱俊宏旷了几节课，现在才出现，不知道这小子有没有什么问题，身为哥几个，李锐等人自然不能坐视不理。

"今天月色很不错啊，小猪，心情有没有好点？"李锐有些支支吾吾地说道，上次他跟曾露的事情就是自己捣鼓出来的，现在让自己跟朱俊宏说话，确实有点难为情。

朱俊宏抬起头看了一下窗外从梧桐树上泄漏下来的缕缕阳光："月光？跟这窗外的景色差不多吧。"

"你是说你的心情阳光明媚，雨后天晴了是吧？"李锐一阵大喜，如果真的是这样，那就是说朱俊宏挺过去了，啥事都没有了。

"不是，是千疮百孔，连阳光都盛装不下。"朱俊宏淡淡地说道，却让三人愣了一下。

李锐摸了摸朱俊宏的额头，确认没有发烧之后，疑惑地说道："这家伙没发烧啊，怎么突然间变的文绉绉的呢。"

"你晓得个屁，每个失恋的男人，都是一个多情的诗人。"刘星宇在一旁若有所悟地说道，没想到失恋让小猪这个作文不及格的家伙都能说出这么有意境的话，看来表白失败也不是什么坏事。

"啊，这么说，我也应该失恋了，那样我也就是一个诗人，格调就不一样了。"李锐同样若有所思地说道，如果真的有这么一说，倒是蛮不错的。

"得，且不说你还没谈恋爱，就算你真的失恋了，也不可能成为一个多情的诗人！"聂少可不想听李锐在那儿心猿意马，打断道。

面对聂少的打断，李锐自然不满的追问道："为嘛？难道我不够多情吗？"

"你啊，不是多情，是滥情，失恋了也只能成为一个要死不活的骚人。"刘星宇忍不住地打趣道，惹得大家一阵笑声。

李锐刚要发怒，却发现朱俊宏也忍不住地笑了出来，这才心里稍微放松了一些，捶了一下刘星宇的肩膀，两人打闹了起来。

"特大新闻，特大新闻！"

还没上课，百事通的程杨瑞就在班里吆喝了出来，一下子吸引了众人的眼球，当然，包括四小天王在内。

见班里先前的喧闹被自己的这一声"特大新闻"给压制得鸦雀无声，程杨瑞很是满意地用他并不高的海拔看了一下四周，然后找了一张椅子，站在上面，大声说道："经过我仔细研究，细心取证，不懈追求，终于得知一个重要的确凿的消息。"

"你能越过广告，直接正文不？"

聂少在班级里面最有发言权，直接不屑地说了一句。这家伙就会卖关子，让人很是不爽。

聂少的话说出了班里人的心声，程杨瑞也感觉蛮尴尬的，咳嗽了两声说道："据可靠消息，今天晚上要进行调位，对位置有要求的同学可以提前跟老师说哦。"

虽然程杨瑞这话声音不大，但是话音刚落，整个高三（6）班就炸开了锅。

不是说高三学业紧张不调位的吗？怎么突然间就要调位了呢？灭绝

师叔这是抽的什么疯啊？

有专业人士分析说这调位，是因为曾露转进来的原因，也可能是因为上次两大学霸战斗的波及，或者是灭绝师叔喝高了，但是不管是出于哪种原因，看来调位这件事是不争的事实了。

"坐得好好的，干吗要调位，没事找事。"李锐嘟囔着抱怨了一句，本来这学期的时候，四小天王的位子就靠得比较近，没事大家打打闹闹的也挺不错的，但是因为这次调位是由灭绝师叔主持，恐怕四小天王也坐不到一块儿去了，不过对于调位这件事来说，四小天王倒是没有太大的影响，就是书多，调起位来麻烦。

"调个位也好，换一下心情。"

望了一眼坐在讲桌旁边的曾露，朱俊宏眼神黯然地说了一句，确实，换个座位，可能就不会有那么多的麻烦了，或许，自己还看不到那个女孩子了。

可是，这一次调位，却改变了四小天王每一个人的一生。

广场高中的晚自习，绝大部分时间都是用来自修的，一般没有老师来监督，当然，灭绝师叔除外。当然，这个时间也是调位的最佳时机，既不耽误上课，又可以很好地调位。

下午班长去灭绝师叔的"洞穴"那里确认了调位这个事实，晚自习的铃声还没响，大家就早早地将自己的桌子收拾得干干净净的，自己的物什也打包得整整齐齐的。

因为座位是灭绝师叔安排的，所以谁也不知道自己的同桌是谁，就是因为这么一个期待感，让大家对这次调位的感觉就跟过年一样，不过，李锐倒满是一副无所谓的态度，毕竟自己怎么调，还不都是坐在后面，同桌就不用奢求是个漂亮点的了，是个女的就不错了。

第十章

霸王龙登场

　　晚自习的铃声早早就响过了，但是迟迟不见灭绝师叔的身影，对于班里那些渴望调位的同学来说，可谓是望穿秋水，不过大家心里都挺忐忑的，据说灭绝师叔喜欢用英雄榜的名次来排定座位，这么一说，很多人心中不禁惴惴不安起来。

　　当然，李锐的心里就从来没出现这种感觉，毕竟自己的成绩总是一成不变，而且每次都能拿到第一名的成绩，当然，是反过来数的那个。

　　仿佛是为了增加自己的登场分量，灭绝师叔姗姗来迟，伴随的还有他脸庞上的那两坨红晕，估计班里哪个同学的爸妈又请老师喝酒去了，这次调位，班里同学都在暗暗揣测，咱灭绝师叔是不是又没酒喝了？

　　也没见灭绝师叔说什么，只见他有些颤颤巍巍地拿起讲桌上一根雪白的粉笔，然后在空旷干净的黑板上，写下了一个又一个的名字。

　　这就是广场高中高三（6）班调位的规矩了，老师喜欢把教室座位分布表画在黑板上，大家对号入座。为了不折腾出大的动静，尤其是拖桌子造成的噪声，老师规定调位只允许搬动自己的东西，不动桌子，虽然很多人对自己的桌椅生死相依，但是灭绝师叔就是如此灭绝人性。

"妈呀，有没有搞错啊，小猪怎么能挨着女生坐？我抗议！"望着黑板上朱俊宏旁边写着汪亦娟三个字，李锐大叫不爽，显然，这是羡慕嫉妒恨了。

汪亦娟是谁，李锐并不知道，反正不是自己这一伙人接触到的人物。

虽然四小天王在高三（6）班声名远扬，无人不晓，但是4个人还是挺有原则的，有两类人四人不接触，一类是外面的混混，聂少曰：坏也要坏的有原则。另一类就是女生，尤其是偏向于学习型的女生。毕竟是高三了，如果人家真的以未来前途为重，四小天王也不会耽误人家。

当然，这些原则都是基于人不犯我、我不犯人的原则。其实，说白了也就是天下唯女子和小人难养也。

"人家都没有说什么，你在那吆喝个屁啊！"聂少很是郁闷而且不爽地说道。

当老师开始在黑板上面写人名的时候，下面的同学就按捺不住地骚动了起来，聂少几人的声音造就被淹没了。

李锐正在纳闷聂少为什么突然间这么大的脾气的时候看到了黑板上的两个名字，顿时噗的一声笑了出来。

"哈哈，霸王龙！聂少，你的好日子总算要终结了，哈哈，恐龙战妖孽，咱高三（6）班要上演一次重口味的戏码啊！"李锐忍不住地打趣道，那两个字挨着四小天王的头，聂少，真的极具讽刺性。

"去你的，你们姓李的就没一个正经的！"聂少随手拿起一本书，砸向窃喜的李锐，一脸的郁闷。

"唐太宗李世民也不正经吗？你少一竿子捅翻一群人！"李锐嘟囔着反驳道，不过还是眉开眼笑的。

挨着聂少坐的，不是别人，正是高三（6）班女性领袖，号称巾帼英雄的霸王龙李霆。

如果说聂少是四小天王的总指挥，李霆就是班级女性的总代表，如果说聂少是惹祸精，唯恐天下不乱的主，那李霆就是独裁者，毁灭世界的霸王龙。

与四小天王相对立的，李霆高举女性解放的旗帜，一直在班级争取女性主权，更组织了"霸王龙军队"对抗四小天王，这才让聂少不敢过于放肆，没想到，灭绝师叔居然让他俩坐在一起，恐怕高三（6）班要战火连绵、永无宁日了。

就在李锐还没笑够的时候，一个身影就出现在众人面前，手里还拿着一根不知道是不是从蔡灯那里借来的椅子腿。

"去，给我搬书去！"

如此简单霸道，加上干练的动作，配上一副壮硕的身躯，霸王龙李霆就出现在四小天王的面前，这还是四小天王第一次跟霸王龙军队的领袖交锋。

"凭什么？"

聂少嘴里一哼，脑袋偏向一边，身子往后一靠，双手交叉，一副老子懒得理你的表情。

"凭什么？"李霆眼角微眯，嘴角微微翘起，"就凭你是个男人！"

"你不也是？"

聂少不动声色的反问道，一旁的李锐笑的不敢出声，这么精彩的现场直播，可不能打断了。

"你！"李霆怒斥一声："就凭你是我同桌！"

"我又不想！"聂少依旧是一副冷得很欠揍的态度。

李锐和刘星宇把眼睛睁得大大的，有点难以置信这妖孽居然这么有骨气，看来霸王龙在跟妖孽的第一回合处于下风啊。

"你搬不搬?"李霆拿着那根椅子腿敲了敲聂少的桌子，威逼道。

"不搬!"聂少的坚决从没动摇过，或者心里已经有底了，你一女的，能把我怎么着?

可是，聂少错了，就像他长着女人的脸一样不可思议，霸王龙的存在也不是浪得虚名的。

"你给老娘搬不搬?"霸王龙怒了，右手一把抓住聂少的衣领，在李锐等人目瞪口呆的注视下，把聂少给拎了起来。

"你!"聂少一惊，本能地举起自己的右手，虽然有着女人的外表，但是聂少还是个爷们，当着这么多的兄弟的面，被一个女人给拎起来了，还成何体统? 今后，还怎么面对这些兄弟姐妹、江东父老?

"你敢?"望着准备扇自己巴掌的聂少，李霆非但没有眨一下眼睛，反而把眼睛瞪得大大的，怒视着聂少，意思很明显，你打我一下试试，还算不算男人了。

"你想怎么样?"聂少放下了自己的右手，这娘们，太够劲了。

"你给老娘搬书去!"李霆就这样拎着聂少消失在众人的眼前，留下一脸震惊的神情在众人的脸上。

"小猪，你说我没看错吧，霸王龙这么大的力气，还需要聂少搬书吗?"李锐揉了揉眼睛，有些难以置信地看着聂少被"霸王龙"叼走。

朱俊宏打了一个冷战，弱弱地偷偷看了一眼教室角落里的汪亦娟，还好，汪亦娟这女孩长得比较水灵娇小，正在慢慢地转移自己的课本。朱俊宏不由得深呼一口气，这霸王龙的威力，也太强了，聂少的苦逼日子终于来了。

不过，妖孽挨着恐龙坐，这还不是高三 (6) 班最爆炸的新闻，因为接下来出现的两人的名单，已经震呆了全班。

李锐、梁禄灵。

"我，我没看错吧?"李锐喃喃地揉了揉眼睛，有些难以置信，可是无论怎么眨眼睛，黑板上的白色粉笔字清晰有劲。

灭绝师叔的字什么时候变得这么遒劲了？而且好看了？

不会是喝高了吧。

位置，是班级最好的第三排中间组。

同桌，是班级最好的女孩子梁禄灵。

一时间，不仅是李锐懵了，全班人也都懵了。这分明就是一坨臭狗屎挨着一朵鲜花嘛，别提什么营养滋润，能不把花给熏死就不错了。

灭绝师叔今天晚上一定喝了不少！

班里人小声议论着，同时偷偷地瞄着一旁的梁禄灵，毕竟当事人是她，众人也是平静的久了，每个人心底都有一种看戏，尤其是看激情戏的欲望，霸王龙的那一曲显然不够，有什么能比得上班级第一名梁禄灵身上的一点点八卦呢？

李锐也偷偷地看过去，心里虽然震惊这灭绝师叔的安排，但是如果人家不愿意，自己也不能强迫人家这样做。

不过梁禄灵的表现很让众人失望，她什么也没说，什么也没做，只是依旧自顾自地写自己的作业，仿佛这个世界的变化跟她一点关系都没有。

她的位子没变，但是她的同桌却变得天差地别。

第十一章

三八线

虽然班里因为这次调位发生了些翻天覆地的变化，不少人牢骚满腹，但是以灭绝师叔的个性，并没有爆发什么大规模的起义活动。

"真是的，调个位跟个难产似的，真麻烦。"

李锐把最后一摞书放在桌子上面，一屁股坐在椅子上，随手抽出一本薄薄的练习本，扇起风来。

"别讲话！"

声音有点甜，但听着有点凉，她甚至连头都没有抬起来。

"不说就不说，哼。"

李锐冲着这个新同桌的侧脸扮了一个鬼脸，然后就埋头大睡，难得这样安静的自习课，不睡觉真是浪费了。

"占这么好个位子还睡觉，真是烂泥扶不上墙！"

李锐刚把头埋进臂弯，就听到一个清雅的声音从自己的身后传来，显然，这个声音不是同桌的。

"我睡觉关你什么事，真是狗拿耗子！"李锐不爽地抬起头循着声音传来的方向，有些愤懑地说道。自己喜欢睡觉的习性班里基本上无人不知、无人不晓，但是到现在为止，还没有人敢说过自己。

说话的人正是坐在李锐身后、朱俊宏旁边的汪亦娟，此刻的她正给了李锐一个白眼："真不知道小灵子怎么会同意老师让你挨着她坐，脑袋简直秀逗了。"

"你才秀逗了，别以为你家里有几个臭钱我就怕了你，你爸当官就很了不起吗？说不定明天就被双规了！"一听汪亦娟言语中的嫌恶之意，李锐的怒火就不打自来，顿时较真了起来。

"你！"

汪亦娟气得小脸通红，娟秀白净的脸庞上写满了难以置信，这都是什么人啊，世上怎么有如此卑劣的家伙。

"小李子，待会儿下课师叔要收作业，给，先拿去写，别吵了！"朱俊宏眼见俩人剑拔弩张的样子，也不知道该怎么劝阻，不过旁敲侧击还是化解这场即将点燃的硝烟蛮不错的方法。

朱俊宏将自己手里刚完成的数学作业递给李锐，李锐白了汪亦娟一眼，以胜利者的姿态接过朱俊宏递过来的作业簿："哼，跟我斗，你还嫩了点。"

说完话，李锐就转过身忙于自己的复制大任去了。

"别放在心上，这家伙说话就是这么气人，慢慢就会习惯了。"朱俊宏从抽纸里面抽出一张纸，缓缓地放在汪亦娟的桌前。

红着眼的汪亦娟看了看李锐，又看了看朱俊宏，迟疑了片刻，还是拿起那张纸擦了擦鼻子，泫然若泣的样子分外惹人心疼。

一节课就在这样枯燥的自习中，消耗而过。

"你们看到聂少了没？学校有他的一个包裹。"刘星宇刚回到教室，看见聂少座位上没人就过来问李锐俩人。

这次调位，可以说是四小天王巨大的福利，基本上每一个男同胞都挨着一个女孩子坐，像聂少挨着霸王龙，李锐挨着班花，朱俊宏挨着小家碧玉，刘星宇的同桌也不赖，语文课代表付艳秋。

"估计又是被霸王龙给叼走了。"李锐气不打一处来地说道。什么破调位，真不知道灭绝师叔哪根筋搭错了，居然让自己坐在这么显眼的一个位置，睡觉肯定不方便，而且还挨着这么厉害的人坐，分明是让自己难堪嘛，看来不找个时间整整这个灭绝师叔，难以出掉这口恶气。

"哈哈，这回聂少可是碰上了降妖伏魔的主了，看来他今后的日子难过啊！"朱俊宏难得开心地笑道，这还是自上次表白失败后，李锐等人第一次见朱俊宏笑得这么开心。

"何止他的日子，我看我们几个日子都不好过。"李锐看了看自己的位子，以及位子旁边那个像是雕塑一样的人，感慨地说道。

"怎么，你不是一直都是男女老幼，一切通吃的吗？"扶着走廊的栏杆，朱俊宏忍不住地反问道，刚才发生的事情，朱俊宏看得清楚，俩人就是前后桌，调位的这一点让朱俊宏很是想不清楚。

现在的高三（6）班是毕业班级，座位在很大的程度上能影响一个人的学习成绩，一般而言，学习好的同学，其位置自然比较好，优越的地理环境才能培养出更加优秀的人才，这一直是老师心中的关于教室座位的不传之秘。

李锐的成绩在班里绝对倒数，论学习资格，显然不能坐到这么好的位子。如果老师是想让成绩好的带动成绩差的，如同他所说的均衡发展，但是许多成绩跟李锐差不多的同学，还是坐在教室的角落里面。所以，李锐能坐到这个位子，确实让人觉得匪夷所思。

"男的也要？"刘星宇故作吃惊地与李锐拉开一段距离，一脸的难以置信。

"去你的，你要是信小猪的，母猪也会上树了。"李锐拍了一下刘星宇，一脸无奈地说道。

"话说，你什么时候打算将你同桌追到手啊!"正在俩人插科打诨的时候，一个熟悉的声音传了过来。

三人回头，正是被霸王龙叼走的聂少，此刻的他虽然一脸疲惫和无奈，但是嘴里还是那么轻松，这家伙，就是那么腹黑。

"妈嘞! 你看，霸王龙!"李锐一惊，伸着食指指着聂少的身后，一脸的惊恐。

"啊? 哪里，哪里?"聂少慌忙回头，却发现自己的身后空空如也，回过身来，却发现那3个家伙已经笑得直不起腰来。

"你们这3个混蛋，敢拿我开涮，找死啊! 今后不请你们吃饭了!"聂少恼怒地侧身面对三人，目光对向栏杆外面的梧桐树。

今年雨水充足，阳光正好，梧桐树的树叶开得很厚，很结实，偶尔吹来一阵阵熏风，律动的梧桐叶别有一番滋味。

一听聂少不请吃饭了，李锐的笑容一下子僵硬了，赶忙赔着笑说道: "别介，咱们开个玩笑嘛，话说，你怎么那么怕那个霸王龙啊，我们的名声都被你弄臭了。"

"咱们的名声本来就是臭的好不好?"刘星宇给了李锐一个白眼，语气有些低沉。

这个上午，阳光透过密密麻麻的梧桐叶，渗透下来一缕缕金色的阳光，洒在几人的脸上，身上，暖暖的，有些舒服，春天，真是个美好的季节，但是大家却要在枯燥的教室度过人生最煎熬的一年。

可能是青春年少，可能是反叛心理，4个小家伙从结识的那一刻起，整个学校就没有消停过，凭借着聂少家里的权势，基本上只要不是大错，就绝对没有惩罚，这样更是让他们放纵自身，灭绝师叔的威信固然强大，但是他也没少挨4个人的折腾。

要是发现某人买的巧克力没了，发现桌子上的书本掉在地上，发现课桌里面藏着某些恶心可怕的小动物，八成都跟这4个人有着或深或浅的关系。

无论是在班级上，还是在学校里，4个人都是大家避之唯恐不及的存在，这样的感觉虽然让4个人比较自豪，但是，这样真的好吗？或许正如刘星宇所说，名声本来就是臭的。

"我咋觉得不臭呢。"李锐一副死猪不怕开水烫的表情说道，自己本来就是厚脸皮，别人怎么说是别人的事情，自己过自己的生活就好了。

"话说，霸王龙对你怎么样啊，想没想过换位啊！"李锐见自己的一句话让大家失掉了谈话的念头，赶忙扯开话题说道。

"我刚才就是去找灭绝师叔说这件事来着。"李锐不说还没什么，一说聂少的气就不打一处来，什么破老师，什么歪道理。

"师叔怎么说？"朱俊宏关切地问道，毕竟聂少跟自己哥几个关系不错，关于人身安全的问题还是得慎重点的，聂少跟霸王龙的组合，无疑是针尖对麦芒的存在。

"还能怎么说，让我先坐着呗。"聂少不满地嘟囔了一句，自己的座位就整个班级的位置来说，还是挺不错的，但是因为同桌的存在，让聂少怎么都适应不了。

"对了，小猪，你觉得你同桌咋样？要不要咱们拿她寻点开心好不？"李锐想着上课的时候汪亦娟那家伙对自己的嘲讽，不整整她，心里的这口恶气难出。

朱俊宏一听李锐提议要整自己的同桌慌忙反驳道："不好，毕竟她是我的同桌，这样弄了，今后见面都不好意思说话。"

"可是，你别忘了，她是灭绝师叔的外甥女！"聂少补充了一句说道，汪亦娟是灭绝师叔的外甥女，这件事班里知道的人并不多，若不是聂少从程杨瑞那儿得到消息，恐怕班里没什么人知道了，现在的聂少，对霸王龙的恨，完全转移到了灭绝师叔身上了，而最具体的表现，就是聂少对这个瘦瘦弱弱的女孩子的整蛊了。

"这样不好吧。"朱俊宏觉得不妥，但是违拗 4 个人决定的事情也不太好，一时间，朱俊宏也犯难了。

"有什么不好？你也别忘了，汪亦娟可是霸王龙军队的一员要将，今后要是霸王龙让她帮忙折腾我们，我想你也脱不了干系，先下手为强，给她们一个下马威！"李锐拍了拍朱俊宏的肩膀说道，这样的事情并不是没有发生过，本来是一个班级两个组织，俗话说，一山容不得二虎，迟早要交锋的。

"小牛，你来表态！"聂少见朱俊宏犹豫不决，只能问问刘星宇的主意了，四小天王最常用的决断方法就是少数服从多数，如果刘星宇同意，那这件事就这么定了。

"我无所谓。"

刘星宇依旧是那一副不冷不热的态度，其实大家在一起也就是找找乐子，平常的学习也够枯燥的了，不过这样直接跟霸王龙军队硬碰硬，还是第一次。

要知道，霸王龙军队可是在四小天王之前成立的，而且人数众多，群众基础深厚，这样动霸王龙军队的成员，无疑是跟霸王龙军队挑衅。

"你说，你这样做，就不怕霸王龙军队吗？李霆不是你同桌吗？你就不怕她对你打击报复？"朱俊宏试图找点理由来阻碍聂少的决定。

"打击报复？哼，她算哪根葱？要不是看她是个女人，我早就整得她生不如死。"聂少咬了咬牙，恨恨地说道，想起上次这女人让自己在兄弟面前丢人就不爽。

"小猪，别婆婆妈妈的了，现在都是什么时候了，都改革开放了，你还裹着脚干吗？我们的学习生涯都快要结束了，不做一点大动作，怎么对得起我们浪费的这么多年的青春？"李锐再次拍了拍朱俊宏的肩膀说道。

这话倒是让刘星宇心头一震，确实，自己一直是四小天王里面最沉默的一位，虽然大家每次有大的活动的时候都会问自己的意见，但是自己一直都是听大家的，很少有自己的想法和决定，这一次，李锐的话，倒是让自己心里沉寂已久的血脉开始贲张了起来。

"我赞成。"

刘星宇的表决此刻就起到了决定性的作用，看来，一场席卷整个高三（6）班的战争就要到来了。

具体的整蛊手段，就交给有些脑残，但是傻主意特多的李锐去想了，李锐这家伙要么不动，一动，则是一鸣惊人，当然，是使坏这方面。

回到教室的朱俊宏有些脸红地坐在汪亦娟的身边，汪亦娟看着他觉得很是奇怪，不过并没有说些什么，毕竟还不熟，而且因为李锐的关系，汪亦娟对朱俊宏除了学习成绩好一点之外的印象也不怎么好。

李锐回到自己座位的时候，蓦然一愣，因为在自己的桌子上面放着整整齐齐的一摞现金，34块5，刚好是当初自己在超市帮她给的那个数，没想到，她还记得。

但是在这摞钱的旁边，有一条用粉笔画的粗壮的线，像是一条深过千丈的沟壑，将两个人远远地隔开。

望着白色的粉笔迹象，以及那些碎屑，李锐心中一凉，三八线，隔绝两个国家，同样，隔绝了两个人……

第十二章
整 蛊 作 战

高三本来是没有休息日的，但是好在学校的月假还是照例进行，明天就是月假了，总算能给紧张学习一个月的身体好好放松下了，班里的同学都显得比较兴奋，当然，除了明天放假这点让人兴奋的事情之外，今天也是一个特别的日子，按计划，今天是四小天王和霸王龙军队第一次交锋的时刻。

"喂，你搞的什么玩意啊，别太过分了。"朱俊宏望着李锐带来的一个黑色的方便袋，有些担忧地问道。

"不过分怎么过瘾？"李锐反驳一句，然后招呼聂少跟刘星宇过来，让哥几个来看看，这个宝贝够不够劲。

"嗷，尼古虫，这么邪恶啊！"聂少看了黑色方便袋里面的东西吃了一惊，没想到，李锐这家伙这次这么下狠手。

尼古虫，当地方言，学名就是蜈蚣。

黑色的方便袋里面正蠕动着黑色甲壳，十数对红色触角的蜈蚣，肥嘟嘟的十几厘米长，卖出去也有一二十块钱的样子。

"你哪儿弄来的？泡酒喝不错。"刘星宇感慨地说道。

"我家厕所附近抓的，那边肥料不错。你要吗？改天我再去厕所那边捣鼓捣鼓，看看还能不能找到。"李锐一脸坏笑地看着刘星宇。

"一边去。"刘星宇感觉一阵反胃。

"这蜈蚣有毒啊，咬着人可要出大事的。"朱俊宏惊叫道，不过被聂少及时捂住了嘴巴，声音大了可不好。

想着汪亦娟那瘦瘦小小的身板，加上水灵灵的模样，几时见过这样的东西，难以想象她看见这样的玩意儿会什么样的反应，就算是自己，也不敢轻易触摸这玩意儿，朱俊宏顿觉一阵头皮发麻。

"哼，谁让她嘴巴那么毒，不给她下点毒怎么对得起她的那张嘴。"李锐不满地嘟囔着说道，意思很明显了，这条蜈蚣不仅有毒，而且很毒。

朱俊宏一听有毒，脸色刷的一下白了，连忙摇头："不行，不行，这个太缺德了，而且万一闹出人命可就不好了。"

"我说，你不会是喜欢上那个丫头了吧，这么袒护她！"想着上课的时候，汪亦娟对自己的讽刺，李锐的怒火就难以平息，不给这丫头一点厉害看看怎么对得起自己的名声。

"没，就是不要太过火了，凡事适可而止就好了。"望着那一条黑黝黝的蜈蚣，朱俊宏有点后怕地说道，其实自己也挺害怕这玩意儿的。

见朱俊宏脸色有点不正常，刘星宇忍不住地拆穿道："你还真笨，你没看到尼古虫的头上没有夹子吗？没有夹子的尼古虫怎么咬人，怎么有毒？"

一听没毒，朱俊宏倒是松了一口气，不过，李锐接下来的安排却让朱俊宏再次左右为难了起来。

"这张纸你拿好，别弄皱了，一会儿如果她哭鼻子的话，就把这个递给她。"李锐轻轻地拿出一张抽纸，放在朱俊宏的手里，抽纸跟外面商店里面出售的那种 1 元一包的没什么两样，外观完全一样，但是从李锐的手里出来，大家都知道这绝对不同。

聂少忍不住好奇地问道："你小子又在这里面做了什么手脚？"

聂少的追问让李锐神情舒爽了不少，眉头上扬地说道："这可是我李氏独门秘制的卫生纸，其功效自然百里无一。当然，如果聂少你希望用这个整蛊一下霸王龙还是可以的，我给你打个八五折。"

"少废话，这里面有什么？"聂少似乎对这种普通得不能再普通的纸很感兴趣。

李锐的这个关子自然而然也吸引了刘星宇跟朱俊宏的兴趣。

"既然是秘制的，自然不能那么轻易地就说出制造方法了，不过，大家都是好哥们，也没有什么不能说的秘密，我就稍稍透露一下，辣椒水你们见过没？嘿嘿！"李锐的话没有说完全，但是心灵相通的几个人自然知道这家伙省略掉的话是什么了。

"不行，这也太歹毒了吧，人家只是一个女孩子，干吗要这样。"朱俊宏一听这张纸的成分，顿然反抗，也不知道为什么，在他心里，挺不想看到这么娇小的一个女孩受欺负，可能小猪这家伙跟很多的母性动物一样，母爱泛滥了吧。

"也不算吧，不这样做，怎么能让霸王龙军队见识到我们的厉害呢？你说是吧，聂少？"李锐很清楚，如果想要说服朱俊宏，聂少是必不可少的援军，更何况，完成这个艰巨任务的人，只能是朱俊宏了，也只有他是最佳人选。

首先是地理位置，朱俊宏的位置不仅仅是近水楼台先吃肉的好条件，而且，4 个人之中，也只有朱俊宏给纸张她才可能接受，自然，这一任务落在朱俊宏的身上了。

"天啊，为什么又是我？"

朱俊宏刚想说用猜拳的方法确定人选的，但是没有想到的是，大家的食指都已经指向自己了，看来这个艰巨的任务，这个遭人骂名的任务又要落到自己的身上了，朱俊宏很是纳闷，为什么自己那么善良，但是屎盆子为什么总是要让自己端着。

民意难违，朱俊宏只能接受这样的任务安排了。当然，并不是说这个任务只有朱俊宏一个人去做，李锐低下脑袋，压低声音，又给聂少和刘星宇安排了任务。

"这，也太损了吧！"

这下，连刘星宇都忍不住叫道，突然间刘星宇发现跟李锐这家伙做朋友是多么幸运的一件事，如果得罪了这个家伙，恐怕自己就算一千万个提防，也会被这个家伙的奇葩手段给整垮。

"我看这件事能行！"

聂少的这句话基本上是通过了这个整蛊计划，当然，这也是最重要的一部分，毕竟李锐一个人说出来没有人执行可是不好的，而且，这一次的计划，还有很多要准备的东西。

李锐的整蛊手段可以说一套接着一套的，绝对不会那么单一，别以为仅仅是尼古虫那么简单了。

4个人围成一个圈，李锐率先将自己的右手伸了出去："来，就让我们疯狂一把，向霸王龙军队进攻吧！"

聂少第一个把手放了上去，霸王龙，哼，本大侠很早就不爽她了！

刘星宇是拉着朱俊宏的手放上去的，这家伙老是优柔寡断的。

一切都要看接下来的课了。

第十三章

看我香港脚

今天的课还是跟往日一样的无聊，但是因为有特别节目的安排，4个家伙都特别有干劲，而李锐更是破天荒的没有睡觉，他也很想知道，自己一手导演的戏会取得怎样惊人的效果。

上午第一节课，刚好是灭绝师叔的课，虽然在他的课上闹这么一出有点危险，但是，如果不在灭绝师叔的课堂上捣鼓点什么，好像也不够档次。要知道，灭绝师叔的权威，不仅霸王龙军队不敢挑衅，连四小天王也是敬而远之，避免正面交锋的。毕竟这个高中还要读下去，闹得太僵，依据灭绝师叔的脾气，恐怕连个毕业证都拿不到。当然，这是最惨的，所以，这个整蛊必须要天衣无缝，更重要的是4个人的演技。

上课前，李锐跟聂少还特别嘱咐过朱俊宏，要是这家伙拖了大家的后腿，可不是那么轻易就放过的。

灭绝师叔上课有个特性，就是迟到一两分钟进教室，并不像其他老师那样会提前进入教室，这仿佛是为了彰显自己一代高手的风范，当然，大家都习以为常，见怪不怪了。不过，四小天王倒是觉得，这老师今天来的是不是也有点太晚了，好戏之前不需要这么多的广告时间吧。

也不知道是多久，灭绝师叔姗姗来迟，耳朵上面还夹着一根黄鹤楼的香烟，眼睛上面还有些血丝，看来昨天晚上又在练太极了，不过不知道手气如何，当然，如果今天他不发火的话，肯定是赢钱了，不过看着他进门的时候步履沉重，恐怕是昨晚败北了，这样一来，李锐都有些暗自后悔了。

"先随堂测验一下昨天学到的正弦函数，我在黑板上出一道题，你们在下面演算一下。"灭绝师叔转身在黑板上用粗壮有力的右手缓缓地勾勒出一系列李锐看不懂的数字和符号。

下面的同学们自然是拿出自己的纸笔乖乖演算了，是个人都知道，如果灭绝师叔点人起来回答，要是回答不上的话，就是一节课的立正了。

不过，李锐并不慌，而是不时地回过头去看着汪亦娟，看她什么时候拿她的那个粉色的布袋文具盒，那里面可是有很精彩很好玩的东西呢。

"看什么看，没见过女孩子的文具盒吗？"

汪亦娟看了一眼朱俊宏，很是不屑地说道，同时将文具盒拿到自己的怀里，用手肘遮住了朱俊宏的视线，一脸的神气。

不得不说，这个粉色系的布袋文具盒很是漂亮，是汪亦娟的父亲从北京出差带回来的，不仅潮流时尚，而且简约高档，更是给汪亦娟增加了不少隐形气质。

"别！"

上面有灭绝师叔，朱俊宏的声音不敢太大，但是在汪亦娟准备拉开文具盒的拉链的时候，还是忍不住地开口说道。

"嗯？"

汪亦娟一脸疑惑地看着朱俊宏，这小子脸红的也太快了吧，自己什么都没干，就说了一句话他就脸红？脸红个什么劲啊，真是莫名其妙。

朱俊宏刚想接着说下去的时候，却看见聂少、李锐犀利而又恶毒的眼神，好像在说，你要是敢破坏我们的计划，今天就别回去了，而刘星宇也给了朱俊宏一个爱莫能助的表情，这让朱俊宏忍不住地打了一个寒战。

要是这次因为自己而使得这个计划败露的话，以李锐这家伙的暴脾气，自己的耳朵估计要被他那嗓子给弄坏的，而且，想着这小子的整蛊手段，自己都不由自主地打起寒战来。要是自己也被这个家伙这么一整，恐怕几个月都恢复不过来了。

"别……别得意，有……有什么了不起的。"

不得不说，小猪这家伙的应变能力还是挺不错的，这个时候居然能够用自己的口吃来化解这个尴尬的环境。当然，前提是汪亦娟知道朱俊宏这个家伙跟女孩子说话会口吃的毛病。

"有病。"

汪亦娟懒得理他，径自用自己的纤纤素手拉着那个金色的拉链柄，轻轻地划开。

一条黑乎乎、肥嘟嘟的虫子爬了出来，刚好爬在汪亦娟拉拉链的那只雪白的右手上！

"啊！"

惨绝人寰的叫声顿时响彻整个教室，那声音，简直堪比汶川地震，整个楼栋都听得见，当然，李锐等人早就捂好了耳朵。

汪亦娟的叫声只是一个前奏，没防备地看到这么一条虫，而且是传说中的尼古虫，汪亦娟怎能不害怕？

从百事通程杨瑞那里，李锐得知汪亦娟这家伙简直就是一个小公主，连个毛毛虫都怕，更别说是毛毛虫中的极品——尼古虫了。那么多脚，虽然没有毛毛，但是那外形，那么多对红色的脚丫子，绝对能够震慑住她吧。

"别动，尼古虫不咬不动的物体！"朱俊宏好意地提醒道，当然，这是李锐给他设计好的台词。

虽然自己从小到大都没有见过这玩意儿，但是汪亦娟也知道这家伙是什么玩意儿，有毒是肯定的，当自己第一眼见到它的时候就想要甩开，但是没有想到朱俊宏这家伙来了这么一句，就连下意识的动作汪亦娟都不敢做，只能眼泪汪汪地看着那条尼古虫沿着自己的食指慢慢往上爬。

虽然是初春，但是这边的天气还是比较暖和的，而且汪亦娟今天的打扮也是偏可爱型的，蕾丝花边的短袖外套，透明的丝网袖子将整个白净的手肘都凸显出来，当然，也为尼古虫的下一步行动做了必要的准备。

"舅舅，救我！"

汪亦娟几时见过这等场面，当时就被吓哭了，泪水哗哗的忍不住地往下流，可是偏偏又不敢动，鬼知道这个尼古虫爷爷什么时候肚子饿了咬一口。那可是我雪白的肌肤啊，汪亦娟心想。

汪亦娟这么大的动静自然引起全班人的轰动，四小天王自然是有条不紊的各自行动了起来，聂少手里拿的早已经不是先前一直在用的指甲剪了，取而代之的是自己的手机，这么精彩的一幕，不拍下来发个微博嗨一下，怎么划得来？取名就叫作《美女与尼古虫》，不过聂少老觉得这个名字不够霸气，火不了，遂改名为《跨越种族的爱恋》，在网上雷死一群人。

灭绝师叔也没见过这么大的尼古虫，而且自己也是城里人，很少见到这个玩意儿。一时之间也慌了神，四下找东西来弄走这个东西，如果有个镊子就更好了，虽然自己姓聂。

"让开，我来！"

一声粗犷的吼叫声从人群后面传来，貌似是某个孔武有力的汉子，确实，这个时候的英雄救美往往能俘获女人的芳心。

可是出来的人，却让大家吃了一惊，这家伙，居然是霸王龙李霆！

"我去，她什么时候能发出这么粗犷的声音？"李锐一脸不爽，当然，他肯定不希望这个时候有人来破坏自己看戏的兴趣。

眼看霸王龙身披一身鲜红的甲胄，梳着极为强悍，也是唯一能够证明她还是个母性的马尾辫，不顾一切地冲了过来，那架势，誓死要跟尼古虫决一死战的样子。

"看我香港脚！"

李锐慌忙地伸出右脚，还使劲地往前一踹，踢在霸王龙迈着急促步伐右脚上，凭着自己这个香港脚，李锐自信能让霸王龙摔个狗啃泥。

如果世界上有后悔药的话，李锐一定不会这么做，因为这一脚的威力，实在是，太震撼了，所有的未知和旖旎尽在这一脚！

因为还没到汪亦娟的身边霸王龙就感觉自己绊倒了什么东西，慌忙之下只能乱抓一通，结果她那修长的爪子居然一挥之下，将汪亦娟手上的那条蠕动得不亦乐乎的尼古虫给刮了起来，在众人惊慌失措，都急着躲避的时候，李锐慌忙伸手去抓，可是因为刚刚才出脚了，重心一个不稳，非但没有抓到尼古虫，反而将它给弹了一下，以一个抛物线的形式消失在众人的视野里面。

"啊！"

又是惊叫声响起，但是却不是一个声音，而是两个！

同样的场景，但是给人的感受却迥然不同，而且雷到极致。

一边，是霸王龙重心不稳，摔倒的同时，居然无意间拽到了一个垫背的，而且把他狠狠地压在自己的身体下面，有这么一个人肉垫子，霸王龙自然完好无损地摔了一次，不过只是可惜了这哥们，被这么一个庞然大物给泰山压顶了一回，肯定是完蛋了。

大家怎么也没有想到的是，就连躺在下面半晕厥状态的那个人打死也没有想到这个事情会发生在自己的身上，自己只是拿着手机拍个照片，真的只是拍个照片啊！

不错，他就是聂少。事发的时候，他正集中注意力在手机屏幕上，也正是因为这样，在大家都避免了霸王龙的泰山压顶的时候，他却没有躲过去，还悲催地成了一个免费的人肉垫子。

更加奇葩的还在后面，霸王龙爬起身来，望着躺在地上一动不动奄奄一息的聂少，厌恶地说道："你早上吃的大蒜吗？味道这么差！"

而另一边发生的事情，更让人目瞪口呆。

因为跟学霸梁禄灵是同桌，加上李锐的脚是向着梁禄灵那一方踢出去的，所以李锐摔倒的方向，自然是扑向惊讶中的梁禄灵了。

"你，摸够了没？"

冷的可以杀死人的语气从李锐的身体下面传了出来，刹那间让李锐的呼吸一室，难道！

为了确认自己的猜想，李锐闭着眼又使劲地捏了下自己右手握着的东西，软软的，很舒服。

"你这流氓！"

霸王龙刚站起身来就看见李锐趴在小灵子的身上，顿感火冒三丈，这小子，实在是太可恶了。

二话不说，霸王龙就一把拎起了李锐，左手猛地一挥，给了他一巴掌，然后扶起了梁禄灵，场面一度陷入混乱和尖叫中，就连灭绝师叔，也在一旁看呆了，在他从教二十多年里面，这还是自己头一回碰到这样的事情。

可能是霸王龙的巴掌扇的比较急，刚好刮到了李锐的眼睛，这一下，李锐倒是不停地流眼泪。

"给我张纸。"李锐一边喘着粗气，一边拍了拍朱俊宏，惊魂未定，刚才发生了什么，李锐完全不记得了，现在脑子里面一片空白，除了不停地不由自主地掉眼泪之外，李锐完全想不到刚才究竟发生了些什么。

"拿去。"

朱俊宏一边帮着刘星宇扶起聂少，一边随手递给了李锐一张抽纸。

"啊。我的个亲娘呐，辣死我了啊！"

杀猪声再次在高三（6）班响起。

第十四章

男子戒律十八条

谁都没有想到，事情可以变成这样，但是，事情还偏偏就发生了，而且，发生的如此迅速，如此不给人以接受和理解的时间。

"都给我安静下来，继续上课!"

灭绝师叔看了一眼被眼前发生的事情震撼得忘记流泪的汪亦娟说道，似乎在灭绝师叔这里，这一次的闹剧就是汪亦娟引起的。

听着仿佛是灭绝师叔咆哮的声音，众人缓缓地散了开去，而且每个人脸上的表情都不相同，有的满脸诧异，有的满脸郁闷。当然，这争论的焦点，无疑是在聂少跟霸王龙之间的了。

课还是要继续上下去的，但是李锐却有些不好意思地坐在梁禄灵的身边。毕竟刚才发生了那么尴尬的一幕，现在坐也不是，不坐也不是，一时间，李锐倒是如坐针毡般难受。

"我，我刚才做什么了?"

李锐难以置信地望着自己放在桌子下面的右手，刚才就是它，居然触摸到了！

虽然情景十分尴尬，但是李锐细细感觉起来，难以名状，更何况，自己居然跟宛若不食人间烟火的她发生了这样的交集，李锐的心就像藏了一只小鹿，怦怦怦地跳个不停，血脉自从倒下去的那刹那就没有停止膨胀过。

偷偷瞟了一眼一旁的梁禄灵，只见她正低着头写着什么，李锐心里暗呼完蛋，恐怕今后的日子都不好过了。或许，下课了，这家伙就要找老师换位子吧，不知道为什么，李锐突然很后悔这次的整蛊行动。毕竟当时自己考虑的就是整整汪亦娟这个大小姐。当然，并没有将梁禄灵计算在内，更没有想到，这次的事情，经过霸王龙的一搅和，自己跟聂少居然也席卷了进来，聂少这家伙刚才是什么表情，李锐看得不是很清楚。但是，想着可能即将到来的换位子，李锐还是心里涩涩的，不知道为什么，李锐突然有种想留在同桌身边坐的想法，而且很强烈。

虽然这件事极具震撼效果，但是毕竟现在是上课时间，而且，还是灭绝师叔的数学课，以他的脾性，就算是雷劈到他的脚边，他还是会把这课给上下去的。

"别哭了，这也是意外。"朱俊宏轻轻地放了一根棒棒糖在汪亦娟的桌子上，安慰道。估计这孩子也是被吓得不轻，她哪里见过这样的场面，还有那么丑陋的东西。

"拿回去，我才不要你们给的东西！"

汪亦娟看都没看那东西一眼，直接把脑袋偏向一边，一脸厌恶地说道，不用说，今天这件事，铁定就是四小天王的杰作了，在班里，除了他们4个人，没有谁会这么无聊，指不定这个棒棒糖里面又藏有什么玄机呢，刚才朱俊宏给李锐的那张纸汪亦娟可是看到了，虽然那张纸看起来跟普通的纸张没有什么区别，但是用起来，效果就很明显了，同样的事情，汪亦娟可不会上第二次当。

其实，汪亦娟回想当初自己拿出布袋文具盒的时候，朱俊宏曾经提醒过自己就可以隐隐地猜到这件事铁定跟他脱不了关系，而且自己的布袋文具盒昨天晚上就一直放在自己的书包里面，自己还检查过，里面什么都没有，今天早读的时候还拿出来过，那个时候也没有，吃了早饭回来就发生了这样的事情。本来心情因为马上要放假而晴空万里的她，却因为这件事恼怒不已，这世上啊，还真是什么人都有啊。

好不容易挨到了下课，灭绝师叔临出教室之前还专门传唤了一下汪亦娟到自己的"洞穴"进行谈话。当然，虎毒不食子，汪亦娟自然不会受到什么人身伤害。

"喂，你说，灭绝师叔这家伙会不会知道这件事是我们做的?"刘星宇眼见汪亦娟跟着灭绝师叔走出教室有些担忧地说道。毕竟这件事不光明正大，如果被灭绝师叔知道了，铁定又要叫大家过去训话了，灭绝师叔的训话那叫一个骇人听闻。

"不知道，不过汪亦娟好像知道是谁做的。"朱俊宏撕开包装棒棒糖的塑料纸，然后放到自己的口里，一脸怅然地说道。不知道为什么，刚才汪亦娟对自己的态度，让自己的心里默然一寒，那感觉让人很不舒服。

"哼，就算她知道了也没事，只要没有证据。"李锐靠着走廊，望着汪亦娟渐行渐远的背影说道。无论怎么说，这一次的整蛊行动还是比较成功的，只是代价有点大，没想到自己也被牵扯进去了。

"嗯，只要没有证据，就算灭绝师叔知道也没有问题，毕竟空口无凭嘛。"刘星宇拍了拍朱俊宏安慰道。毕竟这件事是大家 4 个人一起想出来的，如果真要追究下来，4 个人都逃脱不了干系，只不过朱俊宏没有李锐等人看得比较开而已。

"只是不知道聂少那小子怎么样了，那个泰山压顶可不好受啊。"李锐有些担忧地说道，刚下了课，霸王龙就把聂少叼走了，叼去哪儿了大家并不知道，不过刚才发生的事情，大家都看得清楚，人家霸王龙可是真真切切地压在聂少那脆弱的身板上，而且还大庭广众之下地 KISS 了一下聂少，这画面，绝对比李锐袭胸来得更加震撼。

不过，效果都是一样，俩人都走狗屎运了，不过李锐走的稍微好一些，不过霸王龙的那一巴掌，倒是把李锐给扇愣了。自己明明是占了梁禄灵的便宜，要扇自己耳光的话，也应该是梁禄灵吧，可能因为当时惊呆了，李锐居然忘记去辩驳了。

"你这小子，得了便宜还卖乖，你的事迹可比他震撼得多了。"刘星宇忍不住说道。这家伙，居然这么大胆，明知道自己趴在人家身上，居然还赖着不起来，简直是有够无赖的了。

"唉，我就不提了，只要聂少不怪罪下来，那就谢天谢地了！"李锐在心里惊慌地说道。这件事的受害者远远不止一个人，对于霸王龙的厌恶，聂少的程度李锐比谁都清楚，俩人简直就是阎王爷跟长生大帝，死活不相往来，只是这一次，来得太过于震撼。

"只要她不责怪就好了。"李锐喃喃地一句话，让朱俊宏俩人听的比较缥缈，这个她，究竟是哪一个她呢。

课余十分钟很是短暂，仅仅小憩一会儿而已，当上课铃声响起的时候，大家都意犹未尽地回到了自己的座位，显然，刚才的那点时间的讨论，显然不够，而且大家看向李锐的眼神更加怪异了，不用说，虽然没有直接的证据证明，但是，在整个高三（6）班里，也只有这个家伙能想出这么损的招儿来了，而且，这次还作茧自缚到自己的身上去了。不过，这么香艳的遭遇，倒是让很多暗恋梁禄灵的男孩对李锐更加深恶痛绝了。

面对众人那种目光，李锐很是坦然的坐回自己的位子，这样的目光已经不是一次两次看到了，早已经习以为常而且见怪不怪了。

没敢主动找同桌聊天的李锐突然发现在自己的本子下面压着一张雪白的 A4 纸，自己从来没有用 A4 纸打草稿的习惯，那太奢侈了，隐隐约约之间，还可以看见上面貌似还有什么字迹。

李锐慌忙抽出那张纸，但是发现上面的东西倒是吃了一惊。

男子戒律十八条！

七个字，位列榜首，却那么触目惊心，这是什么啊！

李锐小心翼翼地双手握着这张 A4 纸，认真地看了起来。

第一条：不允许以任何目的，在任何时间以身体的任何部位越过三八线，否则后果自负。

第二条：不许上课睡觉打呼噜，更不可以制造出有毒气体，否则后果自负。

第三条：不许上课吃零食，讲话，以及做鬼动作，否则后果自负。

……

看着上面一个个娟秀的字迹，李锐的心却一点点的震颤了起来，好家伙，也太霸道了吧，这些要求，每一个都那么没人权，可偏偏又那么理直气壮而且还白纸黑字的存在在那，让人看着好生不爽。

而且，李锐发现了每一条后面都有一句：后果自负。

如果是以前的李锐，面对这样丧失人权的条约，自然打死都不会签，当时谁让刚才出现了那样的事情呢？

虽说李锐这家伙说话不着边，而且满肚子花花肠子，但是骨子里还是一个比较纯情的小男生，跟梁禄灵的那一次接触，可以说是自己长这么大还是第一次跟女孩子这么亲密过，当然，这是例外中的例外了。

"为什么这个条约的第十八条没有写呢？应该是 18 条吧。"数了一下，上面只有 17 条，但是标题却是 18 条，很明显少了 1 条，这 1 条是怎么回事？

"还没想好，想好了再写上去，你先把这个签了吧。"

声音不冷不热，仿佛对李锐的存在无所谓在意或者不在意了。

不过，这话听在李锐的心里十分的难受，如果梁禄灵骂自己，打自己，都比这样不咸不淡的问话要好太多，也不知道这家伙是不是真的这样不食人间烟火，是个女生好像对那种事都有芥蒂，而且会大发雷霆吧，可是为什么偏偏她就不那样呢。

还有一条没写？

李锐感觉自己的脑袋一懵，要是这一条让自己卖肾，要自己娶她怎么办？

"放心，不会违背道义的，更不会让你占我便宜的。"梁禄灵似乎看出了李锐的那点小心思，泼了点冷水说道。

李锐讪讪一笑，有点不好意思地望了望依旧没有抬头的梁禄灵，将"李锐"两个字，潇洒地写在了上面，要不是因为刚才的冒犯而觉得不好意思，依照李锐的脾气，才不会签订这个什么破条约。

不过，李锐在心里还是蛮想知道这个"后果自负"究竟是什么，但是隐隐中，李锐有种不祥的感觉，好像自己这一生的自由，都被这一张纸给束缚住了。

第十八条，究竟是什么呢？

第十五章
一 个 赌 约

上午的最后一节课是自习课，这个时候一般没有老师来教室，灭绝师叔也是很少在这个时间段来巡逻的，可以说，这节课几乎都是自由的，但是课堂纪律还是得维持的，班长李婉蕊已经正襟危坐在讲台上，一副谁敢造反暴动，就送你去灭绝师叔"洞穴"里面接受高等教育的表情。

李婉蕊也是霸王龙军队中的一员，更是霸王龙的左膀右臂，一般情况下，四小天王都会敬而远之的，但是今天，可不太一样。

高三的课程本来就多，而且作业更是满满的叠了几层，明天就要放假了，想好好放松下的同学们，都尽可能地在这节课处理好这些作业，然后可以尽兴的好好玩一把。

"真无聊。"

李锐自然不用去管那些作业，该做什么的还是做什么的，那些作业，自然用不着自己费脑筋，用他的话说，有小猪，万事都轻松。

感觉这节课没什么好做的，李锐只能依照惯例，将自己的脑袋放在自己的臂弯之中，准备大睡特睡，只有睡觉才能让这枯燥的时间过得最快，也是打发这无聊时间的最好方法。

不过，一切并没有那么简单，毕竟同桌不一样了。

感觉到自己的侧腹有点不舒服，有什么东西硌着自己一样，李锐回头一看，见梁禄灵正拿着一个兔宝宝的水笔，用笔头戳着自己的小腹。

"干吗？"

李锐一副困容，眉头微挑地问道。

打扰人睡觉确实是一件挺讨人厌的事情，李锐强压心头的怒火问道。

"不许睡觉。"

简洁的4个字，梁禄灵深得灭绝师叔的真传。

"不睡觉我能干吗？"李锐一副死猪不怕开水烫的神情说道，自己不睡觉确实没有其他的方法可以打发时间。

"不管你干吗，就不许睡觉！"

梁禄灵侧过脸来，瞪视着李锐，瞳孔中的怒火早已经熊熊燃烧了起来，看样子，如果李锐不妥协坚持要睡觉的话，梁禄灵的怒火会将这小子烧得体无完肤吧。

"要不要这么霸道，我睡觉又不打呼噜！"李锐被梁禄灵的这个眼神看得有点浑身不自在，这么漂亮的脸蛋怎么能孕育出这么凶险万分的眼神呢？

"你还不打呼噜？"一个嘲讽的声音从李锐的身后传来，有些娇羞，"你要是不打呼噜，母猪都会上树！"

"嘿，你这丫头有点意思，我打呼噜，跟朱俊宏上树有什么关系？"李锐见有人接过话茬，正愁无聊的他反过身来，看向说话的汪亦娟，这小姑娘，有点意思，刚才还吓得一把鼻涕一把泪的，现在就好了，还有心思在这儿接话茬，真是胆大包天，不知悔改了。

"鬼扯，你打呼噜跟我上树有什么关系？"这个死小李子，每次说话都喜欢把自己带进去，自己也没惹着他吧，朱俊宏一阵无语。

"哈哈。"李锐放荡的一声笑，在这个格外安静的教室里面显得异常突兀。当然，这一声笑声，不仅引起了周遭同学的厌恶，同时，也吸引了班长李婉蕊那鹰钩般的犀利目光。

感觉到事态的不对劲，李锐也不慌，给了一个挑衅的眼神给李婉蕊，径自地说道："唉，有些人就喜欢拿着鸡毛当令箭，唉，总有一天，我要拿一张大网，将那些不该看的眼神给装起来，然后丢到粪坑里面，反正他的主人跟这坑里面的东西一样的味道。"

真不知道李锐这张嘴是怎么长的，骂起人来还不带一个脏字。因为教室比较安静，加上大家都在关注着这个家伙，所以李锐的话，倒是能让人清楚地听到，当然，这显然是在课堂上公然反抗班长的权威，也是挑战灭绝师叔的权威。

"我说李锐，你想怎么着？要不要把你送班主任的办公室去？"李婉蕊说话有些气人，威胁是一般的班长常用的压制不听话学生的手段，但是既然李锐敢在课堂上公然这样挑衅，自然是不怕班长来这一招了。

"好吧，反正去了还可以喝点茶，听老师给我讲笑话，哈哈，总比在教室，听某个啰里八嗦手里拿根鸡毛的家伙在那絮絮叨叨的好。"李锐头也不抬地说道，这话说得，让全班同学一愣。

这家伙脸皮也太厚了吧，班主任的训话被他看成给他讲笑话，真不知道该说这个家伙不怕死、乐观的好，还是说这个家伙脸皮厚到一个无人能及的地步。

"你！"

李婉蕊瞪大眼睛，高挑的身躯有着很明显的颤抖，她这个班长是老师直接委任的，行事作风跟灭绝师叔如出一辙，那就是暴躁，面对李锐大庭广众之下的公然挑衅，要是不做点什么，自己这个班长还怎么干下去？

"你什么你……"

李锐还想说话，却突然被梁禄灵用笔筒点了一下，李锐惯性地回过头来看，却发现梁禄灵拿着那张签过"李锐"两个字的那张纸，指了指其中的第八条。

第八条：无论何种目的，因为何种原因，都不允许在课堂上扰乱秩序，否则后果自负。

看到这里，李锐的脸一下子沉了下去，你说我没事干吗签订这样的条约，简直是搬起石头砸自己的脚嘛。

"算了，当我什么都没说好了。"李锐蔫巴巴地说了这么一句话就把脑袋埋进自己的臂弯里。

"这就算了？"

李婉蕊一愣，自己在班级管纪律跟李锐吵架也不是一次两次了，可是，从来没有一次是这样的结局，这小子转性了？

刘星宇三人也吃了一惊，这小子怎么突然间就这么乖顺了？

"什么都没说？哼，你的名字还是要交给班主任的！"虽然李锐的表现让李婉蕊吃了一惊，但是李婉蕊也不是什么省油的灯，你不得罪我还行，得罪我了，就算你要收手，也来不及了。

"嘿，我说你是不是给你三分颜色你就开染坊，给你根火柴你就炸牢房是吧。"李锐一下站起身说道，这人还真是蹬鼻子上脸了，说好话不听是吧，那就吵呗，谁怕谁。

李婉蕊没想到李锐还是那个火爆脾气，微微一愣，骂道："这里是教室，是搞学习的地方，而且这里不欢迎那些不搞学习专捣蛋的家伙，你喜欢闹给我出去闹！"

李婉蕊的声音很大，教室很静，静得出奇，尤其是这句话说过之后，更是让人觉得落针可闻，静的有点诡异。

"不搞学习专捣蛋？你是在说我吗？"李锐伸出食指指了指自己，一副有种你明说，别拐弯抹角骂人的表情。当然，李锐在心里很清楚，自己就是李婉蕊口中的那个不搞学习专门捣蛋的家伙，虽然自己的脸皮很厚，但是在这样的场合下，饶是再厚的脸皮都挡不住吧。

"班里除了你，还有第二个这样的人吗？"李婉蕊眉头微挑，一脸不屑地说道，她也没有藏着掖着，就这么当着大家伙的面，让这个家伙难为情。

以前也有类似的斗嘴现象在班里发生，但是没有想到这次居然这么直接的交上锋了。本来李锐是想听梁禄灵的话，息事宁人的，但是没有想到这个班长李婉蕊居然得寸进尺，把自己的忍让当成自己的懦弱，还步步紧逼，还真是老虎不发威，你当我病猫啊！

李锐可不是什么省油的灯。

"我就觉得搞笑了，你咋就知道我不搞学习呢？"李锐气极反笑，嘴角微斜地问道，他倒想看看这个李婉蕊能有什么说，自己究竟怎么就让她这么不爽了。

没想到李锐的话一说出来，李婉蕊顿时冷笑出声："这真的是我听到最有意思的笑话，你那要是搞学习的话，恐怕我们班里面没有搞学习的人了，每次考试都垫底，每次自习都睡觉，每次发言都扯淡，你这叫作搞学习？"

哈哈……

李婉蕊的话倒是让班里的同学笑了出来，想不到这个李婉蕊还真敢这么说李锐，要知道，李锐可是四小天王里面最混蛋、最能整人的存在。

大家的笑声让李锐的老脸顿时挂不住了，没有想到这些家伙居然都敢这么笑自己，那个程杨瑞笑得尤其灿烂，看来自己还没有整够这家伙。

"哼，那是因为我不想考，想考的话，你们一个个都不是我的对手！"李锐气不过，放下大话来说道。但是话一出口，就意识到自己错了，班里面成绩好的同学可是一大堆啊，自己算哪根葱，哪来资格说这样的话。

不过话已经说出去了，现在也收不回来了，李锐只能硬着头皮看着大家目瞪口呆的表情，就连聂少，也投来一个哥儿们，一路好走的眼神。

"真不知道你哪来的勇气说这么大的话，昨天你家保险丝坏了把你脑子烧坏了吧。你考试不吊车尾已经不错了，还说不是你的对手，我看你想多了。"难得一个这么好的机会占上风，李婉蕊乘胜追击，今天一定要让这个家伙难堪，然后可以在班里面好好地炫耀一把了。

"我要是不做吊车尾呢？你给我提鞋在操场溜达一圈？"李锐反唇相讥道，也没有考虑这件事的可能性有多大，只是一时怒气上脑，哪还知道控制。

"别说是在操场溜达一圈，你要是考到班级前 3 名，我给你提鞋在整个市区跑一圈。"李婉蕊的个头本来就比较高，现在再仰着头，看起来分外的高人一等，盛气凌人。

"哈哈，这可是你说的，我们大家都听着呢，要是我输了，我就穿着裤衩绕着学校跑一圈！"李锐的话让班里的同学再次笑出声来，都以为这家伙在天方夜谭呢。

"好，今天趁大家都在这儿，就当个证明，要是学校毕业统考你没有达到指定名次的话，我们就坐观你的裸奔了！"李婉蕊嘴角勾起一抹意味深长的笑容，仿佛这一切都是预谋好的一般，一场让李锐出尽丑的赌约。

"来就来，谁怕谁？"

李锐拍了下桌子站了起来，赌约算是成立了，李锐这人虽然不爱学习，喜欢搞些破坏是真，但是为人还是比较讲信用的，他这么一拍桌子算是确定了。

"好，我倒想看看，你有什么本事这么大的口气！"李婉蕊算是一口敲定这件事了，赌约已经是板上钉钉的事情了。

"哼！"

李锐不屑地哼了一下，坐到自己的位子上，虽然这样说给自己找了一个台阶，但是这样的台阶，未免太高了一些，究竟自己能不能爬上去都是一件事，但是既然这件事说出去了，李锐自然不能当成没事一样，不过，总有些不太好的预感。

似乎，一切都没有那么简单。

第十六章
最 佳 人 选

李锐从没有想到过自己的意气用事会让自己陷入如此麻烦的境地，不过这样的事情已经发生了，自己的面子也决不允许自己跟她们道歉毁约吧，那样自己还要不要混下去了？都说树活一张皮，人活一张脸，只是有时候，为了这张脸，要活的辛苦得多。

可能因为下一节课上完就要放假了，高三（6）班的同学都表现出相当大的兴奋情绪，沉闷了一个多月，在这么紧张激烈的环境氛围里面待久了，谁都想好好放松一下，正是因为这个，先前班里发生的闹剧也被无限的放大了，大家都想起哄，在憋闷这么久的环境里，每个同学但凡发现一点点乐趣，就会被放大无限倍，谁都想释放心中的那头不安平静的小狮子。

"嘿，小猪，这个给你喝。"

朱俊宏跟众多学霸一样，埋头处理着自己的作业，及时的处理完，自己就可以在假日里面多休息一会儿。

"无功不受禄，有什么事，你就说吧。"朱俊宏抬眼看了一眼李锐，低下头来继续处理自己的事情。

这家伙手里拿着一杯烧仙草，李锐这家伙从来没有这么大方的请自己吃过喝过东西，每次都是有事求自己的时候，就会心疼半天去买点吃的来贿赂自己。不过朱俊宏可不是什么愣头青，就算是，可前几次的教训还是历历在目的，而且还教训深刻。这一次，朱俊宏可学乖了，先问清楚是什么事情了，然后再决定吃不吃了。

感觉到朱俊宏的态度有点冷淡，李锐心中默然的一惊，心情有点小小的郁闷，不过毕竟自己有求于人，自然不能表现的太过强硬，只能软下来，赔着笑脸，对朱俊宏说道："小猪，是这样的，你也知道，在我们班里，你的成绩那么好，蔡灯哪是你的对手，你说，你人长得这么帅，字又写得那么好看，人又那么好……"

"得得得，别夸了，再夸我可能就上天了，有什么事你说吧。"朱俊宏自然知道李锐这家伙在奉承自己，进一步的判断这家伙有事求自己了。每次这家伙有事麻烦自己都会找出这样的对话来，这家伙也不知道搞一点创新，每次都是这几句话，听都听腻了。

自己的那点小伎俩当场被朱俊宏看穿了，李锐有些尴尬地笑了笑，看了一下朱俊宏旁边的那个空着的座位，安定了一下心神，沉下声音来问道："告诉我，你是不是看了什么秘籍成绩才这么好的啊？能卖给我吗？呃，便宜点呗。"

朱俊宏还以为李锐会说出什么惊天地泣鬼神的事情，但是没有想到的是，这家伙狗改不了吃屎，一开口就是这么雷的问题。

"没什么秘籍，就是认真上课，按时完成作业就可以了啊。"朱俊宏看了一眼李锐，可能是从李锐的眼中看到了一些不一样的光芒，没有给他白眼地说道。这家伙，做事都是虎头蛇尾的，这一次估计也是的。

"可是我也在上课，在做作业啊，为什么成绩的差距就那么大？"李锐嘟着嘴，有些不理解而且不服气地说道。这家伙肯定手里有什么秘籍不交出来，哼，这么好的关系都不愿意分享，算什么兄弟。

"呃。这，这确实是个问题。"朱俊宏有些顾及李锐的情面不太好明说。

你说你上课睡大觉，下课纯打闹，作业靠抄袭，你还怎么能学好？

"你手里一定有秘籍，就便宜点卖给我呗。"李锐有些胡搅蛮缠地说道。

"你是说这些教辅资料吗？你要看得话，我可以免费借给你看，当然，前提是你看得下去。"朱俊宏随手在自己的那一摞书里面抽出了一本《5年高考3年模拟》递给李锐。

李锐视若珍宝地一手接过那本书，仿佛看到电视剧中的"乾坤大挪移"一样，可是仔细一看，这非但不是什么高深莫测的秘籍，而是市面上普遍流行的教辅资料。

"这有什么好看的，你一定是藏着掖着的，怕我学好了超过你？"李锐有些气愤地将自己手里的烧仙草拍在自己的桌子上，气愤地问道，这家伙，平日里称兄道弟，真没想到，关键的时候还是不愿意帮助自己，这算哪门子的兄弟，真是知人知面不知心，李锐心中一下子对朱俊宏这家伙的印象差到极点。

李锐的话让朱俊宏一愣，而且李锐的语气也算不上友善，朱俊宏也是一个暴脾气，李锐这样说，也让朱俊宏的怒气不打一处来。

"信不信由你，别烦我！"

朱俊宏的表现无疑是火上浇油，本来李锐心情就不好，但是没有想到这家伙在这个时候落井下石，见死不救，这算哪门子兄弟。

"哼，学习好有什么了不起，总有一天你会知道自己错得很离谱！"

李锐懒得再跟朱俊宏废话，拿起那杯烧仙草直接摔进教室前面的垃圾桶里面，这东西，扔掉都比给他吃得好。

没想到李锐的火气这么大，朱俊宏心中一愣，不过大家都是年轻气盛的，这家伙既然做出这么过火的事情，自己心里也自然憋闷着一团怒火。

走出教室的李锐看到了走廊上面的聂少跟刘星宇，俩人正在走廊上有说有笑，阳光洒在他们的脸上，一片金黄，看来两人的样子很享受啊。

李锐一脸的闷闷不乐走到一旁，一句话也不说。

聂少看见李锐来了，眼中流露出一抹异样，问道："怎么了，不去发奋读书，在这儿晒太阳，你就不怕自己输掉了，然后当着全校同学的面，穿着裤衩在学校里面裸奔吗？"

本来李锐就生气着，没想到一出来就被聂少这样嘲讽，心里自然不好受。

"你就少说风凉话了，心里不爽着呢。"李锐低着头，也没去看聂少那张妖孽的脸上流露出怎样戏谑的表情，反正都一样，只能共享乐，不能同患难。

"不爽？怎么了？因为跟李婉蕊打赌的那件事？"刘星宇还是比较善解人意的，看李锐闷闷不乐，自然而然地联想到自习课上发生的那件事。

"除了那个大嗓门的，还能有谁？"李锐有些不好意思地说道，关于刚才跟朱俊宏的争论，李锐不想多提，伤感情的事情。

"怎么了？你不是有那么大的自信吗。"聂少这家伙真是哪壶不开提哪壶，非要戳到李锐的痛处。

"自信个屁，你又不是不知道，我脾气上来了，什么都能说。"李锐一副苦瓜脸，好在这儿没有什么人，否则让外人看到李锐这个表情，铁定以为李锐这家伙泄了气认输了。

"那现在怎么办？发生的事情跟泼出去的水一样，肯定是收不回来了，你准备怎么做？"刘星宇面露难色地问道，自己的成绩跟李锐比好不到哪儿去，自然帮不了李锐了。

"唉，只能死马当活马医了，聂少，你成绩比我俩好，你有什么窍门啊？"李锐没抱什么希望地问道，李锐刚才还在朱俊宏那儿碰了一鼻子灰，现在基本上不抱有什么希望了。

聂少显然没有想到过李锐会问自己这么个问题，一时间有些诧异，眼睛瞪得有些大，不过这失态的神情仅仅持续了不到一秒，继而问道："是寻我开心的吗？"

寻开心？

李锐神情一滞，他也没有想到聂少为什么会这么问，但是聂少这样做，不是显然往自己伤口上撒盐吗？

"爱说不说，不说拉倒。"

李锐把脑袋偏向了一遍，不再去理会聂少，这家伙，跟朱俊宏一样，仗着学习好就自视甚高，有什么了不起的嘛。

感觉到李锐有点生气，而且语气中的失望，刘星宇打圆场地说道："聂少不是这个意思，就是问一下，你这是认真的吗？"

确实，别说聂少不相信，就是放在班里面，恐怕没人会相信的吧。大家都同学接近3年了，李锐的脾气大家都清楚得很，从进入这校门的那一刻开始，这家伙就从来没有好好的认认真真的上过一节课，倒是调皮捣蛋，都是每天的必修课。

突然间他说自己要好好学习，你说大家会相信吗？四小天王是跟李锐走得最近的，就连他们三个都难以置信，更别说其他人了，自然，在他们的眼中，李锐只不过是一个跳梁小丑而已，至于那个闹剧，大家也就看着热闹而已，没人会放在心上。

当然，他们没有放在心上，并不代表李锐也是这样。毕竟从开学到现在，李锐还从来没有在这样的场合说过这样的话。这一次，李锐是认真的了。

感觉到李锐这次是认真的，聂少有些不好意思地说道："其实，在我们4个当中，小猪的成绩是最好的，可以去问问他，总比问我强。"

聂少自然是爱面子的，难得李锐这么想知道学习方法，但是实事求是地说，自己学习的那一套不太适合李锐，或者说，与李锐要求的那些高度有点不一样，毕竟李锐是要站在班级前3名的男人，这几乎是不可能事件。当然，就算聂少倾囊相授，也未必能够得到如此殊荣，否则聂少早就问鼎前三了，虽然是哥几个，但是聂少也不想误人子弟。

"对啊，小猪成绩不是很好的吗，一直都是班级前3名，你可以去问问他啊，他肯定有不错的办法。"刘星宇在一旁说道。

不提朱俊宏还好，一提李锐的气就不打一处来："别说他了，简直就不是人，一点义气都不讲，刚才我去问了，他扔给我一本《5年高考3年模拟》，你说这不是忽悠我吗?"

"也不算是忽悠你吧，大概是想让你多做些题目吧。"刘星宇若有所思地说道。

"多做题目?"李锐一惊，转而怒道："这题目比我爸还陌生，我怎么可能做得到!"

"你爸……"聂少刚想说什么，突然蹦跶出了两个字，一下子缄口了，没再接着说下去，反而换个话题，脸色沉闷地说道："其实，小猪未必靠谱，要想取得前三的成绩，必须得有一个好老师，而这个好老师，就连小猪都是望尘莫及的。"

"你不会是说灭绝师叔吧，我可不想看他那张扑克脸。"李锐嘟囔了一句说道，问老师确实是一个不错的办法，但是高三（6）班的代课老师，哪一个没有被李锐整过？个个见他都恨不得掐死他，怎么可能去跟他好好讲课？就算他们想讲，也得提防点是不是这个家伙闲着无聊，又在拿自己寻开心。

"不，灭绝师叔自然是极好的，但是未必适合，再说，你也不可能每次都去找老师吧，灭绝师叔也只是教数学的，其他的，跟小学生一样。"聂少眼里恨恨地说道，要不是这个灭绝师叔，自己就不会挨着这么个霸王龙坐着了，每天都要听她咆哮，真是受不了。

"那是谁?"李锐有些按捺不住地问道，听聂少这么说，显然这个人是最合适不过了。现在能有个人帮李锐，已经很难得了，他现在已经病急乱投医了。

"远在天边，近在眼前。"

聂少饶有深意地看了看远处的阳光，透过密密麻麻的梧桐叶，渗透在斑驳的地面上，摇曳着，跃动着……

第十七章
黑 色 外 套

聂少说的人不是朱俊宏的对手蔡灯，而是比蔡灯和朱俊宏都要厉害得多的梁禄灵，不错，就是班花的梁禄灵，就是自己的同桌。

这就让李锐犯难了，自己刚跟人家亲密接触，冒犯了人家，她还愿意帮自己吗？貌似不可能，再说，自己刚跟人家签订什么《男子戒律十八条》，还怎么请人家帮自己啊，李锐也拉不下那个老脸。

感觉到这件事没了希望，李锐整天都提不起劲，他也想好好地听老师讲课，并试图去做笔记，可是当他听下去的时候，才发现老师的声音还是跟往常一样，催眠神曲，而且，越认真听，越容易被催眠，更别说老师讲的内容跟天书一样完全听不懂了，就连做笔记，李锐都发现自己好多字都写不出来。

自己果真不是一块读书的料儿啊，李锐心里暗自挖苦自己，要不是老妈非要让自己读书，自己才不会窝在这里受气。

最后一节课了，上完了就好好休息一下，明天的事情就留给明天处理，李锐总是这样拖沓，全然没有一副紧张的样子，反正搞好学习也不是一时半会的事情，着急能有什么用？李锐一向都是既来之，则安之的个性。

最后一节课是英语课，也是一门李锐完完全全搞不懂的课，你说语文课还有些东西自己认识，数学课好歹还有些阿拉伯数字，但是英语课呢？26 个字母分开自己还马马虎虎能应付，但是合在一起，就完全看不懂了。

你说，外国人还真是麻烦，本来 26 个字母就够复杂了，还不管人家字母愿不愿意的就把它们凑合在一起，要是它们打架闹分家呢？

每次英语课，李锐都胡思乱想地天马行空起来。

不过，这一次的英语课倒是有些不一样。

教英语的老师叫王思慧，是华师毕业的，学识深厚，但是教书水平还是有待提高，因为高三（6）班的英语成绩在整个年级都是倒数几名，为此班主任好几次找王老师谈话，但是班级里面总有一两个奇葩，每次考试都拖后腿，加上王老师认真的劲儿，所以有些人总是得 0 分，拖班级的后腿。

当然，这个 0 分不是别人，正是李锐，人称"鸡蛋哥"。

对于这个称呼，李锐也是哭笑不得，自己的英语成绩，惊人地一致，每次都是 0 分，这也让李锐懊恼不已，不管是自己认真去做还是去蒙，都能十分机智聪明地避免正确答案，每次都是 0 分，李锐都怀疑是不是这个王老师对自己有偏见了。

你说，英语选择题多达 80 多道，为什么自己偏偏就一个都中不了呢？你说作文，抄几句阅读里面的句子，不是活学活用吗？为什么老师给个评语牛头不对马嘴，而且 0 分伺候呢？

最后，李锐对王老师有个结论：这老师，一定有精神洁癖。

这不，一上课，英语老师就对李锐的座位说了一通叽里呱啦的话，李锐一句话也没听懂，还是跟以往一样，趴在桌子上，眼神里无精打采的，表情也是奄奄一息的。

不能跟同桌说话，李锐自然是闲的无聊，而且自己刚睡了一节课，又睡不着，更不能看漫画，这个王老师最喜欢做的事情就是上课没收课外书了，从开学到现在，已经收了李锐的不少书了，那书叠起来，都可以开书店了，而且李锐从来没有要回来过，因为王老师的要求就是，想要要回你的书，把你家长请过来。

至今为止，李锐的家长都没有来过教室，哪怕是开家长会。

老师在黑板上不停地板书，看来是要布置作业了，每次这个点的时候，教室里面就特别的安静，因为王老师的题目特难，而且最喜欢点那些破坏课堂纪律的家伙上讲台答题，这一点，班里的同学都心知肚明，所以一个个安静得要死。

因为王老师的课全程都是用英语讲课，所以李锐完全听不懂，但是看这架势，李锐也把自己的嘴巴管得牢牢的，如果在这个时候出现岔子，那可就不好玩了。

王老师基本上没有点过李锐回答问题，毕竟问一个白痴都比问李锐强，王老师有个要求，就是在她的课堂上，无论是自己还是学生，都必须讲英语，否则就罚站。这一规定起初很让同学们反感，但是不得不说的是，经过这么多天的适应，大家的英语口语确实提高了不少。

板书完了，王老师很满意班级的纪律，巡视了一下四周，也没看人举手，更没看到人讲话，一时间，开始犯难，点哪些人上台回答问题呢？

这次的题目可能有点难，王老师的目光一直在班级的中间位置寻觅猎物，看来，这一次要让那些优秀的同学回答问题了。

因为李锐这个家伙坐在优秀同学的位置上，所以王老师在巡视的时候还是忍不住地看了一眼李锐。

面对这个突如其来的目光，李锐有些诧异地慌忙将自己的眼光偏向一边，要是让老师点到自己，无疑是让自己当众出丑嘛，可能先前的自己不会在乎这个，反正自己的脸皮比较厚，不管老师怎么说，做不到就是做不到。

不过现在显然不一样了，刚跟李婉蕊打赌，那个时候自己还意气风发的，现在自己就要丢丑，这样一对比，自己的面子多多少少有点挂不住了吧。

李锐的眼光要是不偏移还好，这一偏移，倒是让李锐大吃一惊，瞳孔顿时放大。

李锐偏向的方向刚好是梁禄灵这儿，也不知道是故意的还是天意使然，就这么悄然的让李锐发现了这样的事情。

梁禄灵今天的打扮比较清凉，上身一件淡蓝色的蕾丝休闲衫将自己高耸的胸脯很性感地勾勒出来，纤细白净的手臂赤露在外，穿着一条白色的短裙子，肉色的打底裤将她修长的双腿衬托得格外性感。

怪不得这家伙能成为班里的班花，甚至是校花，看着都让人流口水啊，这跟曾露简直就不是一个档次的，李锐心想。

可是，眼前的一幕，倒是让李锐有些不知所措，因为梁禄灵洁白的短裙上面有些嫣红的血迹，沿着梁禄灵的短裙，蔓延到椅子上了。

李锐虽然不谙人事，但是基本常识还是有的，这是什么，李锐自然清楚得很。

难道是自己刚才那一摸导致的？李锐低下头来，看着自己的右手有些惴惴不安。要是着被同学们知道了，梁禄灵肯定是糗到家了。

如果换作以前的自己，李锐一定会借聂少的手机拍下来，然后大肆宣扬，这样的新闻，绝对是劲爆的，劲爆的程度肯定不限于在这个高三

(6) 班，要知道，梁禄灵已经是校级校花候选人了，这样的新闻，无疑是相当有卖点的，李锐更能因此而扬名整个广场高中。

不过，李锐倒是没这样做，也不知道为什么，现在的他，心里老是像藏了个老鼠一样，上蹿下跳的，很不安定。

看梁禄灵的反应，好像她根本没有发现这件事，这可如何是好，一时间，李锐也不知道着哪门子的急。

"梁禄灵！"

果然，这次的作业王老师准备让优秀军团的学生们回答，而第一个人就是梁禄灵了，可是……

等等！

李锐一惊，他浑然没有意识到老师会点梁禄灵的名字，更加紧急的是，梁禄灵还浑然不知，正准备起身答题，却被李锐一把拉住纤细的手臂，再次坐了下来。

梁禄灵满脸诧异地看着李锐，此刻李锐的手已经越过三八线，牢牢地抓着梁禄灵的手腕，这小子，未免也太色胆包天了吧，刚才还占自己的便宜，现在又来，真是流氓混蛋下流下贱啊！

梁禄灵想要挣脱开来，却发现以自己的力气完全挣脱不开，这个流氓居然这么大的力气，气死人了。

"What do you want to do?"

因为坐在第三排，王老师很容易就发现了梁禄灵这边的异样，而且还看得一清二楚，这俩家伙，在闹些什么？

王老师直接瞪视着李锐，用英语问道。

李锐自然不知道王老师在问自己想要做什么，他可不管我特网特的，只管现在梁禄灵不能上台板书。

"老师，梁禄灵她……"

李锐刚想说什么，王老师就拿着黑板擦拍着讲桌打断道："Speak English."

这句话李锐倒是知道，因为经常听老师训导那些在她课堂上说汉语的家伙，老师这是让自己说英语了。

李锐的英语成绩差得要死，只能生硬尴尬地说道："she 脚 is 崴了！"

哈哈……

全班爆笑，本来班里安静得落针可闻，被这家伙一搅和，倒是热闹了起来。

王老师脸色气得铁青，这家伙，分明就是来拆台的。

"你脚才崴了呢！"梁禄灵一边挣扎一边说道，这家伙还真是莫名其妙，自己脚好好的，干吗说它崴了，这人脑子不正常了吧。

李锐不好明说，指了指梁禄灵的椅子，这下，梁禄灵一下子安静了下来，纯白无瑕的脸上刹那间就抹上了两朵红晕，分外好看。

"YOU！"王老师有些气急败坏，把讲义放在讲桌上，怒视着李锐。

眼见大事不妙，李锐慌忙说道："sorry，我来做这道题吧。"

也不管王老师何种表情，李锐就准备起身去做题，李锐为人还是比较洒脱不拘束的，他可不管老师怎么看待他的口语，有些词就是不好说，他也懒得去说，比如说脚崴了，这么浓厚的中华文化语言的积淀，你怎么用英语说？foot bad？

李锐主动做题？

这下，不仅是王老师震惊了，就连同学们都震惊了，这个连 26 个字母都不会背诵的家伙要上来做优秀军团的题目？有没有搞错？

虽然班级里面有点乱，但是上讲台板书的不止一个同学，老师又陆续点了 3 个同学。

这题目，李锐确实不会，看着都头大，但是不知道为什么，连李锐自己都不知道刚才自己怎么那么大的勇气上来，自己就是那么冲动，看，冲动的惩罚，就是自己做不到，站在讲台上，傻愣着。

恍惚间，李锐感觉到自己的左手手心里面有东西，打开一看，是一张小纸条，上面居然有一串自己不认识的英文字母，这娟秀的字迹，显然是出自同桌之手，难道说？

李锐大喜过望，慌忙地将自己手中的那些文字小心翼翼地誊写在黑板上的空白横线处，第一次，让李锐填写得如此顺畅。

而结果，更是让李锐震惊。

4个同学，包括英语课代表蔡灯在内，除了李锐，3个人全部做错！

天！

不仅是王老师震撼得不知道怎么说，就连台下的同学们也着实震撼了一把，他是怎么做到的？

"这么难的题目你也能做到，恭喜了啊。"下课了，梁禄灵第一次主动找李锐说话。

"这多亏了你啊，要是没有你的帮忙，我可能又要给老师敬礼一节课了，哈哈……"李锐有些傻笑地说道，不过笑过的同时，心里也生出一丝心酸，要是自己真的能做到，接受同学们的赞许，那该多好。

不过，事情还没这样结束，梁禄灵的裙子上那么一摊血迹不处理显然是不行的，可是现在是在学校，也没有东西可以防范，不过，李锐倒是很大方地将自己的那件有点旧的黑色外套递给梁禄灵，让她围在腰间，黑色的，就不容易发现了。

接过李锐递过来的外套，梁禄灵的眼中闪现出一抹不易察觉的神色，没想到，这家伙，还有这么细心的一面。

"对了，今后你有不懂的问题，可以来问我。"梁禄灵低着头，折着李锐的外套说道。

李锐一惊，真没有想到梁禄灵能跟自己说这话，自己正在发愁该怎么向她开口呢，看来，这一切，都是冥冥中自有天意啊，这真的是老天的安排吗？

　　"怎么？不喜欢就算了，反正我也不是那么喜欢当人家老师。"梁禄灵嗔怒道，这人，还真是得了便宜还卖乖。

　　"怎么会呢，喜欢，喜欢，挺喜欢的！"李锐像个傻子一样慌忙点头，也不知道这3个喜欢到底是什么意思。

　　这一刻，窗外的阳光，格外的灿烂起来。

　　假日，终于来了……

第十八章

妈，别这样

　　一个月一次的月假对很多同学来说无疑是奢侈的，每个人都有自己的生活方式来度过，不过大部分人都是休闲的，但并不是全部。

　　对于李锐来说，月假的意义比上课更加重要。

　　"妈，您就歇息一会儿吧，这些我来弄就好了。"李锐将一桶洗完白菜的废水倒在下水道，看到一个中年妇女提着一桶水，颤颤巍巍地走着，说道。

　　细细看去，这个中年妇女身材偏瘦，年龄并不大，但是额头上面已经有了几缕白发。虽然脸上早已经有些皱纹和黄斑，但是脸型和五官已经很能表明她年轻时貌美的模样，只是岁月和辛劳让她如此这般。

　　她姓邱，邻居都叫她邱大嫂，当然，邱大嫂的年龄并非都比她们大，只是常年都是她一个人，至于她老公，邻居从来都没见到过，但也不好意思去问。

　　"没事，这都不重，趁现在能挑得动就多挑几担。"邱大嫂说话，总是那么简短但是饶有深意，仿佛看透了世事沧桑一样。

"妈，你说什么呢，你身体那么棒，能一直挑下去呢。"李锐赶忙地从她手里抢过水桶，拎到院子里去。

望着眼前这个个头已经超过自己的儿子，邱大嫂眼中流露出复杂的眼神。这一辈子，就耗在这个孩子的身上了，还好，这个孩子已经长这么大了，也比较懂事了，就是读书不太争气。

"你啊，要是学习成绩好一点，考个大学，那该多好啊！"邱大嫂搬了一个小木椅子，坐了下来，随手拿了身边一棵大白菜，在水桶里面洗了起来。

"妈！"

每次邱大嫂跟李锐谈学习的时候李锐就表现得不耐烦，在他那里，学习不是自己生活的全部，从小到大，他都是跟自己的母亲相依为命，母亲，才是他的全部。

"能上个高中，已经很满足了呢，我还不想上大学。"李锐将院子里面刚摘回来的那些大白菜一一码整齐，然后帮着母亲给大白菜根部去泥。

天还没亮，院子里面却亮起了昏黄的灯光，气温并不高，水还很凉，邱大嫂坚持让孩子戴着那双自己的手套，自己的手却在冷水中冻得通红，有些地方已经皲裂了，完全不像是同龄人该有的那双手。

"唉，你这孩子，能读书的时候不好好读书，将来你肯定要后悔的，妈就是年轻的时候读书少。"邱大嫂在李锐的旁边蹲了下来，随手拿起一个大白菜，把废叶去掉，然后泡洗一下。要把这一堆白菜洗净，然后拿出去卖，虽然卖不了多少钱，但是好歹能补贴点家用，娘俩过生活也不容易。

"妈，有什么后悔不后悔的，这辈子，咱就没那个读书的福气，我就想啊，能一直陪在你身边就好了。"李锐望了望自己母亲脸上的那些皱纹，有些心疼地说道。

都说穷人家的孩子早当家，虽然是单亲家庭的他，却在很早的时候就知道体贴母亲的辛劳了，虽然成绩不太理想，但是在家务活这方面，邱大嫂还是对这个孩子挺满意的。

凌晨4点，娘俩就从菜地里面挑了一担子的白菜，趁着天未亮，俩人就将白菜涮洗干净，然后抬到菜市上去卖。早点去，还能占个不错的位置，以前都是邱大嫂一个人忙活，好在李锐今天放假，可以帮下忙。

李锐老嫌妈麻烦，你说人家白菜不都是从地里拔出来就拿出来卖吗，干吗非要这样细心地把废叶去掉，还要洗干净，这也太细心了吧，再说，这样做，白菜不是少了不少斤数吗，还能卖什么钱。

每次李锐问这个问题，邱大嫂都会语重心长地对李锐说："不管人家怎么做，怎么说，你做人做事，要对得起自己的良心，违规犯法的事情咱不干，缺斤少两的事情咱也不做，做人，求的就是一个心安。"

都说无商不奸，但是邱大嫂就是这样一个善良的人，也正是因为她家的白菜比人家的便宜而且干净，所以她家的白菜卖得总比别人快。加上邱大嫂为人热心肠，也喜欢跟那些买菜的大妈小妹唠嗑，所以邱大嫂在菜市的人缘还是比较好的，也有一些固定的买主。

"妈，你今天就休息一天吧，今天就让我来卖菜吧。"

李锐将肩头的担子放了下来，拿出一张尼龙布，铺在地面上，然后将篮子里面的大白菜一棵棵的拿出来，然后一个个的整整齐齐地码放在尼龙布上。

"这哪行，这个铁杆秤你都不认识，还怎么卖菜啊，你就回家做作业吧。"邱大嫂将篮子里面的那根老旧的铁杆秤拿了出来，放在一边，这样的问题，李锐提了不少次，但是每次都被邱大嫂拒绝了。

"我认识！"李锐从邱大嫂手里拿过那根铁杆秤，自信地说道。

虽然邱大嫂从来没有教李锐认过这种老旧的铁杆秤，但是李锐却自己偷学了过来。菜市上有很多商贩已经采用了那种电子秤，方便快捷，也方便买卖双方核算斤两，李锐也想帮妈妈买一个，可是一问才发现，那一个秤需要几百块，这样足够买好多担白菜了。一时间，李锐也有些黯然。

"认识也不行，这里大部分都是老主顾，他们不认识你，未必会买咱家的白菜嘞。"邱大嫂帮着李锐将白菜一个个的码放在尼龙布上，这么多白花花的白菜整整齐齐地码放在那，居然有一种说不出来的美感。

李锐见违拗不了自己母亲的意愿，自己又不想一个人回到那个空旷旷的家，就折中地说道："妈，那我就在一边帮你吧，我也不回家了，刚好帮你照料下。"

"这哪行，你是个学生，这事不能让你干，妈还没老呢，我能行！"邱大嫂坚决不让自己的孩子在这菜市上抛头露面，怎么说也要顾及孩子的尊严啊，这又不是什么大买卖，要是让同学或者熟人看到了，那孩子的面子就多挂不住啊。

没想到李锐听到邱大嫂这样一句话，心里一塞，停下了手里的动作，说道："妈，学生怎么了？学生就不能卖菜了吗？我小时候不还是在你身边帮忙吗，妈，别乱想，反正今天我是不走了。你不用撵我走了，我是不会走的。"

望着孩子干净麻利的手脚，邱大嫂也不好再说些什么了，最近白菜卖得挺不错的，自己累得背也有点酸疼，有个帮手也不错，就没有再说些什么了，只是希望别碰到什么熟人的好。

李锐娘俩到了菜市场的时候，天还没亮，但是菜市场还是蛮热闹的，当然，这不是因为卖菜的大妈来得早，而是菜市场的商贩们正在热火朝天地忙着出摊，而这个时候的邱大嫂，摊子早已经摆好了。

"给，拿去买碗面吃。"

天微微亮，邱大嫂给了李锐一张皱巴巴的 10 元人民币，现在人不多，做早点的那个王老头已经出摊了，刚好可以吃点早饭。

"妈，你吃什么？我给你带。"李锐接过钱问道，一想到可以吃到老王头家的牛肉面，李锐就忍不住地流口水，那老家伙做的牛肉面，真叫一个好吃，不过也很贵，7 块钱一碗，李锐平常是舍不得吃的。

"妈不饿，不想吃，你现在正在长身体，多吃点。"邱大嫂低头摆弄手里的白菜，除去那些破损和被虫子啃掉的叶片，并没在意。

"哦。"李锐应了一声，就跑开了。

邱大嫂抬眼望了望李锐那个比自己高得多的背影，淡淡一笑，这么些年，总算熬过去了，这孩子，也长这么大了。

"李大妈，一共 3 块 9，算你 3 块 5 吧。"邱大嫂将眼前的老年妇女挑中的两棵白菜放进黑色的方便袋里面说道。

"不行，该是多少是多少，给，这 4 块钱不用找了。"买菜的李大妈递给邱大嫂 4 块钱，和蔼的脸庞上还较着真。

"这怎么能行，我找您 1 毛吧。"邱大嫂翻着自己的那个破旧的钱币袋子，试图从里面拿出 1 毛钱找给李大妈。

"不用了，你一个人带孩子也不容易，下次我买菜的时候差 1 毛钱你就算在那里面吧。"李大妈说完就拿着那袋白菜转身走了。

望着李大妈的背影，邱大嫂黯然神伤了一下，这些年，自己拉扯李锐这个孩子确实很不容易。

"妈，给，这是给你买的，趁热吃吧。"

邱大嫂正在愣神的时候，感觉到有人在触碰自己的胳膊，回神过来的时候却发现李锐正端着那碗热气腾腾的面条，放在自己的面前。

"妈不是说了妈不饿了吗，你自己吃吧，妈还挺忙的呢。"邱大嫂并没有再去看李锐，兀自整理着刚才被翻乱的白菜，区别着种类，整整齐齐地放在那里，好供人们挑选。

"妈，我吃了的，这碗面条是专门给你买的，你看，现在的人也不多，我来帮你照看下就可以啦。快吃吧，冷了就不好吃了哦！"李锐懂事地将邱大嫂手里的那根铁杆秤拿了过来，然后将自己手里的那碗在老王头那儿买的牛肉面递送了过去。

可能是拗不过这小子，邱大嫂只能擦了擦手，接过李锐手里的那只温热的瓷碗，这孩子，真的长大了，知道体贴自己了，一时间，邱大嫂心中充满了安慰。

在邱大嫂吃面条的期间，陆陆续续来了几个人，有的看了几下，就走了，有的买了几棵大白菜，李锐倒是如他所说的，还是蛮会认这个铁杆秤的，这数学没白学。

其实，李锐小学数学就够用了，知道加减乘除就可以了，现在学的数学，完全用不到。

不过，李锐还是每次对母亲称赞自己算账快的时候露出笑容，也不知道是真的开心，还是在安慰自己的母亲。如果让邱大嫂知道自己在班里吊车尾的话，不知道她该有多伤心，可是没办法，李锐确实无心学问。

太阳慢慢地爬了起来，菜市上的人也渐渐多了起来，各种吆喝声，讨价还价声充斥在耳边，好不热闹。

菜市场的人多了，各个商贩显然更加忙碌了起来，邱大嫂的生意也还不错。陆陆续续不少人买了许多白菜，虽然是初春，但是这个市的温度也不是很高，当地居民还是挺喜欢吃火锅的，大白菜显然是最好的汤菜类的配菜了。

"麻烦一下，帮我称两棵大白菜。"正在邱大嫂和李锐忙不迭的时候，一个娇弱的女声在一旁响起。

"好嘞!"李锐手脚麻利的拿出两棵大白菜，利索的放在铁杆秤上一秤："3块6算你3块5吧。"

李锐抬起头，将手中的大白菜打包好，递给这个顾客，可是就在抬头的那一瞬间，俩人都愣了。

"李锐?"女声有些惊讶地问道，清秀白净的脸庞上写满了吃惊。

"你怎么在这儿?"李锐也吃了一惊，他怎么也没有想到在这儿碰到了同班同学，而且是自己的同桌，梁禄灵。

一个是顾客，一个是小摊摊主，两人的身份，仿佛从一开始就是这样，不平等了起来。

"难得一个月假啊，我想给家里做顿饭吃，就自己来买菜了啊，真没想到能在这儿碰到你。"梁禄灵从李锐手中接过那两棵白菜，有些意外地说道，边说边拿出她的那个粉色的钱包准备拉开拉链付钱。

李锐这边的异样自然吸引了邱大嫂的注意，两人的谈话邱大嫂更是一句不落地听了下来。

"别，丫头，既然你是我家娃儿的同学，这两棵白菜就送给你了，今后你们要好好相处哈。"邱大嫂伸手制止了准备掏钱的梁禄灵，两个人的手，一个皱巴巴的，一个水灵灵的，看在李锐的眼里很不是滋味。

"这个是李阿姨吧，这怎么能行呢?"梁禄灵有些推辞地说道，虽然自己认识李锐，但是跟他并不是很熟，自己只是想买两棵白菜做个火锅菜，逛了一圈，才发现这家的大白菜不仅干净，而且肥大，所以就选择了这家，只是真的没有想到在这儿居然碰到了自己的同桌李锐，如果早知道这个埋头干活的家伙是李锐，梁禄灵可能怎么都不会来这家买白菜了，挺尴尬的。

邱大嫂看了一下自己的打扮，穿着灰布围裙，手上还脏兮兮的，一身着装很是土气，再看看梁禄灵，一身干净利索、赏心悦目的装束，慌忙说道："不不，李锐是我侄子，他也是来买菜的，看我不方便，就过来帮帮忙的。"

邱大嫂很是尴尬地说道，同时眼神中流露出一抹难言伤痕的神色。

邱大嫂的话不仅让梁禄灵吃了一惊，刚才这个大妈还说是自己家的娃儿李锐，怎么突然间就说是自己的侄子呢？更让李锐吃了一惊，妈妈为什么要当着自己的同学的面这么说呢？难道怕自己丢了妈妈的面子？

不，应该是妈妈在顾全自己的面子才这么说的，想到这里，李锐心里莫名的涌出一种伤感。

家里穷，这是事实，但是邱大嫂却一直尽自己最大的能力维护自己孩子的那点自尊心，从小到大，邱大嫂都没有打过李锐，哪怕李锐犯再大的过错，也只是说道几句，数落几下，甚至是暗自落泪。要不是那晚李锐看到母亲一个人在房间里面暗自哭泣，可能他也不会一夜长大了，这一辈子，都是母亲拉扯自己，自己却还那么不懂事，自己真是混账。

"这……"

面对邱大嫂的这个解释，梁禄灵一下子尴尬了起来，刚把 4 张 1 元人民币的钱拿在手里，却沉重得不知如何处理，这钱给也不是，不给也不是，场面顿时凝固了起来。

"妈，您别这样。"

正在这个时候，李锐打破了这个短暂的宁静，一句话就让邱大嫂的陈述变得异常的苍白，确实，李锐自己都叫妈了，邱大嫂再怎么说都不可能否认李锐是自己的儿子吧。

"这……"

梁禄灵再次愣神了，这娘俩唱的是哪一出啊，一边说是婶侄关系，一边说是母子关系，真让人摸不着头脑。

"一共 3 块 5，找你 5 毛，谢谢惠顾。"李锐也不管愣神中的梁禄灵，径自从她手里接过那 4 张钱，找了梁禄灵一个 5 毛钱的硬币。

　　傻傻的接过李锐递过来的 5 毛钱硬币，梁禄灵还是有点愣神，刚准备转身走就听到李锐的喊声："这是我妈。"

第十九章
聂少的烦恼

假期第二天，聂少约哥几个一起聚一聚，顺便缓和下李锐和朱俊宏的紧张关系。毕竟是哥几个，闹点小矛盾还是可以的，但是如果不尽快解决，搁置的时间长了，可就不太好了。

东大街是 GS 市最繁华的街道，不仅商铺众多，就连帅哥美女也是大批量的，所以四小天王没事就喜欢在这儿逛逛。其实并没有想过会发生什么事，单是大饱眼福就是很不错的选择。

时值正午，聂少挑选了一家自助烤肉的店，30 块钱一位，价格虽然相对实惠，但是平常李锐是不来这个地方的。

点了 8 瓶可乐，每人两瓶，喝完再点，两个烤箱，四人慢悠悠地将各种肉片放在烤肉纸上，不多会，烤箱上就挤得满满当当的。

"聂少，咋看你闷闷不乐的，怎么了?"李锐一边用筷子捣鼓着眼前的这个鸡柳，一边问道，要是这能带出去该多好，家里好久没吃肉了。

"唉，一言难尽，不过你先跟小猪喝一个吧，什么矛盾不矛盾的，大家都是哥儿们，又不是抢老婆的事情，有什么大不了的，喝一杯就过去了啊。"聂少说道。

李锐跟朱俊宏拌嘴了，聂少和刘星宇自然知道，不过谁没个拌嘴的时候。

"行，我先来吧，小猪，你可要小心哦，我可是找到了神秘人物当我师父哦，小心我赶超你了啊！"李锐端起杯子，敬了朱俊宏一个。

朱俊宏自然也不是什么小气的人，当时自己的心情也不怎么好，现在又是李锐开口率先化解矛盾，朱俊宏自然不能再拘谨什么，笑着说道："哈哈，那行，我可就等着看你穿着裤衩裸奔呢。"

一句话，倒是让4个人开怀地笑了出来。

菜过五味，4个人推心置腹起来。

"我说聂少，你还没说今天怎么没精打采的，什么事啊，哥几个帮你摆平了。"李锐说道，语气中充满了霸道。

一听李锐再次问到这个问题，聂少的脑袋晃的跟个拨浪鼓一样，苦着脸地说道："唉，还能有什么事，还不是霸王龙，唉……"

李锐三人从来没有见过聂少这般唉声叹气，顿觉事态的不一般，急切地问道："霸王龙怎么了？是不是太生猛了？"

聂少摇了摇头，语重心长地说道："唉，我怕我是爱上了那头霸王龙了……"

噗……

李锐的一口可乐还没下肚，就被聂少的这句话给吓喷了，因为刘星宇坐在李锐的对面，直接稳稳当当地接了下来。

刘星宇抓了一根鸡骨头向李锐砸了过来，却被李锐躲了开来。

"聂少，你不一向喜欢那种出水芙蓉、晶莹剔透的女生吗？怎么会喜欢霸王龙？不对，我没听错的话，你用的那个词是爱，对吧！"朱俊宏学着李锐的口气反问道，这确实是一个极度不可思议的事情。

曾经聂少跟哥几个说过自己的择偶标准，无一不是苛刻中的刁钻，什么貌美如花、身若嫩柳、色如芙蓉。

现在看来，或者说跟霸王龙相比，实在是天差地别。

霸王龙不仅彪悍，而且身形跟个爷们无异。这样的女汉子估计班里没有什么男人喜欢吧，可能霸王龙很有自知之明，正是因为没人喜欢，所以才更加放浪形骸、丑态尽现。

先别说内在，光是外在，就让人忍不住喷饭了。如果是个男的，还挺招人喜欢的，如果是个女的，这恐怕就有些让人惧怕了，如果说曾露的那个是飞机场，用李锐的话说，这哥们显然就是天外陨石砸出的大坑啊。

霸王龙的皮肤既没有汪亦娟那样白里透红，也没有梁禄灵那样水灵白嫩，简直跟三四十岁的女人一样，显然，这是霸王龙不爱保养的结果。

所以，李锐对霸王龙的印象就是貌美像如花、身弱如残柳、色如老干妈……

你说他损不损，当然，这跟霸王龙扇了他一巴掌脱不了干系。

霸王龙的姿色可以说是班级的中下等，可是让李锐等人想不通，这样的霸王龙，怎么会让聂少喜欢？

"我也不知道，脑子里面老是不自觉地浮现出她的样子。"借着勇气，聂少说出了自己心中的那团疑惑。

"我估计，你呀，是被霸王龙的淫威给吓怕了。"李锐拾掇起那根掉在地上的鸡骨头，扔进垃圾桶里面说道。

刘星宇也止住了打闹，说道："你跟灭绝师叔那儿反映情况还是没通过吗？要不要跟你爸妈商量下，把你们俩的位子给调开？"

如果聂少爸妈出面的话，恐怕灭绝师叔不会不给面子，再说，学校这边的压力，也让灭绝师叔不得不给面子。

"通过个屁啊，灭绝那个老秃驴不知道吃了什么药，死活不肯给我换位子，还说就算我爸妈来了也没用，真不知道霸王龙给他什么好处了，跟掉在厕所里面的石头一样，又臭又硬。"聂少满腹抱怨，这还是聂少第一次对灭绝师叔表示这么明显的不满，看来这家伙确实喝得有点多了。

"看来调位这条路走不通了，要不，我出点主意，就去整整她，让她收敛点？"李锐看着聂少一脸苦样，忍不住地说道。

"滚，别跟我提你出主意，什么馊主意，上次不是你的那个烂点子，怎么会发生那样的事情，现在全班都知道了，你还让我怎么活下去！"聂少白了李锐一眼，猛地咕哝了一大口可乐，不知不觉，聂少已经喝了不少。

提起那个点子，李锐就忍不住脸红了起来，虽然自己跟聂少俩人都是受害人，但是相比于自己的遭遇来说，聂少的境遇简直就是惨不忍睹。

霸王龙的那一个吻，聂少估计把年夜饭都吐出来了吧。

"可是这么下去也不是个办法啊。"朱俊宏看着聂少这种颓废的模样忍不住地感叹道，这一次调位，影响都挺大的，尤其是聂少，几乎每一节课都不在座位上，至于去哪儿了，这都是一个谜。

"霸王龙对你做什么了？"李锐向来是哪壶不开提哪壶，不怕死的他问道。

显然，李锐的这个问题不是指那个霸道的吻。

"她让我做她小弟，帮她跑腿！"

也不知道是不是人到伤心处，连这么隐晦的事情，聂少都说了出来。

"什么?!"

这下不仅是李锐，就连朱俊宏和刘星宇，都吃惊地瞪大眼睛，一脸的难以置信。

要知道，聂少可是四小天王的头，如果连聂少都成了霸王龙军队的一员，那么自己这3个人呢？附属国？

"那你有没有答应啊？"李锐三人急切地问道，毕竟这件事事关重大，如果聂少真的答应了霸王龙的话，那样四小天王就是名存实亡了，而且在高三（6）班，再也不会出现两个组织的现象了，而只会是一家独大，这样的场面，显然不是李锐想要看到的。

无论班级里面有什么活动，男生这块的负责人就是四小天王的头儿聂少，而女生这块的负责人就是以李婉蕊为责任人，实际上掌权在霸王龙手里。

如果聂少成为了霸王龙的小弟，那么今后无论举办什么活动，占便宜岂不都是女生那边？要知道，虽然四小天王在班级里面名声不怎么好，但是每次有好的活动，聂少都会尽量为男生多争取一点福利，如果聂少都叛变了，今后的活动还怎么搞？

"我当然没有答应。"

聂少也是气急败坏地说道："可是她居然强迫我做不想干的事情，你说这世上怎么还有这样的人啊！"

聂少的一声哀怨，让四小天王再次陷入短暂的沉寂之中。聂少没有答应就好了，可是霸王龙的手段，四小天王都是见识过的，先别说李锐这家伙挨了霸王龙的一巴掌，单是她敢将聂少拎来拎去就可以见其彪悍了。

"也不对啊，如果霸王龙这样的话，你怎么会喜欢上她呢？"刘星宇是4个人之中最为清醒的，他的问题一针见血。

确实，这么"道德败坏"的霸王龙怎么能入聂少的法眼，而且能让他说出爱这个词眼来呢？

"我怎么知道，反正就是那家伙在我的脑子里挥之不去，就连做梦，都会梦到她，你以为我想啊！"聂少把脑袋趴在桌子上，边说，边摇着头，可是声音越来越小。

"喂?"

李锐推了一下聂少，可是聂少浑然没有反应，这家伙，真是累了。

聂少睡着了，但是李锐三人并没有睡。

"你俩对这件事怎么看?"李锐率先问道，显然，这个时候最适合3个人讨论聂少的问题了。如果聂少真的屈服在霸王龙的淫威之下，李锐三人自然没有办法，但是这样，4个人再在一起的味道就变了。

刘星宇看了一眼聂少，有些忧虑地说道："我们肯定不能坐视不管，霸王龙那边的事情也不好处理，现在都是高三了，虽然我们一直没有跟她们打交道，向来都是井水不犯河水，但是如果她们跟我们开火的话，我想我们也不会坐以待毙。"

"说的对，绝对不可以，我们4个人在一起也不容易，虽然不知道这个霸王龙对聂少安的什么心，但是肯定不是什么好心，我想我们应该帮帮这家伙，绝对不能让他们俩人在一起了。"李锐义正词严地说道，提起这个霸王龙，李锐就恨得牙痒痒的，当着那么多人的面，自己被她这么扇了一巴掌，这个仇，说什么都得报回来，当然，这也只是想想而已，毕竟李锐总是有贼心没贼胆的。

"能有什么办法?"朱俊宏问道，想起上次那个损人不利己的办法，朱俊宏就有些后怕，生怕下一次倒霉的人会是自己。要知道，上次不仅李锐自食其果，而且还让聂少跟着受罪。这一点，朱俊宏还是记得分明，不过好在汪亦娟并没有受到较大的伤害。

"我看，要不我们每节课下课就去找聂少，不给霸王龙可乘之机?"基本上很多次下课，聂少就被霸王龙叼走了，至于叼到哪个地方去了，3个人不得而知，而且，聂少也从来不说。

刘星宇的话音刚落，李锐就连忙摇头："不行，这方法只是治标不治本，你想想，聂少是霸王龙的同桌，上课的时间远远多于下课时间，就算下课时间跟我们在一起，也无济于事，这个方法绝对行不通。"

"那你有什么好办法？"刘星宇好不容易想出来的办法被李锐这么直接地反驳掉了，心里有点不舒服，反问道。

"要我说啊，"李锐突然邪魅的一笑，"干脆就让聂少从了她吧。"

"一边去！"

朱俊宏和刘星宇同时扔了几根碎骨过来。

"我还没说完呢，你想想看，如果聂少答应了，而且百依百顺了，依照霸王龙的脾性，显然会对这么顺从的家伙失去兴趣，那个时候，聂少不就自由了吗？"李锐得意地说道。

"你以为霸王龙会中你的这招欲擒故纵啊？她可不是这么简单的角色。"刘星宇同样反驳道，这样笨的方法也只有这么傻的人想到了。

看来这件事没有这么简单，3个人陷入了短暂的宁静之中。

不过，静默的时间并不长，直到窗外响起比较刺耳的喇叭声。

寻声过去，窗外停了一辆崭新的黑色奥迪 A6，本来这些豪车三人并不感兴趣的，但是接下来发生的事情倒是让 3 个人有些目瞪口呆，而且心跳加速。

原来，从车上下来了一个妙龄少女，年龄跟大家相仿，不过，那一身名牌，还有雪白手肘处挂着的 LV 包包，无不彰显着她尊贵的身份，而她那性感的娇躯，无一不让男人为之抓狂。

白色的绒帽，红白相间的羊毛衫，加上性感的打底裤，还有黑色筒靴模样的高跟鞋，走起路来，气质绝非市井之人。

这个女孩并没有离开三人的视野，倒是在众人的视野中走进这家烧烤店，私下寻望了一下，径自地朝着李锐这一桌走来。

这妹子来这里做什么？

3个人心跳加速，还未到身边，就问到她身上那浓郁的薰衣草的味道，给人的感觉就好像躺在一块长满薰衣草的原野上，四下清香，连绵不绝。

"你们怎么让他在这儿睡着了？"

似乎是在嗔怪，更像是在训责，女孩蹬着高跟鞋来到聂少的身边，扶起深睡中的聂少，同时还给了李锐三人一个白眼，那眼神，仿佛在说三人就是聂少的酒肉朋友一般。

本来很完美的形象，就是在这一眼中，毁坏殆尽。

"你是谁啊？他睡着了，别动他，我们一会儿送他回去。"李锐想伸手阻止眼前这个女孩的进一步动作，却被这个女孩的眼神一瞪，给缩了回去。

女孩嘴角微微一翘，很美的一个表情，给人的感觉很是赏心悦目，但是寓意却并不是那么美好。

"你们送回去？你们知道他家在哪儿吗？去了，还怕你们弄脏了他家的地板呢。"女孩的话极具挑战性，让李锐三人很是不爽。

"你！"

李锐刚想发火，却被朱俊宏一下子给拦了下来，干嘛跟一个女孩子较劲。

"不好意思，我这同学脾气有点冲，不过你扶着的这个人确实是我们的同学，不知道你是谁？我们是不会轻易让别人带走他的。"朱俊宏义正词严地说道，虽然这个女孩表现得跟聂少比较亲密，但是究竟聂少认不认识她，还得另当别论。

"呵，"女孩的一叶眉微微一挑，"怎么，还当我是人贩子啊？"

说着，女孩子还拿出自己的那个 LV 包包，从里面取出一个蓝色系的钱包，打开一看，却惊呆了三人。

居然是她跟聂少的接吻照！

天，这女的究竟何方神圣啊？

第二十章

霸王龙大战泼辣妹

聂少的女朋友？

李锐三人对这个突然出现的摩登女郎目瞪口呆，可是毕竟她有跟聂少在一起的照片，根据照片的内容来看，俩人不仅认识，而且还很熟悉。

没有理由再去阻拦这个女孩的动作，她就这样扶着睡得一摊烂泥的聂少，在三人的视线中一步步远去，然后消失在那辆奥迪车中，消失在众人的视野里面。

"这女的长得漂亮是漂亮，可是脾气跟便秘一个月一样，白给我我都不要。"回想刚才的画面，李锐忍不住吐槽道。

这女孩确实漂亮得没话说，从那张性感十足的照片上大家也都可以看出来，这女孩肯定跟聂少有着说不清道不明的关系，可是聂少这小子，却从来没有跟李锐三人提过这个人。

"你们知道这个女孩子叫什么名字吗？等明天上课了我们问问聂少不就知道了吗？"朱俊宏询问道，可是话一出口，就感觉自己好像问了一句废话，三人都是第一次见这个女孩子，怎么可能认识呢？如果认识，还需要大家这样猜测吗？

不过，朱俊宏的这个问题还真的没有白问，因为刘星宇告诉了俩人答案。

"这女孩叫刘一苇。"

"你神啊，你怎么就知道？"李锐瞪大眼睛地看着刘星宇，一脸的难以置信。

"这女孩你是不是见过，知道她？"朱俊宏不愧是学霸，遇到了问题不像李锐一样发出一些无谓的感叹，倒是说出了自己的猜测。

刘星宇给了俩人一个白眼，喝了一口手中握着的那杯可乐，淡淡地说道："并不是所有人都会去看那张照片的，在那张照片的旁边有她的驾驶证，上面不就是她的名字了吗？"

李锐跟朱俊宏纷纷对刘星宇竖起了大拇指，这家伙果然观察入微，这些年的侦探小说，他没有少看，当然，也没有白看了。

"我想这个叫作刘一苇的女人很不简单，而且，她跟聂少的关系很不一般。"李锐摸着自己短短的几根没有剃掉的胡须一脸深沉地说道。

"不过我倒是觉得他们两个人很是般配的。"刘星宇看了一眼窗外，那辆奥迪 A6 早已经不在窗外了，但是仿佛从刘星宇的眼中已经看到了那两人的未来一般。

感觉到刘星宇语气中淡淡的忧伤，朱俊宏业忍不住赞同道："是啊，或许就像刘一苇她说的那样，我们送聂少回家，只会弄脏他家的地板而已……"

虽然聂少走了，但是李锐也不想剩下的 3 个人在这儿长吁短叹，感叹人生，索性拿起身边还有大半瓶的饮料，满满的给自己倒了一杯，端起来，说道："来来来，别管他了，每个人都有每个人的命，我们过好自己的就可以了，来，干一杯，一杯解千愁!"

三人各怀心思地干了一杯。

高三的假期总是比高一高二少那么一两天，虽然大家怨声载道的，但是现在也确实不是抱怨的时候，毕竟现在已经到了高三下学期，也是众多学子的学习生涯的最后一年，每个人都在为梦想进行最后的冲刺。

"等等!"

霸王龙刚想依照惯例地拎着聂少出去，但是没有想到的是，这一次却没有那么顺利。因为李锐三人已经在门口堵着了，而且，气势汹汹，杀气腾腾。

"怎么? 敢拦我的路?"

霸王龙就是霸王龙，纵然面前3名壮汉，她依旧是面不改色，而且还敢剑眉一挑地瞪着李锐三人，那气势，好一个霸王龙。

李锐嘴角微微一翘，有点不屑地说道："你，我们很没兴趣，也提不起任何兴趣，我们想要的，也就是你手里的那个东西，你不能带走。"

李锐的话很冷，冷到骨髓，熟悉他的人都知道，这样的李锐一般都是动真格的了。当然，每当四小天王这个表情的时候，绝大部分的同学都会选择暂避锋芒，但是，今天的霸王龙也不知道是不是今早出门没吃药，还是吃多了药，偏偏不买李锐的账。

"你是指他吗?"

霸王龙斜着眼睛看了一下自己右手边的聂少，一副你敢抢我的猎物我就弄死你的表情。

此时的聂少倒是显得比较悠然，反正自己都被这个霸王龙强吻了，这么丢人的事情都发生了，还有什么面子可言，干脆就不管了。

"你觉得自己有什么资格这样对他呢?"李锐走进一步，眼神兀自紧紧地盯视着霸王龙，几乎一字一顿地说道："哼，天作孽，尤可恕，自作孽，不可活！"

就在霸王龙还没有彻底反应过来的时候，李锐就退后几步，跟朱俊宏三人闪到一边，一股薰衣草的香味率先袭来，未见其人，先闻其香啊。

这香味的来源自然不是李锐三人，而是昨天在烧烤店出现的那位妙龄少女，也就是架着聂少离开的那个泼辣妹。

只不过今天的刘一苇跟昨天的打扮截然不同。如果说昨天的是休闲装束，那么今天，刘一苇简直就是惹火泼辣的装扮：白色的蕾丝吊带，薄而透明的将她那细腻滑润的肌肤若有若现地展现出来，而她的那粉色风信子的胸针更是将她那性感高耸的胸脯勾勒得摇人心旌，更别说她那1米78的个子，那修长的细腿在肉色网袜的包裹下，更显成熟的异样魅惑。

而她的出现，也让霸王龙大吃一惊，可以说，霸王龙在刘一苇的面前，完全失去了颜色，简直就是丑小鸭的存在。

"你怎么来了？"

刘一苇的出现，也让聂少吃了一惊。

聂少这边的异变，自然不会引不起班级的躁动。要知道，无论是聂少还是霸王龙，都是高三（6）班的领袖人物，而且，这一次，居然还出现了这么漂亮的女孩子，不，女人。

以这两个女人为中心，一会儿就形成了一个包围圈，里三层外三层地将里面的人围得水泄不通，也不知道是怕春光外泄，还是怕错过精彩时刻。

不过，李锐三人和霸王龙军队的人，倒是将这些喜欢看热闹的人赶得远远的。对于他们来说，虽然听不见声音，但是看看画面还是挺不错的。

率先发难的不是霸王龙，因为此刻的她正处于呆滞状态，而对手松懈就是我方最佳的攻击时机，熟读兵书而且百战不殆的刘一苇深知时机把握的重要性。

只见刘一苇在霸王龙呆滞的目光中，伸出纤纤素手，一把抢过聂少，拉到自己的身后，瞪视着霸王龙，完全不被霸王龙的气场所影响。

其实，从现场的情况看来，霸王龙的气场怎么可能有刘一苇的强大？

当然，事情绝对不会这么简单就结束了，更精彩的还在后面。

霸王龙虽然被这个突然出现的陌生女人给惊呆了半晌。但是，霸王龙就是霸王龙，还是霸王龙军队的领袖，当着这么多人的面，如果认怂，将来自己还怎么当头儿，还怎么在这个高三（6）班混下去？

短暂的惊讶并没有持续多长的时间，只见霸王龙缓缓地向着刘一苇走进一步，下巴微微一抬，毫不示弱地看向刘一苇，两人身高差距并不大，准确来说，刘一苇更高一些，当然，如果刘一苇不穿高跟鞋的话，还要另当别论。

虽然现场并没有任何的解说，但是众人都清楚得很，一场史无前例的大型战斗就要在这个高三（6）班拉开帷幕了。

究竟谁会赢？程杨瑞等人早已经在外围设好了赌局，刘一苇的赔率是一赔一，而霸王龙军队的是一赔十，这还引来了不少好事之徒的参与。

刘一苇的突然出现并不突兀，就在昨天，当刘一苇送聂少回家的时候，听到成一摊烂泥的聂少，嘴里还在不停地嘟囔着，好像是某个女孩的名字，仔细听了一下，原来就是这个霸王龙。

也不知道什么原因，知道了这个事情之后的刘一苇今天就早早地来到了学校，刚好碰到了昨天在烧烤店的李锐三人，当李锐三人知道了这个摩登女郎是来找霸王龙的麻烦的时候，自然十分乐意告诉她这个霸王龙是谁，然后再添油加醋地在刘一苇面前数落了霸王龙一通，说怎么怎么残忍地对待聂少这只小动物，说怎么怎么没有爱心，既不让聂少吃好，也不让聂少好好学习之类的，总之就是添油加醋的话。

　　虽然不确定聂少跟刘一苇是什么关系，但是李锐三人并不是白痴，昨天就看见刘一苇亲自来接聂少回家，两人的关系肯定不一般。既然这个刘一苇这么在乎这个聂少，那么李锐三人索性顺水推舟，一方面说说聂少遇到的真实情况，一边丑化霸王龙，反正真正的目的就是借刘一苇的手，来惩治这个霸王龙，灭灭她的威风。当然，李锐三人并没有抱有很大的希望，只能抱着看热闹的态度来看看事态的进展了。

　　不过，今天的热闹，确实太热闹了。

　　"你是谁？凭什么管我跟他之间的事情？"可能是先前霸王龙因被刘一苇的突然出现而震惊地失去了聂少而感觉到尴尬，率先开口，想扳回一下自己的面子，毕竟这样的事情必须得先问清楚对方的来头才行，看对方这么个打扮，也不像是一个正经的学生。对于外面混的人来说，霸王龙处理这件事也不会那么简单马虎和粗暴了。

　　"我是谁？"刘一苇淡然一笑，笑容里面充满了不置可否和不屑一顾，"呵呵，问我是谁，那你又是谁？"

　　想到了这个不速之客来的盛气凌人，但是没有想到这家伙如此傲慢嚣张。霸王龙也不是什么善茬，只见她挺起自己的陨石坑，理直气壮地说道："我是他同桌。"

　　"哦？同桌？"刘一苇嘴角微微翘起，一丝不屑不自然地流露了出来，而且她那双美目之中还充满了嘲讽，接着说道："是同桌？呵呵，真是贻笑大方，是同桌你还用得着对他推推拉拉地往外拽？是同桌你就可以想骂就骂，想打就打？你当聂少什么人？你儿子还是你老公啊，长得跟男人一样还在这学男权主义，你弄清楚你的身份再来上学好吗？"

　　刘一苇的声音并不大，但是句句经典，而且一语中的的。这些话，别说班里的其他同学不敢说，就是四小天王都避而不谈，毕竟这话是霸王龙的禁忌，说了无疑是找死。但是四小天王不敢说的事情，刘一苇说了，四小天王不敢做的事情，刘一苇做了。

有那么一瞬间，李锐三人觉得这个女人并没有那么坏嘛。

至少正义感还是蛮强的。

"你！"霸王龙显然没有料到这世界上有如此嘴毒的女人，一时间自己也找不到可以反击的词汇，只能呆愣在当场，用一个苍白无力的"你"字来反击，可是，是个观众都知道，这样的反击无异于兵败鸣金。

乘胜追击才能取得最佳的战果，刘一苇才不相信有什么穷寇莫追的理论，毕竟霸王龙对聂少荼毒已深，如果不让她颜面扫地，怎么对得起自己出手。

"你什么你？你是要说你身材好还是长得漂亮？看在你是聂少的同桌的份儿上，我告诉你，你要身材没身材，要姿色没姿色，除了你那头发黄枯燥而且分叉的头发能表明你还是个女的之外，我看不出任何特征你跟女生一样。你觉得你这样黏着聂少有意思吗？"也不知道刘一苇那双小巧的嘴是用什么做的，说话像是连珠炮一样，但是让人听的又是那么清晰，而且震撼。

霸王龙的脸色顿时一片铁青，有史以来，这还是四小天王第一次见霸王龙如此表情，那种要发作却发作不得的表情，让四小天王偷偷地在心底里面乐开了花。李锐三人越发觉得这个跟聂少有着不清不楚关系的女孩儿可爱了。

"你说你长得这么黑，黑得跟肯尼亚矿工里面的难民一样，而且还长得那么挫，我要是你，不去韩国花个百八十万整个容，也至少在家里面待着不出门，你就这样跑出来了，就不怕市容纠察队的人把你带进去问话啊！你还揪着聂少不放，我看你是癞蛤蟆想吃天鹅肉的想跟聂少在一起改善自己后代的基因吧，我告诉你，你这样要身材没身材、要脑没脑的家伙，就算跟聂少在一起，也改善不了多少，顶多就是长得像人而已，我拜托你赶快回去洗把脸，睡醒了再来教室，OK？"

如果说刘一苇前面的话叫作刻薄的话，这接下来发生的，刘一苇所说的，就完全是恶毒了，这么具有攻击力的话，刘一苇是怎么说出来的呢？李锐三人顿时觉得刘一苇高大了起来，不自觉的有些崇拜了起来。

"放屁！"

霸王龙显然坐不住了。从小到大，自己一直是一个女汉子的形象，而且从来都是自己欺负别人，从来没有人敢跟自己叫板，什么时候受到别人这样的唾骂。一直以来保持强烈优越感的霸王龙自然要发飙了。

感觉到事情的进展有些不对劲的李锐三人，想要阻止已经来不及了，因为霸王龙的拳头已然紧紧地握在一起，而且朝着刘一苇那张白嫩的小脸上就是一拳。

我的天，现在要花容失色了啊！

李锐三人赶忙地闭上眼睛，想不到女人之间的战争真可怕，文斗不行还要武斗。这简直比男人吵架还要凶险啊！怪不得孔子说过，天下唯女子和小人难养也。

不过，接下来发生的事情，并不是如李锐几人所料，或者说，出乎众人的理解范围。

论身板，霸王龙绝对比刘一苇那苗条的身材要强壮上好几倍，而且看那手臂的粗细程度，刘一苇也绝对不是霸王龙的对手。这一拳，显然会让刘一苇花容失色的，但是，结果却让人大跌眼镜。

因为，一向战无不胜、所向披靡的霸王龙，倒在地上，匍匐着想要站起身来，却发现自己每动一下，身体都传来钻心的疼痛！

聂少想要行动，却被李锐三人紧紧地扣住，这个时候，就算是聂少，最好也是扮演一个观众的角色，否则，一切都会搞砸。目前 4 个人能做的就是看着事态的进展了。

这件事的前后，谁也没有看见过程，或者说，都知道是刘一苇的杰作，但是谁也没有看到刘一苇的动作，这一切，都如同白驹过隙一般，快得不给人理解和思考。

"过肩摔，跆拳道黑带啊，这下霸王龙不死也得脱层皮啊！"李锐忍不住地惊呼道。真没有想到，这么漂亮的妹子居然这么彪悍，看来并不是所有的美女都那么羸弱啊，玫瑰也有带刺的。

"你究竟是他的什么人？"

在李婉蕊的搀扶下，霸王龙缓缓地站起身来，有些不甘心地问道。

刘一苇依旧是那副不屑一顾的表情，淡淡地瞟了一眼霸王龙。

"女朋友。"

第二十一章

全 面 冷 战

"什么?!"

不仅是霸王龙吃惊地瞪大眼睛,就连李锐三人也是目瞪口呆。

霸王龙显然没有想到刘一苇会这样说,但是从刘一苇肯为聂少而如此大动干戈来看,其所言不假。虽然心里比较吃惊,但是霸王龙还是发作不得,只能恨恨地瞪视了聂少一眼。

"好,很好。"

扔下这句话,霸王龙看了一眼在刘一苇身后的聂少,眼神中的情感实在是太过复杂和浓厚,让聂少都目不忍视。也不知道是不是因为难堪,霸王龙就这么在众目睽睽之下落荒而逃,让李锐三人暗自痛快。

随着霸王龙的离开,热闹自然而然就消散了。围观的同学们也只能作罢,虽然意兴未尽,但是好歹没有错过那么精彩的过招。当然,因为离得远,他们并没有听到这儿的对话,自然也就不知道这个刘一苇的身份了。而刘一苇的出现更是在整个高三 (6) 班炸开了锅,这个人究竟是何许人也。关于她的猜测，一时之间，成了高三（6）班最热的话题。

"你这样做，有意思吗？"

面对刘一苇帮自己出头，聂少非但没有表现出任何感激之色，反而有些愠怒地说道。

今天刘一苇的出现，不仅让李锐三人吃惊，就连聂少自己，也吃惊不小。因为自己从来没有告诉过刘一苇自己在哪个班，而且，也没有想到过刘一苇能找过来，更有甚者，对霸王龙如此奚落。也不知道聂少是于心不忍还是什么原因，见霸王龙被刘一苇给奚落，心里怎么都高兴不起来。

"我要是不这样做，指不定她又要欺负你呢，我真搞不懂，这女人有什么好怕的，你怎么就被她欺负了呢？"先前还是一脸冰霜的刘一苇在霸王龙离开之后，脸上就笑开花了。这女人，变脸真的比翻书还快。

看着刘一苇那么热情地朝着聂少扑过去，而且很有情趣地握着聂少修长的小手，李锐三人很识趣地离开了，接下来发生的事情，自然是少儿不宜了。

李锐说道："这家伙真厉害，三下五除二就把霸王龙给震撼住了，而且简单粗暴，简直就是我的偶像啊！真没有想到，这女的不仅长得漂亮，而且还有一身好功夫，唉，就是脾气差了点。"

"你们说，我们这样做，是不是有点太过分了？"朱俊宏那优柔寡断的毛病又犯了。真没有想到，到这个时候，朱俊宏还在为别人说话，如果拿到抗日战争那段时间，恐怕这家伙很快就成了卖国贼了吧。

"过分？"李锐不置可否地说了一声："先不说这件事跟我们没有关系，就算是我们做的，我们也绝对没有她过分，你想想，当着那么多人的面，聂少被她那样戏弄，颜面何存？我倒是觉得这样还便宜了她。"

如果非要李锐在刘一苇和霸王龙之间选择一个人，李锐自然会选择刘一苇。

可以说，刘一苇不仅帮聂少出了一口气，更是帮李锐出了一口恶气。

三人有说有闹地回到了教室，不过教室的氛围变得异常诡异，这表面上的安静，就是最直接的征兆。

"这……"

望着桌子上，跟李锐的桌子一样的粉笔线，朱俊宏有点愣神。

"这什么这，从今往后，不许你超过这条三八线，否则要你好看，哼！"汪亦娟给了朱俊宏一个白眼就不再理睬，留下一脸惊愕的朱俊宏。

相同遭遇的可不单单只有朱俊宏，就连刘星宇也遇到了同桌语文课代表付艳秋这样的待遇，但是对于这个现象，刘星宇嗤之以鼻，甚至看都不看，这女人，就是麻烦。从坐到这里到现在，刘星宇都没有跟付艳秋说过一句话，更别说超过这个三八线了，这样的要求对自己来说完全是形同虚设，刘星宇自然懒得去理会。

不过，班级的异样远远不止于此，几乎全部的女孩子，甚至部分的男孩子对四小天王敬而远之，更不敢轻易地说一句话。虽然先前也是这样，但是绝对没有现在这样害怕。

看来聂少的这件事，已经彻底惹恼了霸王龙军队了，而且霸王龙军队已经开始了冷制裁行动了。真没有想到，隔绝四小天王的行动开展得这么快，看来这霸王龙军队在班级的影响力确实非同一般。

本以为这一行动只会在高三（6）班实施，但是四小天王对霸王龙军队的影响力严重估计不足。整个广场高中都受到了这样的风气影响，加上那些曾经被四小天王欺负过的人，一起推波助澜，本就不太好的四小天王的名声，更加臭名昭著了起来。

就连四人走在校园里，都有人给白眼，更别说吃饭的时候，众人都离得远远的。

这样的冷遇，四小天王别说见所未见，更是闻所未闻。这样的事情，显然是第一次，但是大家都清楚得很，这是霸王龙军队的报复。

真没有想到霸王龙会用这样的手段来报复四小天王，不过四小天王也绝对不会束手就擒。

"聂少，那女的真的是你的女朋友吗？怎么从来没有听你提起过呢？"李锐靠在铁栏杆上，背对着教室，面朝着阳光，他喜欢这种透过梧桐树叶的阳光洒在脸上的那种暖暖的感觉。

"别提了，我以为她去了美国就不回来了，没想到这么快就回来了。唉，一个霸王龙就够我头疼的了，没有想到，这个时候她还过来添乱，我这是造什么孽了。"聂少也是一肚子苦水，并不开心。

"美国？"李锐吃了一惊，虽然在地图上李锐看过美国无数次，但是从来没有想过去美国，更没有想到过能遇到去美国喝过洋墨水的同学。

"她怎么就是你的女朋友呢？这究竟是怎么回事？"刘星宇语气有些怪，但是很急促，显然刘星宇对这件事很是介意。

感觉到刘星宇语气中的异样，聂少的神情有些不自然，将自己的眼神瞟向远处的有些发黄的梧桐叶上，淡淡地说道："这事儿说来话长。"

原来，刘家和聂家是相交甚好的世家，刘一苇的父亲跟聂少的父亲曾经一起创业，到现在成为商界举足轻重的人物。两家私交甚好，更有指腹为婚一说，所以刘一苇跟聂少不仅是青梅竹马的玩伴，更是早有婚约的甜蜜恋人。

虽然刘一苇对别人都是冷冰冰的，但是这个千金小姐对聂少却异乎寻常的热情。不过，聂少倒是对这个性格孤傲的女孩没有太大的兴趣，但是碍于情面，聂少并不好表露出来。

前一年，因为刘伯父要到美国谈一笔生意，就带着刘一苇离开了 GS 市。当时聂少还专门去买了鞭炮过来玩，总算可以享受一个人的生活了，但是没有想到的是，刘一苇这一走，居然不到一年就回来了，这倒是让聂少倍感苦恼。

"你说刘一苇这丫头，要长相有长相，要身材有身材，而且又为你着想，还跟你们门当户对，你咋就不喜欢人家呢？"李锐有点想不明白，确实，无论各方面来说，刘一苇都是女人中的极品，更是无数人的梦中女神。

"怪不得聂少对我们班的女孩子没有什么兴趣。"朱俊宏若有所思地说道。班里的女孩子虽然很多，但是真正算得上档次的没有几个，更别说能跟刘一苇那种极品美女相提并论的女孩子了。

当然，班花梁禄灵是除外的，从古至今，别说四小天王，就连整个高三（6）班的同学，梁禄灵的美都是无可比拟和无法逾越的。

"唉，别提了，没有感觉就是没有感觉，我能有什么办法。"一想起刘一苇在自己身边的模样，聂少就忍不住地打了一个寒战。

"这件事先放一边，目前我们还有更重要的事情要做。"刘星宇看了一眼高三（6）班的教室。有几个人的目光跟刘星宇的触碰到了，刘星宇还没看清楚是谁，那些人就把目光偏了过去，好像晚一步就会遭到什么诅咒一样。

刘星宇说的这件事，3个人自然知道是什么，可是这件事，确实比较棘手，而且头疼，四小天王每个人都感触深切。

"我的作业本还没下来，我估计在老师那儿。"朱俊宏猜测道，自己的语文作业跟大家一起交上去的，但是语文作业却没有发下来，最后还是语文老师李险峰让他去拿的。这次的历史作业本也没下来，估计还是她们搞的鬼，因为这两门的课代表都是女孩子，准确来说，都是霸王龙军队的一员。

"这件事没有这么简单，霸王龙肯定把这个简单的组织矛盾上升到种族矛盾了。"李锐小心翼翼地说道。本来这件事就是四小天王跟霸王龙军队的问题，但是没有想到，她们居然发动班级里面所有的女生联合起来对抗四小天王。这样的做法未免太过于阴险，但是不得不承认的是，这种做法非常有效，因为这样做给四小天王制造的麻烦并不简单。

听到这里，聂少也忍不住地叹了一口气："唉，真没想到，事情发展到这步田地，一苇她太胡来了。"

"不，我倒是觉得刘一苇的出现是帮了我们一把，削了霸王龙的锐气，而且，你没发现吗，自从刘一苇出现之后，霸王龙就没有再找你麻烦了吗？虽然现在的麻烦确实比较麻烦，但是总比之前的要好一些，既然决定跟霸王龙彻底决裂，我们就不怕做得过分，再说，要不是她那么强势在先，我们也不会这样。"说话的是李锐，要想跟霸王龙军队言和，那是不可能的事情。再说，自己跟李婉蕊的打赌李锐还记在心里呢，更别说霸王龙当着那么多人的面扇了自己一耳光，让自己下不来台。

"可是现在，貌似我们陷入了困境。"想着汪亦娟对自己的冷淡，朱俊宏有些莫名情绪夹杂其中地说道。

"什么，貌似？本来就是好吧，你们没发现别人看我们的眼神都怪怪的吗？"刘星宇没有好气地说道，现在全班，不，全校都在隔离着这4个家伙，看来霸王龙的冷制裁影响力还是挺大的。

"我们还是想点办法克服这个再说吧，事情没有这样简单，如果再这样下去，恐怕我们迟早会输。"

聂少可不想刘一苇再来一次，不得不说经过上一次刘一苇大闹高三(6)班的事情之后，霸王龙确实收敛了很多。不仅没有再找自己麻烦，甚至一句话都不曾跟自己说过。

当初刘一苇大骂霸王龙的时候，聂少也在场，骂的确实有些过分，还当着那么多人的面，聂少一直想找个机会跟霸王龙道歉的，但是一直找不到机会。再说，现在人家连看一眼自己都觉得多余，自己还有什么机会跟人家道歉啊，这样冷战的感觉，聂少比任何人都要感触强烈些。

"要我说，我们就以不变应万变。"

说话的是刘星宇，因为刘星宇个人的性格原因，对于这种隔离不隔离，疏远不疏远并没有什么特别的感触。就算整个高三（6）班的人都隔离他，他照样一个人活得精彩和潇洒，完全没有一点担心和孤独的感觉。

"这个显然不行，我可不想每次交完作业都要去老师办公室取回来，这样的次数多了，老师自然就知道了，这样一来，影响不好。"朱俊宏分析道。确实，矛盾是同学之间的事情，如果让老师知道了，再掺和进来，事情只会越闹越大。

"那我们把霸王龙约出来好好谈谈?"李锐透过玻璃窗户看了一眼空着的霸王龙的座位说道。

"你觉得经过上次那件事，霸王龙肯给我们这个机会吗？现在的她恨不得我们早点死呢。"朱俊宏再次反驳道。

其实，这件事自己真的很无辜，本来这件事就是聂少跟李锐两人搞出来的，但是每次自己跟刘星宇都要受到牵连。这不，这次又被汪亦娟给嫌弃了。

"这也不行，那也不行，我们总得想出个法子应对不是吗？"李锐在一旁不满地抱怨道。确实，现在最紧要的事情就是这个，4 个人的事情已经到了迫在眉睫的时候，尤其是李锐。

不知道为什么，今天来学校的时候梁禄灵对自己就是不冷不热的，而且表现的也不太友善，更给人一种生人勿近的感觉。看来，梁禄灵由好到坏的转变跟这个霸王龙很有关系。

如果梁禄灵不帮自己，恐怕自己跟李婉蕊的打赌就要输了，自己可不想真的穿个裤衩在全校师生面前跑一圈。

"事到如今，我们只能反击了。"聂少沉思了片刻说道，但是神情并不愉悦，他本来就没想把这件事给闹大。不过面对霸王龙来势汹汹的侵略，自己自然不能袖手旁观。

"不错，如果我们坐视不管，时间长了，清的也变成混的了，我们必须要采取点措施来。"朱俊宏表示赞同，这件事显然不能善罢甘休。

"那我们该怎么做？"

一听又要跟霸王龙军队硬碰硬，李锐就分外来劲，要知道，聂少这边可是多了一位后台，那就是喝过洋墨水的刘一苇。

临走的时候，刘一苇还给李锐留了一个联系方式，要是霸王龙胆敢再欺负聂少，就直接打电话找她。

听刘一苇的语气，李锐很明显地认识到聂少在刘一苇心目中的分量。而刘一苇的加入，无疑让四小天王这边，更加具有侵略性，在跟霸王龙的较量上也多了一个筹码。

看来，这场冷战，并不会持续太久啊。

第二十二章

无 妄 之 灾

星期三的体育课，是大家最为期待的一堂课，因为这次的体育课是这些高三学子的最后一堂课，而且老师还答应过，这次的体育课是户外活动课。任务就是带着大家春游，也算是给大家枯燥的学习生涯增添一点乐趣吧。

虽然能在高三这么紧张的复习时间春游，对于所有同学来说无疑是学校的恩赐，但是所有人心里都明白得很，这一次春游过后，那就是百日誓师大会了。高考，就剩下 100 天了，时间真的像是一把无情的杀猪刀，这场战争还没有开始打响，末日好像就要来临。

当然，事情并不是真的只有这么简单。

这一次，高三（6）班春游的地点是 GS 市最高的山峰——中华山。

带队的老师是张艺芯，一个很漂亮的女老师。这次出来游玩她是冒了很大的风险的，毕竟一个班级 47 名同学的安全很重要，更何况现在又是高三最后的冲刺阶段。要是哪个同学有个什么闪失，这个老师的责任可就大了去了。

不过张老师还是考虑到众多同学的意愿，跟学校老师申请，各个同学都签了保证书，这才得到允许。

中华山的地势比较险要，不过海拔并不高，向阳的那一边的山路比较好走，也是规定的游客的游览路线。

正值初春，暖日芳草，山野间一片欣欣向荣的景象，这个时候也是一年之中游客最旺盛的时间段。不过因为并非周末，所以中华山景区的游客比往日稀疏了不少。

"你说，这么好的天气，这么好的景色，怎么就不喊上你家的那位女朋友呢？你看，这边山好景好，再来个美女相伴，那该多好啊。"李锐感叹地说道。难得这么好的机会出来溜达溜达，要是再有个美女做伴，那真是惬意，可是现在刘一苇不在，只有 4 个汉子在一起，感觉还是挺寂寞的。

"甭提了，你咋不去找你同桌呢？她可是班花呢，我家的那位也比不上。"似乎为了不让李锐继续挖苦自己，聂少说道。其实，这样挖苦自己的事情李锐可没少干过，自从刘一苇出现，李锐三人看自己的眼神都变了，而且语气也跟先前的大不一样了。

"同桌？呐，你看，她还不是跟那些人在一起！"李锐指了指前面的那七八个人一群的女孩子说道。

春天确实是个不错的季节，不仅景色漂亮，而且人也漂亮，可能是马上就要高中毕业了，很多同学都想在最后的时间里面真正地放开自己。这样的机会，体育老师张艺芯也说了，可能一辈子就这么一次了，所以女孩子都穿的花枝招展的，让这些男孩子可是垂涎三尺。当然，大部分都是霸王龙军队的成员，这倒是让李锐几人颇为唏嘘不已，要是真的能在这个班里找个女友，那还是真不错的，毕竟这个班里面除了霸王龙之外，姿色都是相当不错的。

"你说，今天我们要不要跟她们玩玩？"李锐看了一眼正在仰天大笑的霸王龙，有些咬牙切齿地说道。昨天这家伙肯定是从梁禄灵那儿得到的消息，知道自己家是卖菜的，而且还在班里散播，让同学们更加瞧不起自己。

确实，广场高中不仅是省重点高中，也是很多人家的孩子的不二选择。李锐也不知道自己怎么就糊里糊涂地来到了这个学校，按照自己的成绩和家庭，自己完全没有资格来这所学校的，就连自己的母亲邱大嫂也没有想到自己的孩子能收到广场高中的录取通知书。那一天，一家两口可是好好地吃了一顿肉。

刚来到广场高中的时候，李锐也是雄心壮志，气冲霄汉，也想考上一所名牌大学。但是没有想到的是，来到这里的李锐，见到的、经历的，都跟自己想到的太多太多不一样了。当理想跟现实的差距太大了，人难免消沉，可是李锐也不想做一个默默无闻的人，这才跟四小天王的聂少一拍即合。

想到这一点，李锐对这个霸王龙的恨更加彻底了，难怪自己放假回来就感觉到别的同学看自己的眼光很怪，那是一种无法言语的感觉但是痛到骨子里面。对于自己的身世和家庭，李锐总是很小心地保护着、隐藏着。一直坚强的自己，谁也不知道自己有着怎样的家庭环境，就连四小天王，除了聂少，那两个人都不知道。

所以，这次机会难得，李锐自然不想这么轻易地就错过了。

"不要吧，这次出来玩已经很不容易了，如果再出现点意外的话，学校追究责任起来可就不是你我能担当的，而且还会连累我们的张老师，今天咱们啥也不搞，就好好地玩一场吧。"朱俊宏瞅了一眼那一群笑语盈盈的女孩子们说道，也不知道他的眼里面装的是谁。

"你总是那么婆婆妈妈的，我只是说玩玩而已，又没有说要闹出什么事情来，看你那紧张的样儿，是不是怕我不小心伤害了你心中某个女神吧？"李锐看了一眼不远处的那个新来的同学，那目光刚好是朱俊宏无意间流露出来的，不是别人，正是朱俊宏表白过一次的曾露。这小子，还算是一个痴情的主儿，这么久了，还惦记着人家。

不过这曾露也是的，刚来班级没多久，就被霸王龙军队的人给收买了。这不，现在的她正跟她们打闹的欢呢。

"别介，我看咱们还是别自讨苦吃了，难道你忘了上次的事情？"刘星宇泼了一盆冷水说道。这样的事情李锐没有少搞，都是些损人不利己的招，几个人算是看透了。

不提上次的事情还好，可是提了，李锐自然不能当它没有发生过。上次的事情自己还没有找霸王龙算账呢，今天说什么也要找点事情让这家伙出出丑，李锐在心底想道。

"我看也算了，大家难得出来玩一次，就别再找茬了。"朱俊宏说道。景色这么好，大家出来都是放松心情的，如果在这个时候闹出什么乱子，对谁都不好。

"嗯嗯。"

李锐漫不经心地答应了一声，可是心里怎么想的谁也不知道。

中华山的景色确实不错，山势虽然陡峭，但是这条山道还是修得比较平缓的，一边挨着陡峭的山势，一边可以看到旁边的茂林修竹，确实是个不错的旅游景点。不过组团来，倒是有点破坏这儿的那种宁静的氛围了。

"同学们，我们现在已经走了整个路线的 $\frac{2}{3}$ 了，准备了午饭的同学可以在这个地方就餐，也可以简单的休憩一下，想要野炊的同学也可以开始了，不过注意安全和防火。"张艺芯老师带领大家来了一个比较大的遍布大大小小石头的地方说道。

这儿有一条小溪流过，旁边还有一潭小泉，泉水清冽，但是不深，里面还有许多鱼儿在游弋，看起来这水很是干净，众人都忍不住地跑到旁边捧起清水清洗脸上的汗水来了。

"唉，你说这么干净的水，泡泡脚肯定对我的脚气有好处吧。"李锐边说边脱掉自己的鞋袜，准备将自己的脚丫子往溪水里面放。

"你要不要点素质啊，我们这可是在上游啊，你在这里泡脚，那她们呢？还怎么野炊啊！"朱俊宏指着下游那些在水边撒着欢的女孩子说道。

面对朱俊宏的嫌弃，李锐有些尴尬地将自己的鞋子穿好，然后拍了拍屁股："也是，虽然我人坏，但是我不缺德，这样的事情咱不干。"

"我们也开始吧。"聂少看了一眼霸王龙那边正在忙着烧烤而搞的热火朝天地说道。野炊的工具四人都分开带的，这样一来，既方便又省力。当然，绝大部分的工具都是聂少花钱买的，就连烧烤的材料都是聂少的，每个人都有任务。

刘星宇做的饭人不能吃，朱俊宏也没有做饭的经验，当然，聂少也不会做饭，这向来不是他该考虑的东西，所以做饭的这个任务就交给了李锐这个半吊子了。其实，当李锐说自己会做饭的时候，3个人都不相信，以为这家伙又在逞能，拿自己寻开心呢，不过当李锐说出三四十道菜的做法，而且说的绘声绘色的时候，众人就姑且相信了他一次。

当然，吃李锐的饭菜，大家都提防着，每个人都准备着干粮，毕竟不知道李锐弄出来的东西能不能吃，吃完之后会不会出问题，这一点，大家必须得小心谨慎。

"好，现在我来分工！"

也不知道李锐从哪儿弄来了一个灰布围裙，右手还拿着一个锅铲，俨然一副在厨房身经百战多年的大妈一样。

"刘星宇你力气比较壮，就负责搭建灶台，朱俊宏你比较婆婆妈妈的，挺适合捡树枝的，不过得快点，聂少，你就负责去洗菜吧。呃，还是我俩一起去洗菜吧，你一个人我不放心，而且也不知道你会不会洗。"李锐像是一个大将军一样的分配任务，不过分配到聂少的时候，却显得犹豫了一下，让聂少洗菜，那不是驴唇不对马嘴吗。

对于李锐的这个安排大家显然没有异议，毕竟能亲自动手搞一次野外烧烤还是挺不错的，所以刘星宇和朱俊宏都各自去完成自己的任务了。

"聂少，走，我们去把这些菜漂一下吧，在家里我都洗了一遍的。"李锐从自己的蓝色大包包里面掏出几个黑色的方便袋来，这里面就有那些肉制品。

"可是……"聂少望了一眼那边唯一比较适合洗菜的地方犹豫了一下。那个地方就是那潭清水的地方，只是那个地方现在霸王龙正盘踞在那儿。不是说没有位子去洗菜，关键是洗菜的时候，就距离霸王龙特别近，在这个特殊的冷战的日子里，这确实比较尴尬。

"别可是了，她们是她们，我们是我们，我们洗我们自己的东西，关她们什么事。再说，张老师还在这儿，我们还没有找她们算账呢，她们不敢对我们做什么的。"李锐拎着两个袋子就走在前面，旁边的石头上还放着一个袋子，显然是聂少的任务。

想了想李锐的话，觉得还不错。相比于刘星宇的砌灶和朱俊宏的拾柴来说，洗菜确实是一个比较体面的任务，而且也不累，很轻松。

聂少也没有再犹豫，拎着那个黑色方便袋就跟上了李锐。

这个水潭并不大，方圆也就四五米的样子，不过好在水很干净，而且溪水的不断更迭，让这个水潭的水十分清澈。当阳光洒在上面的时候就泛起粼粼波光，分外好看。

李锐和聂少到的时候，霸王龙和班长李婉蕊正在洗韭菜。

李锐感觉到聂少有些异样，没有多说什么，就拿出其中一个方便袋里面装好的猪肉片，认真的清洗起来。

"怪不得人这么蠢，天天吃猪肉，不变笨才怪，这也难怪，家里就是卖菜的，这猪肉恐怕是卖不出去才拿过来吃的吧。"

李锐还没洗完一块肉片，旁边就有一个粗喇喇的声音响了起来，不用说，这么粗犷的跟男人一样的声音就是那个霸王龙的了，真的没有想到，这个家伙居然还真敢接招，看来也不算是冷战了。

"你!"

李锐没有想到这个家伙不动则已，一动就戳人要害。李锐忍不住地停下了手头的动作，准备站起身来跟这个霸王龙理论，可是一旁的聂少却拉住了李锐的胳膊。

"算了，多一事不如少一事，咱们快点洗完了回去吧。"聂少偷偷地瞟了一眼霸王龙。今天她穿得很紧身，把她那雄壮的身躯完美地体现了出来，尤其是那个颜色，一身绿，李锐都在心里想，如果这霸王龙爬到树上了，是不是就成变色龙了。

李锐没有想到聂少会这样对自己说，不过李锐可不想听聂少来劝，都说人不犯我，我不犯人，人若犯我，我决不忍气吞声，李锐就是这样的性格。

小时候，都是邱大嫂保护着李锐，不管自己在外面捅了多么大的篓子，都是母亲帮自己摆平，好几次自己跟外面的小伙伴打架，一不小心把人家打伤了，他们的家长就会带着自己的孩子到自己的家门口，指着自己的娘亲骂自己，每次那个时候，母亲都是流着泪给人家赔礼道歉。李锐很清楚自己家里面的情况，家里没有个男人，总是受人欺负，所以很小的时候，李锐就想自己快快长大，那样就可以保护自己的母亲了，别人就不敢欺负自己娘俩了。这些年，邱大嫂过得不容易，李锐也跟着过得不容易。

正是在这样的生活环境下，李锐养成了这样要强的一个性格。

"我？我怎么了？"

说话的是霸王龙，此时此刻的她正斜着眼睛，用一种十分不屑还有我就是想找你麻烦的眼神瞪视着李锐，仿佛把上次发生的事情都要算到这个家伙的头上一样。

"算了，别闹了。"聂少在李锐的身后拉了拉，尽量不让李锐跟霸王龙起冲突。朱俊宏说得很对，难得出来玩一次，如果真的出现了什么事情的话，可真是吃不了兜着走。

"你把你刚才的话再说一次？"李锐向着霸王龙走近了两步。俩人个头差不多高，加上两个人又是瞪视着对方，给外人的感觉就像是斗鸡一样，不过显然，氛围有些不对劲。

李婉蕊毕竟是班长，比较顾全大局，她推了推霸王龙，低声说了些什么，然后对李锐说道："今天大家是出来放松心情的，不是来找不痛快的，你们不多嘴，我们也不会说些什么，大家就各干各的吧。"

罕见李婉蕊过来圆场，聂少也顺水推舟地说道："是啊，大家出来都是散散心的，别闹了。他们还在等我们回去。"

"好，今天我就看在聂少的分儿上不跟你一般见识，如果还有下次，我决不善罢甘休。"李锐说得斩钉截铁，看来班里的人都知道自己家里面的情况了，这个霸王龙可还真是坏到家了，自己的隐私怎么就让她们知道了，那班里还有谁会看得起自己啊。

不过，李锐并没有去深想霸王龙怎么知道这件事的，如果深想的话就可以判断这应该是梁禄灵说的，可是李锐却从没有去责怪过她。当然，这并不跟她的外貌有关系。

"呵呵，不跟我一般见识，我还不跟你一般见识呢，你这个拖油瓶的儿子。"也不知道霸王龙今天吃错什么药了，对李锐不依不饶地说道，而且这句话说的，让聂少跟李婉蕊的脸色同时一变。

"别，李锐，这是在户外活动，不能冲动，不能冲动啊！"聂少赶忙地拦在李锐的身前，不让李锐进一步发火。

而另一边，李婉蕊却在霸王龙的身后拽了拽她的衣服，让她少说几句。刚才的话，李婉蕊听着都觉得不太好，毕竟这话不能当面说，可是霸王龙居然不分轻重，不仅当面说了，而且还当着李锐的面说的，你让李锐情何以堪？

"我不冲动，我就不是我妈养的！"

真没有想到这个霸王龙如此可恶，李锐终于忍不住地咆哮出声，双眼通红地瞪视着霸王龙，仿佛要将她撕碎一般，而且还不断地朝着霸王龙所在的位置靠近。聂少自然不能让李锐做傻事，紧紧地拦着。李锐想要推开聂少，一时半会也做不到。

"李霆，少说几句，我们走吧。"李婉蕊拉了拉霸王龙，试图避免厮杀的发生。

可是没有想到的是，霸王龙的脸上非但没有一丝惧色，反而洋溢了一丝丝得意："怎么，戳中要害了吗？你是不是你妈养的，这还真是个问题哦。"

如果说男人不打女人是绅士风度，但是如果像李锐这样的男人打了女人，那就叫作替天行道了。当然，这个天，是他自己的天，自己家的天。

"你就不能少说几句吗？快走！"聂少感觉自己已经拉不住李锐了，慌忙对自己背后的霸王龙说道。不管怎么说，两人都是同桌，加上上一次自己女朋友来闹，让霸王龙的颜面扫地，聂少就觉得挺亏欠人家的，这才好心地招呼道。

"谁要你多嘴，我倒想看看他能把我怎么着?"真是不作死就不会死，霸王龙还真把自己当回事了，在李锐如此气急败坏的情况下，还敢挑衅。估计是站在食物链顶端太久了，寂寞了，想找个地方发泄一下下了。

"你给我让开!"李锐终于怒了，一把推开聂少，在众目睽睽之下径自地跑到霸王龙的跟前，举起自己的拳头，瞪视着霸王龙，眼见这一拳就是蓄势待发了。

"我再问你一句，你道不道歉?!"李锐的声音像是在咆哮，更像是在怒吼，也不知道这嘶哑的声音里面饱含着什么样的情绪。也正是李锐这一声呼喊，让休息的同学们目光都聚焦到了这个地方。

梁禄灵看到这里，脸色"唰"的一下白了，紧张地停下了手头择菜的动作，而汪亦娟则是一脸吃惊地看着李锐，还有张艺芯老师。当然，还有拾柴的朱俊宏，以及砌灶的刘星宇。

难道，这个家伙真的敢打下去吗?

"道歉?呵呵，对不起，我的字典里面没有这两字，但是有拖油瓶，你要不要知道什么意思?"霸王龙脑袋一侧，一副不屑的样子说道。在她的认知世界里面，没有男人敢打女人，更何况，李锐是什么身世背景，能跟自己比?如果他敢在众目睽睽之下动手，自己明天就可以让他滚出这个高三（6）班，离开广场高中，要做老大，总有点手段和资本的。

不过，这一次，霸王龙真的算错了。

因为李锐向来不是一个按照常理出牌的人，更何况，这一次，霸王龙说到了他最敏感的地方。

"你给老子去死!"

李锐闭上眼，一个拳头，就那么义无反顾地挥了出去，他相信，这一拳，足够让霸王龙倒地不起。

"快闪开啊！"

这一刻，几乎所有人都有这样的念头。但是，唯一将这个念头喊出声的，不是别人，正是刚才被李锐推开的聂少。而此刻的聂少，却在众人惊讶的目瞪口呆中推开了霸王龙，自己结结实实地挨了李锐的这一拳。更加紧张的是，因为几人就在潭边，李锐的这一拳打的聂少没站稳，直接摔进了一旁的水潭里，溅起一阵浪花……

第二十三章

美女救狗熊

别说李锐没料到事情会演变成这样，就连一旁的霸王龙也没有想到这个李锐还真敢动手。更震撼的是，聂少居然推开自己，结结实实地挨了李锐这一拳，这不是在做梦吧？

不过聂少的叫声可真真实实地告诉了大家伙这件事是真的，因为此刻的聂少正在水里挣扎。没想到，这家伙居然是个旱鸭子，不会游泳。

"这账我待会儿跟你算！"霸王龙怒视了一眼李锐，慌忙脱了鞋，扑通一声跳进水里了，想要将聂少带上来，潭水虽然不是很深，但是两人深还是有的。

李锐见状，也没多想地跳了下去，毕竟聂少被自己的一拳打下水的。虽然是聂少自己推开霸王龙挨上这一拳的，但是怎么说都是自己将他打下去的，不下去救人，显然不够意思。

但是李锐太过着急，着急得忘记了自己也不会游泳，这不，刚跳下去的他，还没救人，就先自己喊起救命了。

事态一下子变得非常紧急了起来，霸王龙会水性，但是不表示她一个人能救两个人。再说，现在的她对李锐恨得要死，如果单独是李锐掉进这个水潭里面去了，恐怕自己会水性也会装作不会而见死不救吧。毕竟在场的任何人都没有救人的义务，这完全是自愿的。

在水潭里面挣扎着的李锐不断地呛水，而且身体还在不停地翻腾着。此刻的他想死的心都有了，他还在心里不停地念叨着，如果这个时候有人能救他，是男的，自己就要跟他做一辈子的兄弟，是女的，自己可就非她不娶了。

可是因为这边是比较大的空旷地带，众人距离这个水潭也比较远，虽然大家都看到了这里发生了事情，但是施以援手肯定还是来不及的。张艺芯老师看到这边的动静，那张秀美的小脸刹那间一片惨白，慌忙地往这边跑来。可是这儿都是大石头，路都不好走，就算过来，还得一段时间，可是这点时间，他们能等的了吗？

"真是让人头疼的家伙！"

梁禄灵的位置可以说是刚刚好，此刻的她正在潭水的不远处，就在刚才李锐准备动手的时候梁禄灵就已经走了过来，现在已经在潭水岸边，本来霸王龙跳下去救人就够了，真的没有想到这个家伙也会跳下去。更加搞笑的是，李锐这家伙明明不懂水性，还偏要逞强，这不，一下子让众人嗤之以鼻了吧，自己也作了一次孽。

不过，埋怨归埋怨，梁禄灵也来不及脱掉自己新买的粉色跑鞋就直接在众人的惊呼声中跃入水潭。那跃入的姿势，真叫一个规范，不知道的人，还以为梁禄灵是国家梦之队的跳水队员呢。

随着梁禄灵的跳入，场面顿时失控起来，不仅女生发出阵阵尖叫，就连男生，更是尖叫声不绝，更多的同学往水潭这边涌来了。

身体正在下沉状态中的李锐发狂一般地上下折腾着，可是只能一味

第二十三章　美女救狗熊

143

地呛水。别说聂少是个旱鸭子，自己更是标准的旱鸭子，虽然家里穷，但是母亲从来没让自己去水边玩过水，还被严厉禁止去水边玩耍。当然，在水塘里面洗澡更是不可能的事情了。

不得不说梁禄灵的水性相当的好。就算穿着鞋极大地影响了自己的行动能力，但是梁禄灵还是很轻松地找到了李锐落水的地点，一个沉潜，就环住了李锐的腰部。

四处挣扎着的李锐好不容易碰到了一个物体，就像是生死边缘抓住了一根救命稻草一般，疯狂地向那个物体蹭过去，整个身体像是一个章鱼一样地缠着她，试图让自己抓得更紧一些。

不过，李锐的双脚环上去也就算了，双手居然也这么抱过去了，不过瞬间他就感觉到不对劲了。首先就是自己抱着的这个物体会动，而且，自己手上握着的东西不仅有些余热，而且还很熟悉。不过，这也是李锐的脑袋刚探出水面才有的一瞬间的感觉，紧接着自己就被下一次沉入水里被呛地再次失去知觉，如此反复，但李锐的手却一直没有松开。

"别勒着我脖子啊。"迷糊中李锐听到一个熟悉的声音，这才感觉到自己双手不知不觉已经滑到人家的脖颈处了。李锐虽然不会水性，但是他很清楚，这是有人在搭救自己，如果自己在水中影响到救援的话，恐怕两个人都会淹死。李锐就试图将手放下一点，再次触摸到那个突出地带，身体也不自觉地起了反应。

梁禄灵脸色通红地背着李锐划到了岸边，张艺芯老师早就在岸边着急等待了。在几个男生的帮助下，李锐和聂少都被拉上岸来了，聂少虽然喝了不少水，但是好在意识还算清醒，倒是把霸王龙给累坏了。

霸王龙的水性还是梁禄灵传授的，虽然霸王龙先下水，但是先上岸的还是梁禄灵，而且，她的鞋子还在，这水性，没法说了。当然，如果让李锐正面面对自己，恐怕梁禄灵再好的水性，都会被李锐这个扫把星给连累死了。

当然，霸王龙跟聂少发生的事情有没有李锐这么旖旎，李锐并不知道。不过，俩人最后在一起了，跟这一次绝对很有关系。

虽然现在太阳正当头，但是山里面的温度本来就低，而且李锐他们4个还是湿漉漉的，尤其是女孩子，身体都比较娇贵，现在又要面对紧张的复习，真没有想到，这次出来春游还会发生这样的事情。张艺芯老师那张青春和蔼的脸蛋也忍不住地晴转多云，这么大的事情就算自己不说，校领导也会知道的，再说，这次落水的聂少可是校长钦定的本校慎重对待的人物之一啊。

更别说这次下水的还有霸王龙和梁禄灵了，这都是自己惹不起的主儿啊，当然，有一个人是例外的了。

"我说你这个李锐，平常都不好好学习，好不容易出来春游，我想让大家好好地放松下，然后好好地准备最后的冲刺，大家都签了保证书的，可是你倒好，当初你怎么说的？还说这次不会闹，你这样不叫闹吗？今天还好有李霆和梁禄灵在，如果她们不在，聂少要是有个什么三长两短那该怎么办？你赔得起吗？"也不知道是不是为自己已经可以预料到的未来而骤升怨气无处使，张艺芯老师直接开口数落道。

张艺芯老师在同学们的眼里一直都是一个以温柔著称的老师，这不仅是李锐第一次，也是整个高三（6）班的同学第一次见张艺芯老师发火。原来，再漂亮的女孩发起脾气来都很可怕，不仅语言，而且外貌也很恐怖。

"她也有错，她不骂我我会动手吗？为什么就说我？"李锐不满地反抗着说道。确实，要不是霸王龙那么明显的骂自己，自己会跟一个女人斤斤计较吗？

李锐不反抗还没有什么，一反抗，张艺芯老师的火气就不减反增，更加怒气冲冲地看着李锐，声色俱厉地说道："人家一个女孩子，你跟她计较什么，再说，你一个大男人，人家说你几句怎么了？还是不是个男人，还是不是个正常人？"

张艺芯老师对着李锐如此大动肝火，一旁的刘星宇和朱俊宏想上去帮忙，却发现有些爱莫能助。毕竟这件事的经过大家都看在眼里，尤其是聂少掉进水潭还是李锐的杰作。如果掉进水潭的不是聂少，而是霸王龙的话，恐怕这件事更加麻烦。一时间，四小天王却只能看着李锐被张老师数落。

"呵呵。"面对张老师的斥责，李锐不怒反笑，笑的让人有些莫名其妙，有些胆战心寒。再加上李锐缓缓站起身来，向着张艺芯老师走去，很多人的心都纠结着，莫非这个李锐还敢跟老师动手？根据李锐这个家伙的性格，揍老师也完全不不可能，更何况，现在的张老师言辞如此激烈。

"对，你说的很好，说的相当好，我是个男人。"李锐声音很沉，沉的让人心里发慌，就好像是暴风雨前面的阴云密布，像是暴风雨前的沉闷和寂静，虽然什么都没有发生，但是大家都很清楚，暴风雨就要来了。

"不错，正是因为我是个男人，所以我的尊严不容践踏，我的名誉不容侮辱，你说我不懂事，跟一个女孩子计较，可是你有没有做到为人师表最起码的尊重和理解？难道真的是她骂我我就如此大动干戈吗？你知道她骂我什么吗？一个人，心中总有一个要小心翼翼保护着的人，不管是谁，胆敢冒犯她，哪怕只是说说而已，就算是粉身碎骨，我都会让她为之付出代价！"李锐说得义正词严，说得慷慨激昂和掷地有声，谁也没有想到李锐能说出这样的一番话，更确切地说，从来没有人想象过李锐居然敢当着这么多人的面数落老师。这一点，真的太让人诧异了，但是更多的是，让人深思，就连事件的始作俑者霸王龙，也低下头来。

"你!"张艺芯老师显然是被李锐的这些话给震撼了。确实,这件事发生后,自己从来没站在这些学生的角度考虑问题,只是站在自己的位置,为自己的将来前途考虑,从来没有想过孩子们的感受,这一点,张艺芯老师很是意外。

"说实话,所有的科目里面,我最喜欢的就是体育课,我也从来没有逃过一节课,不是因为别的,就是因为我喜欢你这个老师,都说喜欢一门课,很多原因就是喜欢这门课的老师,以前,我一直觉得你是个很好很好的老师,不像其他老师那样戴着有色眼镜,不像其他人那样区别对待,但是今天,就在刚才,你让我看到了你真实的一面,原来,所有的老师都是一样,都彻头彻尾的一样,只是你,比他们来的虚伪得多,真不知道你那姣好的面容怎能将自己伪装得如此让人轻易相信,我再也不相信了!"李锐的话说得很是坚决。

"这……"张艺芯老师的年龄并不大,还没有结婚,自己在家里也是宠儿,从小到大都没有人敢这么说自己。但是没有想到自己居然被一个比自己小好几岁的学生给数落了,而且说的话,自己竟然无言以对,因为他的话,完全戳中了自己的要害。

"我知道,这儿的人不是富二代就是权二代,你惹不起,不错,我没有他们那样的爹妈,也没有那样的家庭环境,如果老师你非要找个替罪羊的话。行,把责任都推到我身上去好了,反正我背负的骂名已经够多了,也不怕再多一个了。你还年轻,看得出来你很想保住这份工作,那就都说我不对好了,不错,我是个男人,这点算什么,大不了这学,我不上了!"李锐不想再多说什么,直接地转过身,向着回去的路走去,虽然是艳阳高照,但是李锐那湿漉漉的背影,却给人太过萧索的感觉。

谁也没有想到事情会演变成这样,就连一旁的张艺芯老师也是秀目圆瞪,半天说不出一句话来。真没有想到这一次春游发生的事情这么多,早知道就不应该满足这些孩子们的要求出来春游了，有些时候还真的是多一事不如少一事。

"老师。"就在场面比较尴尬的时候，惊魂未定的聂少，咳嗽了两声叫了出来，无疑，这次最大的受害者，就是聂少这个家伙了。

"其实，这一次你真的做错了，你不知道李锐的家庭，就不能那样说他。一直以来，他都很自卑，不过，骨子里面却很自尊。你放心，今天这件事，我不会跟我爸妈说，也不会向学校老师反映的。我想我也该回去换身衣服了。"聂少在朱俊宏的搀扶下站起身来，一步一个湿湿的脚印，沿着李锐走过的路，走了过去。

"哼，我也不会说。"刘星宇哼了一声，也不知道是对谁说的，就沿着聂少的路走了过去。

"张老师，你放心，我们4个都不会说的，你的工作应该没问题。今天大家都没有想到会发生这样的事情，你别往心里去，我去找他们了。"朱俊宏不愧是个好学生，这个时候还在为老师说话，不过，言语中的责怪之意，却表露无遗。

烈阳下，4个人成了一条直线，但是留下的同学们都很清楚，这4个人，是一个整体。

谁也没有想到这个事情会演变成这样，可能今天真的是不适合出来春游，这下场面顿时有些尴尬。

"我这是招谁惹谁了我。"张艺芯老师眼圈红红的，说来说去，这次事情的责任好像都推给了自己。这让刚为人师的她还是忍不住地有些想哭，这还是她当老师以来，第一次遇到困难。

"老师，您放心，这件事我们都不会说的。"霸王龙甩着自己袖子上面的水珠说道。

"是啊，老师，这次我们都是签过保证书的，都是我们自愿出来玩的，就算上面知道了，也不好意思说你什么，再说，这次我们都不会说的，学校老师也不知道，您就别担心了。"班长李婉蕊拍了拍张艺芯老师的肩膀关心地说道。

留下来的人大部分都是霸王龙一伙的，而李婉蕊和霸王龙又是她们的主心骨，她们两个人的话，自然很有分量。

刚才张艺芯老师在这么多人的面前数落李锐，其实确实是有私心的，一方面可以讨好霸王龙她们，另一方面，这个问题必须要找到人背黑锅，而这个人显然不能是富二代的聂少，更不可能是校领导的女儿霸王龙了，这一点，张艺芯老师确实考虑到了，而最佳的背黑锅的人，就是这个李锐了。

一来，这件事确实是李锐先动手的，大家都看得清清楚楚，这个谁也不会反驳，二来，据张艺芯老师了解，李锐家里并没有什么背景，更别说有什么后台的人存在，这刚好是一个软柿子。

毕竟张艺芯老师在帮自己，当着这么多人的面数落李锐，自己显然不能坐视不理，霸王龙的话，自然而然地让张老师心中一暖，至少自己没有担任里外不是人的角色。

有了霸王龙和班长李婉蕊的表态，更多的同学纷纷围了上来，给张艺芯老师安慰打气，反正那些话都是些数落李锐不是、不识好歹之类的话。

不过跟这些同学的行为相比，倒是有一个人一直坐在那拧着自己还没有完全干掉的头发。可能是距离大家有点远，被大家有些疏远和忘记了，不过她倒是乐得轻松自在，只是径自地望着四小天王离开的方向。

其实，他也不是那么讨人厌嘛。

第二十四章

百 日 誓 师

可能是因为聂少和霸王龙的共同努力，上一次春游发生的事情学校领导并不知道，而且这件事也成了高三（6）班的一个人尽皆知但是并不外传的秘密，至于霸王龙扬言的要找李锐算账这件事，也是不了了之。

今天是一个特别的日子，特别的地方不仅仅是广场高中这一个学校会有，而是几乎所有的高中都会举办的——百日誓师大会。

不知不觉，高中的时间已经就剩下 100 天了。

今天早上来到教室的时候，大家都看到了黑板旁边贴了一张打有脑清新广告的高考倒计时，上面赫然写着 100，看来，高考已经迫在眉睫了。

按照学校的传统，每年的今天都会举行全校高三年级全体学生大会，进行百日誓师大会，关于大会的内容，自然就是校领导站在上面讲话，鼓励同学们积极向上、力争上游之类的套话。

这个大会从吃完早饭开始，一直持续到 10 点多钟，不少学生都怨声载道，不过有人欢喜有人忧，在操场坐着，总比待在教室强，而且操场上还可以晒晒太阳，别说多惬意了。

这一天，过得很快很平淡，但是晚自习，却有些不一样，因为按照广场中学的传统，这一天的晚自习，是要用来开班会的，而且需要开一整个晚上，会有学校老师过来巡视的，正是因为这样，不少同学高呼学校英明，不过，这些人也只是那些无心学业的同学了。

迫于学校的压力，一向反感开班会的灭绝师叔也不好说什么，让人意外的是，下午的时候，灭绝师叔居然还找到了班长，专门说了下今天晚上班会的事宜，因为这一次虽然是名义上的班会，但是大家都清楚，这一次的晚会有点不同寻常，与其说是班会，倒不如说是班里老师见面会，因为这次班会，各门课的老师都要到场，面对学生的提问，老师都要一一作答，这也算是学校的一项比较人性化的措施了。

下午放学的时候，班长李婉蕊还在教室里面强调了一遍，今天晚上的班会要求的是每个人都要上台发言，时长不限，内容跟学习有关就行。

虽然这么强调，但是大家都清楚得很，说时长不限，但是真的能在台上站 3 分钟的人并不多，屈指可数，毕竟大家都没有那么多想说的东西。

"你说，今天晚上的班会，我们该说点什么啊？"

吃饭的时候不说说话，自然吃的不香，这一点在四小天王的身上表现得更加明显和特殊。

说话的是朱俊宏，自从上次那件事之后，李锐就像是霜打的茄子一样，不仅整个人无精打采的，而且也没有先前那么话多了，尽管聂少已经不怪李锐了，而且朱俊宏三人也想方设法地让李锐开心，但是都没有成功，看来，这次，这家伙真的伤到了。

"该说什么说什么呗。"

刘星宇满不在乎地说道，边说还边喝了一口西红柿蛋汤，二食堂的西红柿蛋汤做的真心不错。

"我倒是觉得没有什么好说的，你们也别太当一回事，其实就是很简单的老师见面会而已，用不着那么担心。"聂少放下碗筷说道，这家伙每次都是吃得最快的，这也难怪，每次他都吃得最少，用先前李锐说过的话说，只有吃这么多，才能保持这么魅惑的身材。

聂少这么说，自然是站在自己的立场这样说的，虽然聂少的成绩在班里并不拔尖，但是很多老师都把他捧得很高，有些科目的老师虽然表现得不明显，但是也不得罪，毕竟这都是校长名录上面有名的存在。

"我吃完了，我还有事，就先走了。"

李锐是第二个吃完的，但是没有想到，这家伙吃完饭抹了抹嘴就走了。

望着李锐离开的背影，朱俊宏感慨地说道："上一次的事情恐怕真的让这家伙受伤了，唉。"

"要不是霸王龙，恐怕也不会这样，这下可不好搞了。"刘星宇又喝了一口西红柿蛋汤，这一份本来是李锐的，可是他一点都没喝，倒是便宜了刘星宇这家伙了。

吃完饭的李锐并没有直接回到教室，而是自己一个人径直地来到学林路。这儿有一条小道，小道两边长满了银杏树，这个时节，这个点，夕阳斜斜的悬挂着，倾泄下的金影将李锐的影子拖的很长很长。

前面有一个小亭子，觉得走得有些累了，李锐刚想走进去坐坐，歇歇脚。但是没有想到的是，小亭子里面居然还有一个女孩，拿着一本书，在那儿端坐着，目光流转在那些字里行间里面。

她眼里的风景完全都在这本书里面，但是她却不知道，自己已然成了别人的风景。那些金黄的阳光把她渲染得唯美至极，那一幅幅动人的画面，让人震撼和留恋。

李锐不敢挪步，不管是往前一步，还是退后一寸，都怕会影响这片刻的宁静和这脆弱的美妙。不过当李锐双眼聚焦到那个熟悉的脸庞的时候，他悄悄地转过身，想要离开。

"既然来了，怎么不坐一坐呢?"

依旧是那个甜美的声音，依旧是那摄人心魄的音色，除了自己身边的那个她，还能有谁?

李锐好想说自己只是路过这里，并没有想坐一坐的意思，但是这里的这条小路只通往这个小亭子，并没其他的出路。

"真巧哈，你怎么也在这里。"

李锐伸出右手，摸了摸自己的后脑勺，有些不好意思，真心没有想到梁禄灵也会在这里，自己只是偶然想走一走，散散心，准确来说，就是找找灵感。这一次的班会，李锐想讲一些特别的东西，但是并不知道自己该讲些什么，才算是特别的。

"我?"

梁禄灵合起书本，有些好奇地看了一眼满脸金黄色的李锐，说实话，这家伙要是不调皮捣蛋的话，还是挺帅气的。

"因为我每天吃完晚饭都会在这儿坐着看会儿书啊，教室太闹腾了。"梁禄灵微笑着说道。也不知道这笑容里面有没有什么特别的含义，但是看着很暖心。

"是啊，太闹腾了。"

也不知道李锐叹个啥气，一边坐下一边说道。

这个小亭子有个很好听的名字，观心亭。雕红色的油漆已经有些年月了，脱落些许，露出上面斑斑锈迹，看上去很有沧桑感，青绿色的六边形护栏很有诗意，加上亭子外面的那些竹子，别有一番意境。

"对了。"

几乎是同时，梁禄灵和李锐同时开口，俩人一阵哑然，然后失声笑道："你先说吧。"

又是异口同声，这倒让俩人变得比较拘束了。

"女士优先，你先说吧。"李锐有些尴尬地说道。他没有想到梁禄灵会开口跟自己说话，一时间没有转换过来。

梁禄灵也不是矫情的人，面容有些沉郁地说道："李锐，有件事我想跟你说。"

"嗯？什么事？"

一起坐了也有好几天了，可是梁禄灵从来没有主动跟自己说过话，今天是怎么了，难道是上次掉进水潭的那件事？当然，如果梁禄灵想要追究责任，那也是没有办法的事情，毕竟梁禄灵对自己有恩，要怎么处罚，李锐也只能接受了。

不过，梁禄灵说的事，虽然跟上次游中华山有关，但是并不是李锐想的那件事。

"对不起，我不知道李霆怎么知道这件事的，但是我告诉过李霆不要乱说，可是我没有想到……"梁禄灵脸上有些红晕，蛮尴尬地说道。

"不是你告诉她的？"

李锐也是一愣，其实知道自己家庭条件的人并不多，上次要不是梁禄灵自己撞见了，她也不知道。不过细细想来，霸王龙知道这件事显然不是梁禄灵说的，因为梁禄灵并不知道自己相当于单亲家庭，但是李霆怎么知道？看来这件事确实有蹊跷。

梁禄灵摇了摇头："我也不知道，可能是程杨瑞告诉她的吧，你也别怪李霆，虽然她嘴巴不太会说话，但是她人还是挺不错的。"

程杨瑞？

对，就是他了，李锐突然想起班里面还有这么一号人的存在，而且程杨瑞这个家伙，只要别人肯出钱，这点消息肯定就能摸得一清二楚，好啊，今后一定要这个小兔崽子好看，李锐在心里面恨恨地想道。

嘴巴不太会说话？李锐在心里不置可否了一下，估计那家伙不是不能说，而是太能了，这么恶毒的话都可以从她的嘴巴里面说出来，显然不是一时半会能做得到的，不管怎么说，李锐现在是看透了，还是孔圣人说得对，天下唯女子与小人难养也。

"算了，这事都过去了。"

李锐叹了口气说道，自己要是真跟这个家伙较劲，恐怕最后吃亏的还是自己，多一事不如少一事，李锐还想完成妈妈的心愿，怎么说，都得把这个高中念完，拿个文凭。虽然现在文凭不值几个钱，但是这么些年学也不能白上了。

感觉到李锐眼里的那份黯然，梁禄灵心里居然涌现出一种异样，这种感觉很奇怪，她能感受到李锐心中的那份无奈和深深的凉意，但是就是无法开口去温暖他。梁禄灵很清楚，这个时候的自己，绝对不能动一点点的凡心，否则自己一定会万劫不复。

"你刚才想说什么，说吧。"

似乎为了故意岔开话题，梁禄灵接过话茬说道，她也蛮想听听这个坏小子能对自己说出点什么来。

"没，没什么，就是上次的事情，我还来不及跟你说声谢谢呢。"李锐不好意思地说道，想起自己在那潭水里面的所作所为，李锐就忍不住脸色一片通红。

没想到李锐要说的是这个，梁禄灵脸上的红晕更加鲜活了起来："没事，小事而已，你以前不也帮过我吗？"

想起上次的黑色外套事件，梁禄灵就有些不好意思，如果当时不是李锐阻止自己的话，自己肯定要出洋相了吧，这人，心眼还是不错的。

"哦。"李锐傻傻的应付了一声，梁禄灵的坐姿真的很美，看的李锐有些发呆。

"我身上哪儿脏了吗?"

感受到李锐这样炽烈的目光，梁禄灵有些不自然地在身上瞅了瞅，但是也没发现什么异样，粉色的衬衫搭配一条浅色的牛仔裤，应该没有什么问题吧。

"没，没。"李锐知道自己失态了，赶忙补充地说道："那个，你今天晚上的班会发言，你准备讲点什么呢?"

虽然李锐这个岔开话题的方式很生硬，但是梁禄灵也不好去追究什么："我啊，还没想好呢，可能就是一些关于梦想的事情吧，你呢? 你准备讲点什么?"

作为三好学生的梁禄灵，一定是灭绝师叔最为重要的发言人，而且班长也找了她谈话，是灭绝师叔钦定的几个重要的人物。不过，李锐就不同了，只是应付式地讲几句而已，毕竟这次班会是学习性质的，对于李锐这种连考上专科都难的同学来说，就是过家家而已。

"我?"

李锐也没想好这个问题。

"我也不知道。"

看着自己脚上那双有些褪了色的跑鞋，李锐自己都迷惘了，说什么? 自己也不清楚，谈理想吗，自己这么差的成绩能有什么理想? 曾经生日的时候多么想要一双跑鞋，可是只能得到一双凉鞋，这双跑鞋还是一年多前买的地摊货。

"那你可以讲讲自己的故事嘛。"梁禄灵提醒道，可是话刚说出来，就看到李锐脸色微微一变，赶忙地解释道："我不是那个意思，我就是想知道关于你的事情。"

李锐自然知道梁禄灵没有瞧不起自己的意思，可能是自己太敏感了吧。

"我没有什么故事。"

似乎对自己的故事很有芥蒂，或者说很小心地保护着，纵然知道梁禄灵没有什么恶意，但是李锐还是难以敞开心怀。

感觉到李锐的那份谨慎小心，梁禄灵也不好再追问什么，只是缓缓地站起身来，将她手里的那本书放在小亭子里的石桌上，说道："每个人都有属于他的故事，因为不被外人知道，所以他才不被人理解，这世界上没有绝对的对和错，只有理解的角度和方法的不同。我相信，你有你的理由，这本书，我先借给你看吧。"

说完这些话，梁禄灵就离开了观心亭，夕阳把她俊秀的身影拉得很长很长。

轻轻拾起石桌上的那本书，李锐的心头却一亮，因为那书的书名叫作《总有一个梦想会盛开》。

"梦想?"

李锐喃喃地念叨了几句，仿佛在他的心中看到了天边的一丝曙光。

晚饭和饭后休息时间只有一个半小时，6点半的时候，晚自习的铃声悄然响起，同时也拉开了百日誓师大会的序幕。这一次，对于高三(6)班的同学来说都是第一次，如果不是那张挂着高考倒计时的牌子，恐怕谁也没有留意到高考已经如此近了。

在教室讲台的侧面，放着几张椅子，椅子的数量刚好是高三(6)班所有任课老师的数量，看来，这次的班会，所有老师都会到场。

班长李婉蕊也盛装打扮了一番，一身黑色的小礼服有些别样的魅惑，虽然李婉蕊没有梁禄灵那么完美，没有汪亦娟那么娇羞，更没有刘一苇那样魅惑，但是其身材还是蛮高挑的，这也是以前李锐对这个家伙的评价了。

李婉蕊轻轻地在讲桌上用食指磕了几下，清了清嗓子，说道："同学们少安毋躁，老师们待会儿就会过来，整个会议持续的时间是 3 节课，也就是我们的 3 节晚自习，中间只有 10 分钟的休息时间，希望大家在开会期间尽量遵守纪律，以避免不必要的麻烦。"

李婉蕊说话，永远是那么一副官腔，她确实是一个当官的料儿，从她把班里管理得井井有条就可以看出来。

不多一会儿，灭绝师叔就跟众位老师陆陆续续地走进教室。几个老师还在交头接耳地说着话，而且灭绝师叔的脸色有些微红，耳朵上还是跟往常一样夹着一根大中华，看来今天灭绝师叔又喝了点，不过看他面带微笑的，估计他的心情还是挺不错的。

"同学们，不知不觉，我们已经在一起走过了 3 个春夏秋冬，真没有想到，时间是如此的匆匆，我们还来不及回首曾经，就已然面对即将而来的分别。不过，好在时光的脚步给我们还留下了 100 天，这 100 天，是我们高中生涯的最后 100 天，也是我们必须得度过才能面对高考检验的 100 天。同学们，100 天，说长不长，比起我们 3 年来的相处，实在太短，但是 100 天，说短也不短，面对每天机械地重复，三点一线的奔波，也没有那么简单就可以度过。我想是时候为我们执着的梦想进行最后的冲刺了！今天，我们有幸能请到诸位老师莅临我班，请同学们给予热烈的欢迎！"

随着同学们热烈的掌声，各位代课老师一一点头示意，这不仅宣告着百日誓师大会的开始，更是展现各位老师风采的时候。

看着黑板上面硕大的 6 个彩色的粉笔字，李锐觉得有些异样的感觉充斥在心里，百日誓师大会，真的只剩下 100 天了吗？

自己，能做到吗？

李锐并没有把心思放在讲台上那些老师的发言上，毕竟那些老师讲的都是以前在课堂上面说过的，千篇一律，确实没有什么新意。别说李锐，绝大部分的同学都是低着头处理自己的事情。

"好，下面我们有请优秀学生代表梁禄灵上台发言。"

灭绝师叔今天可能真的喝得有点多，平常不怎么喜欢说话的他，今天出奇地说了接近半个小时。至于内容，大家都不敢恭维了，除了班级里面的纪律和学习问题，身为班主任的他，也不能跟大家在课堂上唠家常吧。

早就厌倦了灭绝师叔这样讲话套路的同学们听到李婉蕊这么一宣布，顿时都来了精神。更何况，梁禄灵的存在，完全是高三（6）班的图腾，人不仅长得漂亮，而且成绩又特好，自然人气很旺。

班里的同学鼓掌的声音都比先前的响得多，当然，李锐拍的最起劲。

"其实，我也算不上优秀学生代表了，我只是一个平凡的普普通通的我。说实话，让我第一个上台发言，确实有些为难。因为我也不知道自己该说些什么。说些学习方法嘛，可是刚才各门功课的老师都给大家讲授了方法，老师的话，自然是经验之谈，我很赞同，所以不敢在此班门弄斧，我想谈谈我的梦想吧。"

梁禄灵的话，不仅让李婉蕊一愣，也让灭绝师叔诧异了起来，因为按照私下里的安排，梁禄灵上台演讲的内容就是传授自己的学习方法，可是她现在要讲自己的梦想，这是怎么回事？

当然，这并不是说在这个场合和这个时间不能讲梦想，而是按照灭绝师叔的意思，梁禄灵必须得给同学们介绍自己的学习经验，让同学们好借鉴一下，这样才能帮助其他同学，让他们的成绩尽快地提上来，整个班级的成绩才会再上一层楼。

如果梁禄灵给大家讲什么学习经验的话，恐怕刚开始还会有人去听，但是听一会儿大家就会觉得没兴趣。毕竟这样的话大家听的耳朵都长茧子了，而且大家都清楚，每个人的学习方法和学习习惯都不一样，并不能照搬过来。

而梁禄灵突然聊到自己的梦想这一块来，不仅李锐很感兴趣，而且很多同学都抬起了自己的脑袋，这样优秀的一个女孩子，她的梦想究竟会是什么呢？

第二十五章

我 的 梦 想

"我很小的时候就有一个梦想，梦想着，有一天我的白马王子骑着长着一双洁白翅膀的骏马，飞过来接我，然后我们在一个很幸福的小岛上生活着。后来现实告诉我，世界上并没有长着翅膀的马，它们只是存在在童话世界里面，而我，却活在现实世界里面，所以，我这个梦想就不可能实现了。"

仿佛是在回忆自己的童年，梁禄灵那精致的五官上洋溢着幸福的笑容，她甜甜地笑着，几乎所有人都看呆了。

"后来啊，我长大了一些，看着家里面的那些堆成小山一样的毛绒娃娃，觉得很闹心，或许真的是生活在那个环境里面就不知道珍惜和可贵了吧。其实，我并不是很喜欢那些毛绒玩具，可是每年生日，我都会收到很多很多各式各样的娃娃，当然，还有一些鲜花。可能女孩子都喜欢这些吧，我也喜欢，可是喜欢的久了，也会腻，那个时候，我的梦想就是能有男孩子的玩具，比如说一把气枪、一个陀螺。"

说到这里，梁禄灵的眼神顿时黯然了，好像想到了什么不开心的事情，在她脸上布满了阴郁，看得李锐分外的揪心。

"可是，我却从来没有收到过这样的礼物，可能从来没有人知道我最想要的生日礼物就是这些吧。这个梦想一直被我小心翼翼地保存着，保存的太久了，久的我都忘记了还有它的存在。"

梁禄灵叹了口气，接着说道："后来上学了，爸妈也嘱咐我要好好念书。除了在学校上课，我还得上爸妈给我找的各种补习班和兴趣班。那个时候，每到周末，我都是眼巴巴地看着我的同学他们欢呼雀跃地跟着家长回家，我却不能。那个时候，我也有个梦想，就是想要一个平常孩子的周末，可是我不能，我还有书法班，还有钢琴班，还有国画班……"

听梁禄灵说到这里，李锐突然觉得自己蛮幸福的，至少自己比较自由，想干什么可以干什么，而且还有一个很爱自己的妈妈，尽管自己的学习成绩不好，但是也不曾责怪过自己，一时间，李锐开始有些莫名的情绪在心里氤氲开来。

"初中的时候，隔壁有一个帅气的哥哥老是来我家陪我玩儿，他对我很好，很细心，也很体贴。每次放学都会接我回家，但是这件事被我爸爸知道了，没想到我爸爸妈妈以为我早恋了，还专门给我换了学校，换了新家，还嘱咐过我不要跟不必要人的太过亲密，而且我发现爸妈对我管得更严了。那个时候我就有个梦想，好想再去见那个哥哥一面，可是到现在为止，我还是没有见到那个哥哥，听说他已经不在当初的那个地方了。"

说到这里，梁禄灵有些伤感了，也不知道是不是为那个哥哥而伤心，但是看在李锐的眼里，心里居然涌出一些淡淡的酸味。

可能是梁禄灵的光环原因，也可能是她抑扬顿挫的声音，也可能是她的话题，台下的同学都情不自禁地放下了手中忙碌的笔，静静地倾听着。

"现在啊，我的梦想很简单，就想去一所大学，不需要是名牌大学，只要是一个离家很远很远的地方。那里，有我要的自由，有我，要的所有。"说到这里，梁禄灵的声音戛然而止，然后给台下的老师和同学们鞠了一个躬，谁也不知道什么意思，然后就走下了讲台，当然，掌声是空前的。

李锐在桌子底下给了梁禄灵一个大大的赞。真没有想到，梁禄灵会在这么严肃的课堂上讲自己真实的想法，而且完全跟学习沾不上边，看灭绝师叔在一旁晴转多云的脸色，估计情况不太好了。

虽然李婉蕊也很赞成梁禄灵在这个讲台上讲述自己的梦想，但是毕竟梁禄灵是优秀学生代表，说的应该是能鼓舞士气的话，而不是她所说的那种。只希望是一所远离家乡的大学，而且还不管是不是好大学，这一点不仅灭绝师叔难以接受，恐怕在座的所有老师都难以接受吧，依照梁禄灵这孩子的学习成绩来看，考上十大名校是绰绰有余的啊。

"非常感谢梁禄灵同学给我们分享她的梦想，下面我们有请另一位学生代表，也是我们的英语课代表蔡灯上台给大家讲讲学习的经验。"

有了梁禄灵这个例子，李婉蕊算是找到教训了，在介绍语中就特别强调了讲讲学习经验，当然，这肯定不是李婉蕊的意思，她只是老师的传话筒而已。

蔡灯的个子比较大，而且看起来有点军人的味道，还算是个比较朴实的娃儿，他应该就不会出什么乱子了吧。众人的目光都聚焦到这个家伙的身上去了，如果是以前，李锐铁定又要拿他跟朱俊宏对比一下了，然后做出个荒谬的结论来，但是李锐今天并没有这样做。隐约间，朱俊宏还看到坐在自己前面的李锐身体在微微地颤抖，正想细细观察一番的时候，蔡灯的讲话就开始了，本来朱俊宏没有准备去认真听的，但是没有想到这个家伙上台的第一句话就提到了自己，不由得脸色一变，凝神听了起来。

"我想大家都知道我跟朱俊宏的过节，不错，咱们是老对头了，从高一开学到现在，我们一直在斗，无论是在学习上，还是在感情上，我们谁也不服谁，谁也不认同谁。不知不觉，我们已经斗了有 3 年了，我不知道你累了没，但是我还精神倍儿足呢。真心不知道这 100 天之后，没了你这个对手，我会不会寂寞、空虚和无聊，但是，我要强调的是这个但是，但是我们之间必须有个了结，我们就以这次的高考成绩来定输赢，输了的人就请赢的人吃一顿饭，而且还要当着众人的面承认自己输了，朱俊宏，如何？"

也没有顾及坐在教室两边的老师，蔡灯就这么当着这么多人的面直勾勾地看着朱俊宏，而且这么直截了当地问，这倒是让朱俊宏陷入了尴尬的境地。

感觉到事情的不对劲，灭绝师叔赶紧地咳嗽了两声，善意的提醒道："咳咳，蔡灯，你聊聊你的英语怎么学的吧。"

灭绝师叔发话了，蔡灯也不敢公然违背，只能有些丧气地说道："其实，英语学起来，也没有那么难，多背单词，多背书就可以了，其实也没有什么秘诀，这些事大家都知道，但是去做的人真的很少，我也不好多说什么了。"

说完这些，蔡灯就走了下来，前前后后持续的时间不到 3 分钟，就这么坑爹的结束了。

这就是蔡灯的百日誓师大会上的讲话？这说的都是些什么乱七八糟的事情啊，灭绝师叔觉得自己有些坐不下去了，狠狠地看了一眼李婉蕊。

你说这个李婉蕊今天是怎么回事啊，难道自己说的意思她没有明白还是怎么的？说好的让班级的前三名作为班级里面的优秀学生代表进行发言，一来鼓舞士气，二来传授学习经验，可是这倒好，第一名谈梦想，第二名来打赌，那第三名呢？灭绝师叔简直不敢去想。

感觉到了灭绝师叔那充满怒意的眼神，李婉蕊也忍不住地打了一个寒战，手心里面都出了冷汗。灭绝师叔的意思自己已经传达下去了，她也不清楚为什么这些人好像约定好了一样不给老师面子，都说一些题外话。

"咳咳。"

李婉蕊轻轻地咳嗽了几声，压下了众人的掌声，总结道："有志气的男儿才是一个好男儿。蔡灯的意思，我想是告诉大家，一个人无论做什么事，都得有一个志向，都要坚持下去。我相信，这两点不仅是学好英语必须具备的前提条件，而且，也是必不可少的组成部分。下面，我们请第三名也是我们最后一名的学生代表，朱俊宏上台发言，请大家用热烈的掌声欢迎朱俊宏给我们细细地讲讲学好化学需要做哪些准备工作吧。"

这李婉蕊，这话说得，让灭绝师叔的脸色顿时缓和了不少。不愧是当官的料儿，真能瞎掰，这也能跟这样的主旨扯上关系。李婉蕊东拉西扯的功夫真是让人佩服。

虽然事先李婉蕊已经通知了朱俊宏要提前上台发言，但是朱俊宏也没有想到这么快就轮到了自己，自己什么都没有准备好呢，自己能说些什么呢？

朱俊宏跟女孩子说话就口吃，更别说他在讲台上说话了，不过好在朱俊宏脑子好使，略微一转，就知道了刚才李婉蕊在帮自己，因为自己根本就不知道该说些什么，而李婉蕊的提醒刚好让自己知道了该说些什么。

"我觉得学好化学最重要的就是要有自信！"

朱俊宏的第一句话让灭绝师叔很是满意地点了点头，孺子可教也，看来整个班级也就朱俊宏这孩子最听话的了。

"所以，蔡灯的挑战，我应了！来吧，谁怕谁啊，咱们就来好好地比画比画，看是你的金刚钻厉害，还是我的铁头功强悍。"

噗……

灭绝师叔感觉自己一阵气血上涌，这家伙都是在说些什么啊？

"你给我下来，这班会不用开了！"

灭绝师叔果然没有人性，朱俊宏还想要说些什么，就被硬生生地给打断了。一直以来，高三（6）班都在灭绝师叔的高压政策下保持着良好的纪律，但是这次，这些学生，就连自己平日里最喜欢的学生，在这么重要的场合上，一个空谈梦想，一个在那大放豪言，另一个还在应答起哄，这还是自己带出来的学生吗？简直就把自己的脸面都丢光了啊，再说，这里还有这么多的任课老师，你让身为班主任的灭绝师叔的老脸往哪儿放啊，要知道，在跟众位代课老师吃晚饭的时候，灭绝师叔还特别地提了这三个孩子，给他们很多很多的帽子，可是现在的他们，这是什么表现啊，分明是让自己下不来台嘛，灭绝师叔自然会发脾气了。

"等等。"

就在大家以为灭绝师叔要终止这次誓师大会的时候，一个清脆而有富有磁性的男声响了起来，本来教室还有些乱哄哄的，但是这个声音响起的刹那，教室瞬间就安静了下来。

因为说"等等"两个字的不是别人，也不是别的老师，正是高三（6）班人气爆表的语文课老师——李险峰。

李老师虽然是教语文的，但是李老师会的东西很多，无论是美术还是音乐，都有较高的造诣。很多时候同学们都在想，你说这么一个能干的老师，为什么就不去当音乐家和美术家呢，偏偏来这么个地方，来屈才做一个教书先生呢？而且教的科目还不是他特别擅长的。

不过，猜疑归猜疑，喜欢归喜欢，李险锋老师授课的方式不拘一格，布置作业也是少得可怜，但是李险峰老师带的班级语文成绩全年级最高。其个人因为年轻和帅气的外表也成为众多花痴少女崇拜的偶像。

很多时候李锐都在想，是不是因为自己这个班的女孩子多，而且都脑残才喜欢上这个老师吧。不过李锐不得不承认的是，李老师的授课方式很特别，有时候自己都情不自禁地听了整整一节课。

正是因为有着这样的成绩和人气，所以李老师不仅在高三（6）班的地位很重，在整个学校也是小有名气。所以他的话，灭绝师叔还是要给些面子的。

"李老师，你有什么问题吗？"

灭绝师叔有些烦心地说道，难道这个李老师也有些不正经了？如果这个百日誓师大会就这么开下去，其他班级的班主任知道了还不笑死自己了。

"聂老师，我知道你的心情，不过这次班会的主体应该是孩子们。他们有自己的一些想法，我觉得我们大人更应该去听听，而不是去遏制，这样对于孩子们将来的发展很不利。这样吧，我们接着听听，一来可以感受一下大家心里最真实的想法，二来，也好根据学生们的心态来调整一下我们的教学方式方法，那样的话，我想我们高三（6）班的成绩一定会再上一个台阶，何乐而不为呢？"

李险峰缓缓地说道，语速不快，声音不大，但是却在在座的同学们心中激起了强烈的波澜。尤其是那些年轻的小女孩们，更是忍不住想要尖叫。

"欧巴，你太懂我们了……"

李老师说话不仅有分量，而且很艺术。听李老师这么一说，灭绝师叔觉得也对。毕竟自己作为一个教书育人的老师，如果不去了解一下自己的学生，不根据实际情况与时俱进的话，不仅自己的教育水平无法提高，而且班级的成绩也提不上去，到时候年终奖金就很难保得住了。

"好吧，继续，他们爱说什么，就说什么吧。"

灭绝师叔一挥手，只能有些灰溜溜地回到自己的座位上，继续听朱俊宏在讲台上一反常态的讲述自己的一些想法和打算，反正都是跟学习沾不上边的，说也奇怪，朱俊宏前前后后讲了两分多钟，竟然罕见他结巴，这倒是个不错的纪录。

随着上台发言的人越来越多，李锐的心开始渐渐的失落起来，因为这一位接一位上台演讲的同学，都是按照上次考试排名来的，也就是说，自己是最后一个上台发言。自己成绩差不假，可是为什么就没有平等的权利呢，自己又不是想成绩这么差的。

聂少在讲台上说了说自己将来的打算。原来这个家伙想要靠自己的努力开一家大型公司，自己做老板，自己赚钱，这确实是一个不错的打算，毕竟子承父业了嘛。

刘星宇的话，最简洁了，也没有什么特别的，就是想考上一所好一点的大学，找一个好一点的工作，他向来比较低调，在讲台上说话也只有寥寥的两三句而已。

霸王龙不愧是霸王龙，讲台上的她不仅霸气外露，还趾高气扬地说自己将来要找一个什么样的老公，过着什么样的生活。反正在她的世界观里面，女人都是高等的，都有着最高的指挥权和分配权，而男人，只能服从。

汪亦娟这女孩倒是很有意思的，除了说自己想要考一个好点的大学之外，就是祝福自己的爸爸妈妈身体健健康康的，还是蛮有孝心的。

曾露的讲话也比较简洁，就是希望能在班里跟同学们友好相处地度过这最后 100 天，同时也希望自己能够考上一所自己心仪的大学。

听着讲台上不同的人说的那些不同的话，李锐顿时觉得自己心中炽热了起来，也不知道是不是梁禄灵让自己灼烧起来的，但是就在自己的胸口位置，李锐感觉得很是分明，那是一团炙热的火焰在熊熊燃烧，一股前所未有的感觉袭在自己的心头，全然有一股不吐不快之感。

讲台上讲话的人还在继续，可是越往后，上台的人更换得越频繁，因为后面的同学大部分都是没有想过要考上大学的，大部分都是准备高中毕业了就出去打工，之所以坚持到现在，就是为了混个毕业证而已，至少证明了自己这 3 年的高中没有白读而已。

"下面，我们有请，呃。"

看到这个名字，李婉蕊顿了一下，四小天王中的朱俊宏、聂少和刘星宇都发言了，但是还有一个人没有说话，也就是那个曾经跟自己打赌，说考试如果没有进入前三就当着全校同学的面在操场上裸奔的那个家伙。

"有请李锐同学上台发言。"

可能是因为重复太多次这样的句子了，李婉蕊有些累，也有可能是因为李锐这个同学，让李婉蕊带有特别的情绪才发出这样有气无力的调调，反正就是轮到李锐上台了。

谁也没有看好他，甚至根本就不想看他。因为不知道从第几个学生开始发言，下面的同学就开始忙着干自己的事情了，只是偶尔讲台上的声音突然高了一些，或者某个同学说了一个搞笑的段子，才会有人抬起头看那么一两眼，然后接着忙自己的事情去了。就连老师，也有很多坐不住的了，要不是学校有领导来巡视，恐怕很多老师都找借口溜掉了，谁还愿意听这些同学们在这儿说些有的没的。

其实，在老师的心目中，也就想听听那么几个成绩好点的同学的心里话。显然，并不是所有的同学他都感兴趣，当然，在场的老师有一个是除外的，那就是李险峰老师，他一直在看着、在听着、在想着、在写着什么。

当听到李婉蕊喊李锐上台发言的时候，教室下面基本上没有几个掌声，依稀可以数出来，大概只有四五个人的样子。

心里忍不住地涌出一股悲凉，不用说，除了李险峰老师和自己的那3个小伙伴，估计就没人给自己鼓掌了吧。李锐这才发现自己的存在感好低，要不是自己平常耍坏才能弄点存在感出来，恐怕刚毕业，大家就忘了广场高中高三（6）班还有这么一号人的存在吧。

不过让李锐有些意外的是，鼓掌的这些人之中，居然有一个人让自己刹那间充满了正能量，而且以泰山崩塌的雷霆之势，瞬间流畅在李锐的奇经八脉上，她就是自己的同桌，就是给自己那本书的主人——梁禄灵。

本来自己都没有勇气的李锐，看到了梁禄灵那鼓励的眼神，也不知道哪来的勇气，李锐居然就迈着正步走上了讲台。

"大家，好吗？"

也不知道是不是李锐羊癫疯突然犯了，本来他上台就没有什么人来看的，但是被他突然这么一吼，几乎所有的同学和那些醒着或者睡着的那些老师都诧异地望着他。不过大部分人的脸上都流露出不满或者厌恶的神色。

不过，讲台上的李锐却并没有在意，看似很平淡的一声怒吼，却给自己增添了不少勇气，加上从梁禄灵那鼓励的眼神中，李锐终于决定放开了，人生难得这样的机会，有些事情不说，恐怕一辈子都说不出来。

就像那本书的书名——《总有梦想会盛开》，自己要做的，现在要做的，就是种下这个梦想的种子。

"老师，我知道，在你们的心目中，我李锐一直是个坏孩子。不错，我承认，作业我要么不交，要么就抄别人的。在你们的课上，我不是睡觉就是捣乱，让你们的课一直上的很艰难。而且，你们在座的老师之中，很多老师都被我捉弄过。对不起，是我的无知，让你们难受了，在这里，借这个机会，我向你们道歉，对不起！"

李锐的声音不大，但是很洪亮，几乎教室里每个人都可以清清楚楚地听见。而且李锐在本已目瞪口呆的同学们的面前，断然走到众位老师的座位前面，挨着一个个的鞠躬，这倒是让那些想要睡觉的老师一个激灵醒了过来，这个破坏大王这又是整哪一出？

本来有些老师是不想也不敢轻易接受的，但是因为李锐鞠躬几乎成90度，如此谦卑恭敬，倒是惊了全班同学和所有的老师，包括灭绝师叔在内，这究竟是怎么回事？

所有的同学都放下了手头的活儿，目光齐齐地聚焦在这个李锐的身上，包括霸王龙和并不看好他的李婉蕊。

"同学们，我知道，在你们的眼中，我也是一个坏孩子，我不学无术，我欺负同学，我还拉党结派的成立了四小天王。虽然我很清楚我们的这个称呼已经臭名昭著到整个学校人尽皆知了，但是我相信大家也很清楚，自从我们4个人结成这个团体之后，其他班级的同学再也没有欺负我们班的同学。我们没有告诉大家的是，其实，我们一直在为我们这个班级做着我们能做的贡献，不过，我们也确实做了很多错事，都说浪子回头金不换，我李锐今天当着这么多老师和同学们的面，我宣布我正式退出四小天王，今后也绝不会有破坏大王李锐的存在了，我也绝不会再加入这样的组织了，我希望同学们能监督我、检验我！"

李锐的话说得很是响亮，每个人都听得很清楚，而且已经震撼到极致了。当着这么多人的面说要退出四小天王组织，那四小天王还存在吗？其他3个人怎么想？

"你疯了吗？有什么事不能好好说？"

聂少一听李锐当着这么多人的面说退出这个组织，身为这个组织的头的聂少自然不能坐视不理，什么事不能私底下解决，非要当着这么多人的面说？而且，退出组织这么重要的事情怎么能没有经过其他人的同意就说？

"聂少，谢谢你，谢谢你这么长时间以来对我的照顾，我是真的把你当成兄弟，当然，还有小猪、小牛，我真的很高兴认识你们。其实，我们都很清楚，四小天王已经渐渐背离了我们当初成立它的宗旨了，什么想谈恋爱，只谈不爱，我发现我们个个都吃不到葡萄说葡萄酸，我算是看明白了，没有实力，没有资本，你就永远都是看的份儿。"

说到这里，李锐的声音突然低沉了下来，所有人的目光再次聚焦到这个今天很明显的有些不正常的李锐身上。

"我跟你们不一样，我没有你们家里那么有钱，更没有你们那么有权有势的爸妈，我妈很普通，很平凡，她只是你们口中的一个卖菜的老大妈。可她却是我的天，是我的一切，你们看不起她，很正常，因为你们永远都是高高在上，兜里揣着票子，腰上挂着车子。对，你们很有钱，可以是买到自己想买的一切，你们的梦想可以是去世界环游，可以是买下一片庄园，可以是移居海外，可以是所有的可以，可是你们知道我的梦想是什么吗？我的梦想就是我能有一双自己的跑鞋，那样我上体育课就不用再装病不参加体育活动了。"

说到这里，李锐的声音变得特别的苍凉和沉郁，所有人都低下了头。尤其是坐在教师席位上的体育老师张艺芯，因为在她的课上，她不止一次两次提醒过李锐不要穿着凉鞋来上体育课，可是每次他都不听。有几次自己还特意地数落了他几句，还威胁他说再不穿跑鞋来就不让他上课了。

广场高中不仅是省重点高中，也是一所偏向于贵族学校的地方，因为名气比较大，所以收费也比较贵，所以在这儿就读的绝大部分同学都是家庭条件相当不错的，也有极少数同学家庭条件很差的，李锐就属于后者。但是鉴于学校对学生身份的保密规则，班主任并没有跟各位任课老师讲，更别说同学们知道了。

"我知道我很坏，我确实很坏，有时候我自己都觉得自己坏的不可原谅，可是，你们有没有想过我的感受？想过我为什么这么坏？你们有钱，你们有人疼，有人爱，在家有爸妈关心，在学校有老师关照，可是我呢？我一没有背景，二没有成绩，我在这个班级完全就是一个可有可无的存在，不对，应该是一个不出声、不闹出点动静，你们都不会注意到我们班里面还有这么一个人的存在，我害怕被孤立，更怕被边缘化。我希望通过恶作剧来吸引你们的注意，哪怕你们讨厌我也好，厌恶我也罢，至少，你们知道，在这个广场高中三（6）班里，还有一个破坏大王李锐的存在。多年以后，在你们的人生记忆里，还有那么一个高中 3 年，自己被那么一个坏家伙所欺负，可能我的名字你们已然不记得，但是我想那些记忆你肯定还会有印象，至少，我还是存在着的……"

说到这里，李锐的眼眶已然湿润，全班一片寂静，所有人都停下了手头的事情，都目不转睛地盯着讲台上的李锐。此刻的他，俨然是一个历经沧桑然后道出人世炎凉的老者，而他的话，引人深思，就连教室两旁的老师也为之侧目。

"我小时候，父亲就不在我的身边，这么些年来，一直是妈妈一个人把我拉扯大的。这次月假期间，我帮妈妈出过一次摊，没有想到就一碗我给她买的牛肉面都让她眼眶红红的，是我没出息，是我对不起我妈妈，她花费那么大的气力供我上学，可是我呢，我拿什么见她呢？"

"上一次我掉进一个水潭，在生与死之间徘徊的时候，我发现我最最割舍不下的是我的妈妈，她只有我一个孩子，我是她全部的希望和寄托，她为了我，付出了自己所能够付出的一切，甚至连碗牛肉面里面的肉块都要留给我吃。而我呢，我又为了她做了什么？我就拿这样的成绩给她看吗？那我还算是人吗？"

"对，不错，你们都觉得这是一件很小很小的事情，觉得这样的事情不值一提，确实，对于你们来说，一碗 7 块钱的牛肉面确实不算什么，可是你们知道不知道我母亲每赚一分钱，手上都会生一次冻疮？"

"我妈对我恩重如山，却有人在我面前骂我拖油瓶，你说我能怎么办？我不跟她急难道我就让她这么侮辱我的母亲，糟蹋我的天吗？"

说到这里的时候，李锐的声音已经沙哑，眼泪也忍不住地掉了下来，他已经记不清楚自己是有多少年没有流过眼泪了。

李锐虽然没有明说什么，但是霸王龙李霆却把脑袋压得低低的，很明显，这是不好意思了。

"我不想再让我妈妈担心我的学习，我不想让我的成绩成为我妈一直念叨着的心上疾，所以我不想放弃，我想好好学习，我真的想好好学习，我真的想换个角色和态度对待自己的人生，我恳请大家给我这个机会，以前对大家的冒犯，还请大家多多原谅！"

说完这些话，李锐就离开了教室了，谁也不知道他去了哪个地方。但是熟悉他的聂少三人，知道此时此刻的他，需要一个人静一静，稳定一下自己的情绪。

而梁禄灵却早已经拿着纸巾擦拭着自己的眼泪，因为李锐说的这一幕刚好是自己在菜市场上看到的，正是因为看到这一幕，梁禄灵才决定买点白菜回家弄点吃的，只是没有想到那个男孩，居然就是自己的同桌。

看来，他真的不坏……

第二十六章
发 愤 图 强

　　一觉过后，又是新的一天，若不是黑板前面的那个 100 的数字俨然变成了 99，所有人都像忘记了昨天是誓师大会一般。不过，让人唯有一点印象的就是昨天晚上的那个破坏大王李锐的讲话了。私底下已经有很多人在讨论这件事了，而且范围还不仅仅地局限在高三（6）班，毕竟四小天王的名气可是全校皆知的。

　　早上大家吃完早饭回到教室的时候，却都有些忍俊不禁了，因为此刻的李锐居然光着脑袋坐在那一本正经地看书，看的还是高一的数学教材。这样的一个光头强坐在这么一个貌美如花的女孩子面前还真是大煞风景，但是没办法，谁叫他们两个是同桌呢。

　　看来这次李锐是要认真了，不过私底下还是有人设了个赌局，看李锐这样假正经能坚持多久，绝大部分的人都押的是一天，还有大部分人押的是一个星期，能坚持下去的没有一个人，赔率也变成一赔一百了。

　　"我押 100 块赌他坚持得下去。"

程杨瑞刚刚将自己那个下注的标记本拿出来，众人就围了上来，但是有这么一个娇滴滴的女生居然说他能坚持下去，这不是显然脑袋让驴给踢了吗？

不过当程杨瑞抬起头的时候，更是傻眼了，因为这女孩不是别人，不正是李锐的同桌梁禄灵吗？

"我说班花啊，看在你这么漂亮的分儿上，我就跟你实话说了吧，也免得你花这个冤枉钱，虽然你是他的同桌，但是你并不了解他，你知道他这人是想到哪里是哪里，想唱哪出唱哪出，说话吹牛完全不打草稿，你就别花这冤枉钱了啊。"程杨瑞好意地提醒道。

"谢谢你的好意，这100块钱也不算多，输了也没有关系，倒是赢了的话，可是一笔不小的零花钱呢。"梁禄灵笑着说道，那笑容足以拿下绝世猛男，更别说程杨瑞这种货色的了。

"唉，虽然不忍心看着你输钱，但是你这么坚持，我也没有办法啰，如果到时候你输了的话，我就退返给你一半哈！"程杨瑞凑到梁禄灵的耳边悄悄地说道，却被梁禄灵很礼貌地回避开来，不给程杨瑞一点点揩油的机会。

"退一半啊？那我们也买100块钱好了。"

说话的不是别人，正是聂少，刚进教室，聂少就听说这程杨瑞又在打什么鬼主意，出了个关于李锐的赌局，还挺有意思的。

"开玩笑的，怎么会退一半呢，这个本来就不怎么赚钱的嘛。"一听聂少说要押赌注在李锐的身上，赶忙小心谨慎地说道。

聂少看了一眼梁禄灵，突然邪魅地一笑："我也押那个一赔一百的。"

"我也是。"

不知什么时候，刘星宇也出现在聂少的旁边。

"怎么能少了我呢？"

说话间，朱俊宏也凑了过来，从口袋里面掏出一张 100 块放在程杨瑞的手里，显然，身为哥几个，怎么说都得挺自己的兄弟。

一下子就有 400 块钱，这倒是让程杨瑞有点吃惊，这明显的赔本的生意为什么他们还要做？有钱人的思维就是难以让人理解，可能就是他们说的，有钱就是任性吧。

既然有钱送上门来，程杨瑞哪有拒之门外的道理，既来之，则安之，便是笑逐颜开地收下了这 400 块钱了。

程杨瑞也不担心会输，就李锐那副德行，坚持不了几天，就算万里无一的小概率事件发生了，自己也有办法。因为关于李锐的赌局可不止这一个，经商这么多年一直失败的程杨瑞最近得到高人的指点，总算悟出了一些门道了。

"梁禄灵，你能帮我看看这道题怎么解吗？我算了很多次都算不对呢，怎么回事啊？"李锐拿着高一的数学课本其中的一个习题对梁禄灵问道。

只是一个很简单的二元一次方程而已，解不出来就知道李锐的基础有多差了。不过梁禄灵也很意外李锐会主动问自己的问题，虽然知道这是迟早的事情，不过还是蛮欣慰的。

"你看啊，这个很简单，首先把等式的左边部分移到右边去减，这样呢，题目就好做了一些，如果出现了减数不够减的情况，你就向高位借一位，这样……"梁禄灵一边给李锐细心地讲解，一边在旁边演算着。

"可是，如果高位不肯借怎么办？"

李锐突然莫名其妙地问了这么一个问题。

"呃。"

梁禄灵一阵无语，这小子脑袋里面都在想些什么啊。

"不用担心这个问题的，数字都很友好的，你看，你借它就给，不过还不给一个，给10个呢。"梁禄灵并没有跟其他同学和老师一样用白痴的眼光来看李锐，反而更加耐心细致地给李锐讲解这道题目的精髓，就连李锐的插科打诨，梁禄灵也很风趣地解答道。

"哦。我明白了。"

李锐一副恍然大悟的样子，但是梁禄灵可没有觉得这家伙这么容易就明白了。

"来，你把这道题解决一下。"

梁禄灵想看看这小子是不是真的掌握了还是说说而已，随手出了一道题目给他，但是没有想到的是，这家伙还真做了出来，看来这个家伙也不是很笨的嘛。

李锐也从来没有想到过会有人这么说，其实问梁禄灵题目也是被逼无奈，一方面下定决心想要好好学习，但另一方面自己的基础真的很差，很多东西都不懂，所以他的心里也是很忐忑的。他也不知道这样的题目难不难，如果问得太简单了，梁禄灵会不会觉得自己很笨，男孩子始终是要面子的，但是没有想到的是，梁禄灵不仅没有瞧不起自己，反而给自己耐心地讲解题目。这一点让李锐很是诧异，也让李锐的心里莫名的悸动了一下。

问这个简单点的题目，李锐也是想看看梁禄灵对自己的态度如何，如果梁禄灵不愿意给自己讲解，那也没有办法。毕竟李锐不能强迫人家做她不喜欢的事情，不过梁禄灵的态度还是挺友好的，看来今后可以多多咨询下她怎么做题了。

当然，李锐也很清楚，凡事要有个度，如果经常频繁地问问题，梁禄灵肯定会反感的，那样可不是长久之计。所以，李锐每天只会问三次，上午一次，下午一次和晚上一次，次数并不多，但是问题并不少，而且都是李锐精挑细选的问题。

既然下定决心要做一件事，李锐自然不能半途而废，而且当着那么多人的面说了自己的故事，说了自己的梦想，现在的自己，就是在为自己的梦想努力，李锐说什么也不想去放弃。

整整一天又一天，李锐居然破天荒地几乎都没有离开过自己的位子。他知道自己的基础很差，差到一个很离谱的境界。而且老师上课的很多东西自己闻所未闻。所以李锐开始从最基础的做起，就是不分日夜地强攻那些基础，基础其实很简单，就是从高一的第一本课本开始。

不过当李锐拿着高一上学期的数学课本在那研读的时候，很多人都不屑一顾，现在就剩下 100 天了，你每门功课都那么差，来得及吗？

如果所有人都这样嗤之以鼻的话，可能李锐真的坚持不下来，但是实际情况并不是这样的。

聂少三人知道李锐的情况后并没有说什么，虽然李锐说退出四小天王，但是兄弟们的情谊还在，能理解更能支持，而且李锐的做法也让聂少等人深感欣慰，虽然哥几个也不太看好，但是总要支持那么一下下。

哥几个还是约好了，中午一起吃个饭，地点定在东大街，不用说，一顿午饭就来这么奢侈的地方，想必就是所谓的散伙饭了。

不过这次吃饭还有一个特别的嘉宾，那就是聂少的女朋友刘一苇了，聂少本来就没打算让刘一苇跟出来，但是这女娃还非要用什么保镖的名义跟出来，搞的就好像聂少要遭人行刺一般。

4 男 1 女，5 个人围着一个圆桌，聂少点了 8 个菜 2 个汤。

"我先说吧，我记得我们 4 个刚认识的时候是在高一上学期快要期末考试的时候。那个时候，咱们还在着急考试答案的问题，哈哈，现在想来确实好笑，我们还真的有些臭味相投啊。"说话的是李锐，想起当初那段经历，众人真的很是难忘，一起翘课，一起打英雄联盟，一起睡觉，当然，还有一起耍坏。

"是啊，你这家伙就是不学无术，要不是说有我们班美女的秘密告诉我，我才懒得告诉你们答案呢。"朱俊宏接过话茬说道，那个时候，聂少跟刘星宇是认识的，而李锐则是介绍朱俊宏为大家的拉拢对象，这家伙，别的爱好没有，就是对女人有些好奇，当然，这也并不是绝对。

"唉，要是那个时候我就知道了该好好学习就好了。"李锐有些感叹地说道，都说人要看从小，要是小的时候就有很好的基础，那么至少不会是像现在这么麻烦了。

听到李锐在那叹气，聂少说道："得，现在想搞好学习也不是一件不可能的事情，只是你说要退出我们四小天王这是怎么一回事？"

聂少放下自己手中的银白色的筷子，语气有些重地说道，曾几何时，4个人欢欢闹闹地度过了整个高一、高二，却在高三，在百日誓师大会这儿发生了变化，当然，这样的变化不可以说不好，毕竟每个人都有每个人的选择，这本来就是一件无可厚非的事情。

"我跟你们不一样。"

李锐也同样地放下了自己的筷子，说道："昨天的班会上我也说过，我跟你们不一样，我只想考一个大学，对得起我的家人，我没有什么资本，我只能靠自己的努力去做。起初，我也在怀疑自己是不是真的很需要在这个里面。实话说，跟你们在一起确实很开心，但是我想你们也很清楚，开心过后是一种惶惶不安。当然，小猪不一样，因为你这样玩成绩依旧是那么的好，但是我却不一样，每个失眠的晚上，心里都特别的焦躁不安，我也不知道这是怎么一回事，但是我想清楚了，我得认认真真地去学一次，哪怕成绩没有丝毫的起色，但是至少我努力了，也证明了我确实不是一个读书的料，那样，我想我也可以安心地去打工了。"

聂少显然没有想到李锐会这样说，脸色微微一愣，随后哑然，不错，李锐说的话，也是大家都有的感觉。但是聂少很奇怪，因为这话从李锐嘴里面说出来，确实有点令人诧异。聂少当然不知道这话是李锐看完梁禄灵那本书之后的切身体悟。

"好了好了，不说这些了，来，干一杯。"

感觉到场面上的尴尬，刘星宇开口劝解道。

5人干了一杯，聂少说道："既然是兄弟，我也就不好意思再说些什么了，你做的决定，我们自然都支持，只是兄弟始终是兄弟，今后的饭该吃的照吃，该玩的照玩，只是这四小天王得换个名字了。"

"换个啥名字？"

朱俊宏问道，起先的时候自己对这个名字也不是很满意，现在要换名字，朱俊宏自然有些想法。

"名字什么的不重要，重要的是大家都在一起就行，将来毕业了，去大学了，也别忘了我就很开心了。"

李锐有些黯然地说道，或许，他们都能上大学，但是自己呢，能上一个什么样的大学？100天，自己能做些什么？

"小李子说的对，不管什么时候，什么地点，都是兄弟，一句话，两肋插刀在所不辞，来，干了这一杯，我们就各找各妈，各干各的去吧。"聂少也豪爽地拿起酒杯跟众人喝了一个，至于这个名字叫什么，聂少还真没有想好，但是重要的不是名字，而是名字下的那些人。

"好，干杯！"

虽然刘一苇不知道这些家伙在说些什么，但是也能从他们聊天的话语中看得出来，这4个人的关系很深，五人吃得很欢。

回到教室的李锐破天荒地将自己的桌子由上到下、由里到外地整理了一遍，这一整理，让他自己都吃了一惊。什么漫画书、小说、废纸、垃圾一大堆，整理出来都有一座小山那么高了，让一旁的梁禄灵看的小嘴都合不拢，这家伙该是有多少垃圾啊。

把一些学习无关的事情处理掉的李锐开始全心地看起书来，不懂的地方就用红笔标记一下，等到固定的那个时间就问自己的同桌，因为李锐制定的这个问问题的时间刚好是下课时间比较长的那一段，梁禄灵也蛮乐于帮助李锐讲解这些知识的。

回到家的李锐也没有像平常那样吊儿郎当的坐在家里发呆，而是帮邱大嫂处理好所有要卖的菜品之后，就一个人待在屋子里面。点着自己房里的那盏橘红色的电灯，邱大嫂也不知道孩子回来怎么就跟转性了一样，但是看着孩子如此用功读书，心里也是乐开了花的。

为了能够让自己更尽心尽力的复习，李锐在自己的那堵墙上写了两字：激奋。

不知道为什么，每次李锐看到这两个字的时候就特别有感觉，那是一种久违了的感觉。

李锐深知自己基础太过薄弱，必须得根据自己的实际情况制定符合自己的学习方法，否则的话，自己这样没有轻重的复习显然是没有丝毫成效的。

整理了一下自己的思路，一共只有 4 门，语、数、外和理综，语文这方面李锐从来不担心，因为这是李锐所有功课里面唯一一门看得过去的科目了，剩下的就是数学和理综以及英语了，英语重在记忆和背诵，所以李锐在每天起床和睡觉前都会用一个多小时去记忆，虽然牺牲了大部分的休息时间，但是因为意志极其强烈，所以他并没有觉得困，反而越干越带劲。最重要的是，他的心前所未有地沉淀了下来，而且过得很踏实。

最需要花费时间的就是数学，数学是理综的基础，李锐的脑子不是不好使，而是没有好的学习方法，这样一来，脑子好也没有用武之地，看在李锐这么努力的分儿上，梁禄灵根据自己的学习经验和一些实用的学习方法传授给李锐，并把自己的学习资料笔记借给李锐研读。无疑，梁禄灵的笔记是课本重点知识的浓缩，而且极大地缩短了李锐的复习时间。

有这么宝贝的东西，李锐自然是废寝忘食地复习着。而他的表现，整个高三（6）班的同学都看在眼里，而且都难以相信。如果一天两天，李锐都是这样，大家也只会觉得他是做做样子。可是一个星期，两个星期，李锐依旧是那一个姿势地坐在那里，也不外出，也不怎么的，这倒是让人有些意外，不仅同学们这样诧异，就连各位任课老师对李锐也刮目相看了一把。以前这家伙不是在自己的课堂上睡觉就是在上面捣乱，但是现在这个家伙不仅没有这样做，反而还时不时地举手回答问题，这可是以前从来没有的事情，难道这个家伙真的是洗心革面重新做人了吗？

李锐这样视死如归的复习方法，成效也是很明显的，第一次数学成绩，他终于突破了 60 分大关，达到了 88 分。虽然还差两分就是真正的及格了，但是李锐并不丧气，因为这相比之前的成绩确实进步了太多，尝到了甜头的他，更加卖力地复习了，对梁禄灵这样的好老师更是言听计从了。而李锐的表现，也让梁禄灵很是满意，她也愿意帮这个小子好好学习。

李锐这样的坚持，自然有人看不惯了，第一个人，就是程杨瑞了，很明显，因为李锐这样的坚持，很可能让自己输掉赌局，如果这小子真的坚持到了最后，自己赔下去的钱可就不是一个小数目了。

感觉到李锐的变化，聂少三人也由心底里面感觉到钦佩，这小子认真学起来，还真是不要命的啊，不过哥几个关系不错，知道李锐现在正在努力，也不好意思再去打搅。当然，李锐成绩的起色，3 个人也是看在眼里的，只是 3 个人的表情和想法都不相同，朱俊宏只是觉得欣慰，这小子总算可以安静下来好好学习了，自己也可以安静一段时间了。以前这小子总是抄袭自己的作业，虽然自己表面上不说什么，可是每次把自己的劳动成果就这么给他拿了去，虽然是哥几个，但是心里难免有些不舒服，现在倒好了，这家伙再也不问自己拿作业了，这倒是让自己清静了不少。

聂少感觉也有些诡异，以前哥几个在一起有说有笑，现在少了这么一个小李子，生活变得跟很早以前一样单调、枯燥。但是聂少也不能说些什么，毕竟李锐有自己的选择，他在为自己的梦想付出，自然不能说他什么了。

至于刘星宇这个家伙，自然有不同于先前那两个家伙的感觉了，因为四小天王里面，成绩最差的就是李锐了，而自己跟李锐的差距并不明显。如果李锐这么拼命，成绩超越了自己，那自己就会很尴尬的，所以刘星宇也一改往日的习性，放下了手里的小说，开始好好地做学问了。毕竟前有标兵，后有追兵，不能这么放松自己，否则就会被这个小李子超越过去了。

而李锐的变化，也让班里其他的同学感觉到威胁，毕竟这么差劲的人都可以这样努力，再看看黑板旁边还有五十几天就要高考的数字，很多人都不由自主地紧张起来，这才努力的复习了起来，不过，他们也只是在做着尽人事听天命的复习而已。

不知不觉间，李锐的变化已经改变了四小天王，以及整个高三（6）班的人。

第二十七章

第一轮考试

俗话说两耳不闻窗外事，一心只读圣贤书。以前的李锐，是从来都没有理解过这样一句话的，但是当他真正的沉下心来读书的时候，发现这句话所描绘的不是讽刺那些只会读死书的人，而是说时间过得太快，与山中无甲子差不多，只是这样的话，用着不同的表现手法。

而这句话形容李锐形容得很是恰当。

时间真的过得很快，不知不觉，黑板旁边的那些数字已然变成了"54"，一半时间都过去了。但是大家在这段时间除了考试好像也没有做些什么，时间过得太快，没有给人留下任何印象，怪不得人们常说时间就像是一把杀猪刀。

"打扰大家一下，我是来通知一件事情的，第一轮复习的考试下星期一开始，为期两天，希望大家好好准备一下。"虽然这声音很好听，但是内容听起来却并没有那么好。梁禄灵身为学习委员，宣布这样的事情也是人之常情，而且这样的话，也只有她说出来才不会听到人们的怨言。

"这么快就第一轮的复习考试了啊，还让不让人过啊。"梁禄灵的话音刚落，程杨瑞就在那里长吁短叹了起来，大家都知道广场高中的传统，每一届高三学子都会面临一场三轮复习的轰炸。轰炸完了，基本上就是高考了，而且学校还特别重视这三轮复习考试的成绩，以便对所有的学生进行一次全面的了解。

说好听点叫了解，说不好听一点就是区分学生的群体趋向，也就是划分学生能上几本的关键。对于那些上不了大学的同学，学校基本上就把他们的信息卖给那些高职高专的学校去了。这样学校既能得到那些学校给的好处费，又可以落得一个为学生着想的好名声，一举两得的事情，这也算是广场高中的一个传统了。

"这次的考试，你准备得怎么样了？"梁禄灵刚坐回自己的座位就问道。虽然李锐就坐在自己的旁边，而且每次都会照例地问自己问题，但是李锐具体怎么个学习收获，梁禄灵还是心里没底的，唯一能肯定的是，这家伙比以前强了那么一点点。

"你猜。"李锐并没有放下手中的那根笔，甚至连脑袋都没有抬起来，只是有些俏皮地反问了一句。桌子上面的三八线，早就被李锐的胳膊肘给抹掉了，现在哪里还有三八线了，而且俩人的关系也走近了许多。

"我猜啊，可能进步了那么一丢丢吧。"梁禄灵一边整理自己的书籍，一边说道，这家伙居然跟自己卖起关子来了。

"什么叫一丢丢？难道你这么不相信你自己啊，我可是跟你学了这么久呢。"李锐抬起头来，有些不满地说道。

梁禄灵嫣然一笑："噗，别变着法夸我了，我可是什么都没做，关键在于你了，这次的考试不比寻常，比较重要，总之呢，我想你好好考。"

"嗯，你放心，会做的，绝对不会放过，不会做的，蒙也要蒙个八九不离十。"李锐咧开嘴笑，说蒙的时候，李锐还忍不住地想到前几天梁禄灵传授自己的蒙题经验：什么三短一长选最长，三长一短选最短，不长不短就选 C 之类的话。

要是自己早知道这个，怎么会有那么差的成绩呢，李锐暗自腹诽，不过同时更对梁禄灵感激涕零。想当初，自己想要搞好学习，问自己的兄弟朱俊宏，可是他都没有梁禄灵这么细心地告诉自己，而且还肯传授自己这么重要的做题经验。这一切的一切，李锐都是看在眼里，记在心里的。

"那就祝你好运吧。"梁禄灵点了点头说道。李锐的进步，梁禄灵也是看在眼里的，这孩子，脑子并不笨，只是缺乏一个好的老师而已。自己可能不是那样一位好的老师，但是至少，梁禄灵让李锐渐渐地走入正轨。

这天周六，下星期一考试，也就是后天，真正给李锐准备的时间并不长，仅仅只有两天的时间而已；而这次的考试十分重要，虽然平常都有考试，但是那些考试的级别都是以班级为单位的，并不像这次以校级为单位的考试。毕竟这一次是全校所有高三学生的统一考试，也就是说，除了高三（6）班之外，还有 27 个班一共一千多名学生一起进行考试，这一次的考试显然是要排定名次的。以前这只有在每个学期末才会有一次，李锐的成绩简直差到爆，不仅在班级能混到吊车尾，就在学校，也是 1000 名开外的成绩。这样的数据，简直就惨不忍睹，不过李锐倒是很奇怪，为什么自己这么差的成绩，灭绝师叔却从来没有找自己说道说道，难道是自己的成绩差到连灭绝师叔说我的力气都没有了？

不过，不管怎么说，这一次的第一轮考试，自己说什么也不能就这么轻易地对待了。在别人的眼里恐怕还念想着这次考不好，还有第二轮考试，还有第三轮考试。但是对于李锐来说，机会每过一次就少一次，而且自己一次都不能放过。

考试前，梁禄灵还特意给李锐进行了一场特训，主要是针对各门功课经常出现的重点难点进行讲解。梁禄灵深知李锐的这个脑袋瓜子聪明，故意给他多讲了一些题目，还嘱咐他这些题目一定要会做，因为这很有可能就出现在考试当中。听梁禄灵这么说，李锐更是深信不疑，而且没有丝毫的马虎连夜将这些题目弄了个明明白白。

第一轮复习考不同于以往的考试，因为比较重要，所以校领导决定给学校高一高二年级的同学放了两天的假，腾出教室来给高三的学生作为考场来用。学校的安排跟高考的模式一样，为的就是让学生熟悉高考的考试模式，这一点，学校还是挺尽心的。

"好好考，考到班级前 30 名我就请你吃饭。"

梁禄灵微笑着跟李锐道别，马上就要进教室了，俩人还在外面唠嗑。

"嘿嘿，恐怕你这顿饭是请定了哦！"李锐诡异地笑着，语气中充满了自信和毋庸置疑。

虽然李锐穿得比较朴素，而且笑容也很正常，但是不知道为啥，这一刻，可能是因为李锐身上洋溢出的那种自信，让梁禄灵一呆。她没有想到李锐也有让人看着如此赏心悦目的一面，难道真的是因为别人的成见太深了，从而影响到自己对他的判断了吗？

"那就走着瞧吧。"

梁禄灵不敢再去看这家伙的眼睛，生怕再看一眼就会影响到自己的考试心情，赶忙地说了一句就率先离开。走的时候还不忘嘱咐李锐检查一下考场必备的东西，比如纸笔和作图工具。

"放心吧，小灵子，一定不会让你失望的！"

望着梁禄灵离开的背影，李锐下意识的紧紧地握住了自己的拳头，终于到了检验的时刻了。说实话，李锐也对这场考试期待了许久，虽然心里面难免有些忐忑不安，但是一想到梁禄灵平日里对自己的帮助，李锐就忍不住暗自激动，这激动的力量已经远远地超过了那种忐忑不安。

"来吧，就让考试来得更猛烈些吧。"

李锐慷慨激昂地走进了第 35 考场，这也是学校的最后一个考场。按照广场高中的规定，考场座位的序号跟学生的成绩排名直接相关，每个考场 30 个人，李锐在最后一个考场考试，自然是因为成绩在全校的最后几名了。当然，梁禄灵是在第一考场。这一刻，俩人分布在广场高中考场的前后两端，但是俩人心中却在考试的时候莫名地想到彼此。

"这些题目我都给他讲过，他应该会做到吧。"

梁禄灵微笑着将题目的答案写了上去，心中还在微笑着想着那个呆子会不会兴奋地跳起来。

"我去，她要不要这么神？这题目都能预测得到，这数据也还没变，她是不是做过这次考试的卷子？"

李锐一边暗自得意，一边唏嘘着，不过正是因为做过，所以李锐不敢马虎大意。好在昨天自己还专门研究了这些题目，现在来做，简直就是轻车熟路。

为期两天的考试，过得很快，毕竟每半天只考一门，每一门课都有将近两个小时的时间，考试中的时间往往是度过得最快的。

当最后一门理综课的考试结束铃声响起的时候，所有人都像是泄了气的皮球一样，终于过去了。

虽然只是第一轮复习考试的结束，但是大家难免把自己心中紧紧悬着的那根弦给松了松。毕竟第一轮考试过了，剩下的两轮，就是结业考试和高考了，其实并没有真正意义上的三轮。

第 35 考场的人个个都怨声载道的，也只有李锐从容地交了自己的答案。交卷子的时候，老师还特意地看了看李锐的名字，因为整个第 35 考场的同学，没有一个人将卷子写得有他那么多，甚至一半都没有。可以说，李锐完全是个异数，而上，在考场的时候，也只有他一个人没有左顾右盼，没有交头接耳，看来，这家伙是真的有几把刷子。可是，为什么他会在 35 考场呢？李锐的这个名字，开始在监考老师的印象中深切了起来，虽然李锐并不是他的学生。

以前考试结束后的李锐总想着怎么玩，怎么闹，但是这一次的他，居然前所未有地想要看到自己的成绩，巴不得现在就看到成果。当然，心里还是难免忐忑的，毕竟自己的追求可不是梁禄灵所说的班级前 30 名了，那个数字简直就是对自己的蔑视。当然，也是对梁禄灵肯这么教自己的一种侮辱了。

刚回到自己的教室，发现梁禄灵的位子上面并没有人，聂少等人却已然凑了过来。

"小李子，这次准备得怎么样，还是吊车尾吗？"聂少打趣地说道，虽然这段时间李锐的努力他是看在眼里的，但是如果李锐不吊车尾了，那还真是一个传奇。毕竟李锐的成绩确实见不得光，而且每次都是班级的吊车尾，这似乎就是一个诅咒，一个没有任何人能够破解得了的诅咒，就连李锐自己也渐渐地沉溺在这个诅咒里面不肯自拔。

不过，那不是现在的自己。

"吊车尾啊？我早就不干那一行了。"

李锐饶有深意地说道，同时脸上还洋溢着一副耐人寻味的表情，看得聂少几人很是诧异。

"好啦，不跟你扯了，好不容易考完了，走，我们哥几个吃饭去，好久没一起吃饭了。"聂少拍了拍李锐的肩膀，豪气地说道，难得考完了，大家好好放松一下。虽然还不是真正意义上的考完了，但是偷偷地休息一下还是可以的。

"不了，我还有几道题没有弄明白，你们先去吃吧，我做完了就去吃。"李锐拿出这两天考试的卷子，一边整理一边说道。

"吃个饭的时间不至于吧，那些题目又不会跑。"刘星宇有些看不过去地说道。这家伙真能装啊，在兄弟面前还装什么呢？不就是一顿饭的时间吗？至于吗。

"你不懂，算了，我们先去吃吧，人家可能是有人约啰。"聂少会意地说道，同时拍了拍刘星宇和朱俊宏，走吧，这家伙肯定是有人约了。

望着聂少三人离去的背影，李锐一阵无语，这家伙想到哪里去了。不过这也难怪，以前自己都是跟着他们一起吃饭的，每次还巴不得聂少请吃饭，现在的自己不但跟他们3个走得有些远了，而且连饭都很少吃了，他们难免会说些什么。

不过自己确实有事，当然，这事无非就是等梁禄灵回来给自己讲解题目了。

因为今天是考试，所以晚上并没有设置晚自习，但是教室还是开着的。毕竟有想要自习的同学可以在教室自习，不过难得大家考试了一次，都想要放松一下，而且还是罕见的不上晚自习。以前这个时候，李锐早就跟着聂少几个家伙不知道去哪儿疯去了，但是今天很是奇怪，教室冷冷清清的，就李锐一个人，已经都快8点了，教室还是一个人都没有。

"她应该不会来了吧。"李锐望着梁禄灵空荡荡的座位有些发呆地说道。这个时候外面还零零星星的下着小雨，下午还是晴天的，这雨未免来的也太贴合李锐现在的心境了吧。

因为一直等着梁禄灵，所以李锐都没有吃晚饭，现在这个点，食堂显然已经没有吃的了，肚子早就饿得咕咕叫了，可是李锐也不肯去小卖部买点吃的。一来自己没有带伞，小卖部的东西也很贵，但更重要的是，怕梁禄灵回来了，看见自己不在教室，会有些失落。

时间一点点地流逝，李锐的心也越发冰凉。心里的那个小声音也在不断地告诉自己，别等了，她不会来了，早些回去吧，家里还有饭菜，还可以好好吃一顿，明天不还是要上课吗，明天就可以见到她了。

可是不知道为什么，李锐就是不肯挪步，哪怕就是自己傻傻地看着自己手头的卷子，什么也不做，李锐都没有想离开自己的座位半步，仿佛一离开就会发生什么不好的事情一样，就连上厕所，李锐都不肯。

等待的时间是漫长的而且是煎熬的。李锐从来没有觉得时间如此令人纠结，一方面怕它过得太快，另一方面自己又害怕它过得太慢，那种纠结的感觉就在李锐的心里不断地氤氲着，发酵着，折磨着。

感觉到自己有些困意，李锐想要趴在桌子上面休息一会儿，可就在眼皮即将合上的时候，那一个模糊的身影出现在教室门外，有些熟悉，那身浅蓝色的衣服。

"教室就你一个人啊？不好意思，我来晚了。"

不是李锐期盼已久的梁禄灵还能有谁？

一句不好意思，让李锐差点泪涌了出来，谁也没有规定梁禄灵必须要来，谁也没有要求梁禄灵来，而她却来了，这让李锐心中难免涌出一种叫作幸福的感觉，终于自己守得云开见月明了。

"没事，没事，我也是刚来。"

李锐刚说话，肚子就不争气地咕咕叫了出来，让他一阵脸红，这谎言倒是不攻自破了。李锐只能有些尴尬地低下了头，尽量不要让梁禄灵看到自己脸上的表情。

"没吃饭吧，来，这是我给你带的盒饭，家常小炒饭，我做的，很好吃的哦！"梁禄灵将自己手里拎着的那个保温桶拿了出来，放在李锐的桌子上面。

没想到这个时候的李锐突然眼眶湿湿的问道："为什么你要对我这么好？别人讨厌我都来不及，你……"

"我却跟你走这么近是吧？你忘记我跟你说的，这世界上没有绝对的好和坏吗？你是坏孩子，那只是人家眼中的不理解而已，我并没有觉得你坏啊。再说，我不是答应了请你吃饭的吗？你忘了啊，这就是我刚才回家给你做的啊，趁热吃吧，凉了可就不好吃了啊！"梁禄灵从自己的抽屉里面拿出一张纸，递给李锐说道。

"可是，可是考试成绩还没有出来，我……"

不知道我为什么，李锐突然间觉得自己有点像朱俊宏，因为自己说话开始有些结巴，这倒是让李锐有点难为情了，因为以前自己可是嘲笑过朱俊宏太没有男子气概了。但是现在，好像真正没有男子气概的人，是自己，不仅在梁禄灵面前结结巴巴的，而且还有点哭哭啼啼的，是不是自己太容易被感动了。

确实，从小到大，除了自己的娘亲，从来没有人对自己这么好过，所有人，包括同学，包括邻居都没有对自己这么好过，他们不是嫌弃自己，就是躲着自己，生怕自己给他们带来什么麻烦。毕竟自己就是一个麻烦虫，而且还是一个很坏的麻烦虫，不断惹是生非的他不仅在学校不受人待见，而且在乡里乡亲也是人人唯恐避之不及的存在。这么些年，李锐也不知道自己是怎么过来的，反正从来没有人这么关心过自己，而梁禄灵却是除了母亲之外，第一个让自己感觉到温暖的家伙。

"没事啦，这个就当作预先支出的啦，等你考试成绩下来了，还不都一样了嘛。"

梁禄灵拍了拍李锐的肩膀说道。这孩子，究竟有着怎样的童年，梁禄灵也不得而知，只是觉得李锐这孩子很缺乏爱的感觉。

其实，自己何尝不是？

"要是，要是我没有考好呢？"

李锐有些小心翼翼地问，先前自己还是自信满满的，可是不知道为什么，这一刻自己突然间有些担心了起来。毕竟班里同学怎么一个水平李锐并不知道，而且这样的一个压力，让自己怎么可能安心吃下这个饭。

"没事，考不考好都没关系，你还记得上次在超市你帮我付款，还有那次在教室……"说到这里，梁禄灵一顿，脸色微红，接着说道："反正你也帮过我啊，请你吃顿饭有什么的。"

听到这里，李锐总算安下心来了，而且自己也确实饿得不行了，现在正是长身体的时候，而且自己的饭量还特别的大，不吃饭身体还真有点吃不消。见梁禄灵这么说，李锐自然不好意思再说些什么了，拿起梁禄灵的保温桶就大吃特吃了起来。

不得不说，梁禄灵的手艺相当赞，这口感，吃起来比外面绝大部分的餐馆都要弄的好吃，而且里面的肉块又滑又嫩，吃起来口感特别的好。

"这是什么肉啊，口感真好，真好吃。"李锐感叹地说道，不像是猪肉，因为肉块比较细，而且有些黑。

"不是肉哦，是鱼。"梁禄灵笑着说道，这家伙，这东西都没有吃出来，看来自己做得还行呢。

李锐也笑着说道："怎么可能，什么鱼我没吃过，怎么可能是鱼呢？鱼肉可不是这个滋味啊。"

虽然家庭条件不太好，但是李锐也吃了一些鱼，鱼肉是什么口感李锐早就知道了，怎么可能是鱼肉但是自己吃不出来呢？

"哦？这是鲍鱼啊。"梁禄灵有些得意地说道，这家伙居然连鲍鱼都没有吃出来。

"鲍鱼？"

李锐一惊，但是又没有说什么话，吃饭的速度显然慢了下来。

感觉到李锐神态上的变化，梁禄灵诧异了一下，不过瞬间就明白了过来。鲍鱼售价那么贵，李锐能吃到吗，自己怎么这么笨，干吗要这么说啊。

"对不起。"梁禄灵有些歉意地说道，自己真的不是故意的。

"没什么呢，我还要谢谢你呢，能请我吃这么好吃的鱼，嘿嘿。"李锐咧开嘴笑道，只是脸上的笑容有些凄惶和无奈。

梁禄灵不知道再说些什么，只能静静地等他吃完，然后俩人聊了会儿天，李锐还是挺乐观的，一时的尴尬，也维持不了多久。

也没有去在意时间，两人就着这次的考试题目，讨论了起来，窗外的雨依旧淅淅沥沥地下着，教室里两个人影在那不时地发出爽朗的笑声，夜渐渐地沉了……

第二十八章

第 十 名

高三的节奏永远是那么紧促的，前两天才考试，现在就开始讲解试卷了。这一次试卷的难度不是很大，但是也没有那么容易，相比于高考的难度系数来说，比较持平，所以这一次的试卷很能反映一些问题。

考试完后，学校就组织了大量的老师投入到改试卷的行列中来，效率之高令人瞠目结舌。听说数学前一天考完，第二天就出了结果，这速度，恐怕也只有用火箭来形容吧。

这不，成绩很快就出来了。学校还专门抽了一个晚自习的时间，命令各班班主任宣布考试成绩，还有就是总结这段时间的复习成果。

这天晚自习灭绝师叔没有喝酒，显然，他的脸并没有发红，反而有些发黑，看起来脾气十分不好，而且还罕见的他耳朵上面没有夹着香烟，再加上这一次他西装革履的，看起来这一次的班会有些不一样了。当然，因为这节班会公布的是第一轮复习的成绩，班里的氛围自然变得有些诡异，毕竟成绩总是令人期待而且也最能刺激人神经的事情。

灭绝师叔拿着几张表格走上了讲台，巡视了一下教室，确定没有人在讲话的时候，咳嗽了两声，开口说道："首先我来通报一下学校方面的信息，这一次，我们高三（6）班在第一轮考试之中，整体成绩较先前相比，退步了整整5名，我不知道你们这段时间在怎么学，怎么就让先前比我们弱的班级一下子超越了我们，你们平常都在做些什么，啊？马上就要高考了，你们不抓紧时间来搞学习，还要做些什么?"

怪不得灭绝师叔阴沉着脸，原来这次考试班级排名高三（6）班退后了5名，这可是直接关系到灭绝师叔年终奖金的，而且这一次看来，灭绝师叔的脾气还不仅仅如此。

感觉到灭绝师叔强大的威慑力，下面的同学各个都屏息凝神，生怕自己的一个不经意弄出点的响声被灭绝师叔抓到了，然后当成典型，在全班大声训斥。反正这样的事情灭绝师叔没少干过，大家都很熟悉，这个时候还是乖乖地听他在上面絮絮叨叨吧。

对于灭绝师叔这些话，李锐早就耳熟能详了，不过自己还有事，也懒得听他的，只是低下头来，忙着自己手头的作业，成绩那些事，老师总会说的。

果不其然，有两个同学不小心弄出点声响，老师直接点名道姓地说了一通，还把成绩什么的对比了一下，批评了一顿，就差请家长了。

不过，再怎么说，灭绝师叔的功力还是有限的，也不知道是一个小时还是一个半小时，只记得灭绝师叔整整在讲台上数落了班级一节多课的时间，才缓缓地拿出这一次的成绩单，对比着说道。

"第一名，梁禄灵，674分，相比上一次进步30分，年级排名第3名，看得出来这段时间她还是学得比较用心的，而且她也是班里少数几个没有在全校排名中滑落的同学。"说到梁禄灵的成绩，灭绝师叔的语气缓和了不少，这孩子还是挺得老师喜欢的，而且梁禄灵的成绩也是校方重点注意的对象。可以说，这个成绩上清华北大毫无压力，而且，灭绝师叔也因为她，可以获得更多的荣誉和利益。

曾经有不少老师以及校方领导都要求将梁禄灵调到精英班去，可是灭绝师叔怎么都不同意。因为这事，灭绝师叔还大闹了一次校方，无论如何，梁禄灵已然成为灭绝师叔的镇班之宝了。

"第2名，蔡灯，647分，退步了12分，年级排名58名。我都不知道这段时间你是怎么在学的，这么简单的卷子你给我考个这么点分数回来，下课后到我办公室里面给我好好解释解释原因。"

灭绝师叔说话向来如此简单粗暴，让人不寒而栗，不过感受更加强烈的是朱俊宏了。因为第2名是蔡灯，那么第3名就差不多是自己了，自己的成绩显然也是掉了。

果不其然，灭绝师叔接着就拍了拍桌子说道："朱俊宏，你给我站起来。"

朱俊宏吓了一跳，慌忙地站起身来，不知所措，头低的快戳穿自己的胸部了。

"你说说你这段时间在干吗？你知不知道你考了多少分？"灭绝师叔敲着桌子说道，语气分明就是要大发雷霆的样子。

"640 多分吧。"

朱俊宏唯唯诺诺地说道。说实话自己能考多少分自己也不清楚，不过毕竟先前有蔡灯在那里作为比较物，先前自己的成绩跟他不相上下，这次也差不多应该就是这个数了。

没想到灭绝师叔当着全班同学的面，冷笑了一笑，嘲讽地说道："640 多分，你也太看得起自己了吧，你就没有算你的成绩吗？还 640 多分，你才 607，知道吗？掉了整整 50 分，你这段时间在干吗？啊？下课了到我办公室去，不给我解释清楚，明天就让你爸妈给我到学校来，这么个成绩，你让我怎么在其他老师面前抬得起头来，前段时间我还在他们面前提起你们，就这么个成绩！"

朱俊宏一脸郁闷地刚坐下，蔡灯就投了一个鄙视你的眼神，毕竟这次较量，蔡灯赢了。

"对不起。"

汪亦娟递给朱俊宏一张纸，喃喃地说道，真没有想到朱俊宏的成绩能够下滑这么多。

班里前3名除了梁禄灵之外都掉了，真没有想到一次考试居然能造成这么大的伤害力，就连李锐也是傻了一下，看来老师的怒火不仅如此。

"第6名。"

说到这里，灭绝师叔的语气再次缓和了一下，前面的许亦晨、魏晖老师同样批评了一番，不过并不严重，毕竟两个家伙的成绩下滑得不是特别的厉害，而且班级名次还是保住了，其实在高三（6）班这样的事情很正常，前10名的学生通常就是这个班级的班级排名的绝对力量，前10名考好了，整个班级的名次就上去了，相反，考不好，自然就掉下来了。

而且，班级的前10名的波动很小，就算有波动，也只是那10个人的波动，哪怕是第11名跟第10名，之间的差距也是巨大的。

"汪亦娟。"

听到这个名字的时候，李锐真心怀疑自己是不是听错了，也可能是自己记错了吧，汪亦娟的成绩在班里也是一个17、18名的存在，怎么可能是第6名？这个，是不是太扯淡了？当然，灭绝师叔在这么严肃的环境下，是不能扯淡的。"汪亦娟的成绩，我想大家也很清楚，以前只在中上等，现在能有班级第6名573的分数已经相当不错了，希望大家以她为榜样，认真学习，好好学习，这样，你才能在高考中考出好的成绩。"

自己的外甥女能取得这样的成绩，作为舅舅的他自然比较高兴了。

其实这个成绩，汪亦娟昨天晚上就知道了，因为知道考试结果的聂老师昨天就迫不及待地给汪亦娟的爸妈通了电话，先给汪亦娟褒奖一番，然后就是自我标榜了，反正就是那么回事，邀功倒是挺积极的。

难得有这么一个成绩进步这么大的，而且又是自己的外甥女，怎么说都是让自己脸上有光的事情，灭绝师叔不得不多说了几句，这一说就是半个小时。

最后看了看时间，灭绝师叔才止住了话头，接着宣布成绩。因为汪亦娟的加入，前 10 名的学生顿时紧张了起来，尤其是那些成绩还没有宣布的前 10 名的同学，汪亦娟的加入，势必意味着有人退出了这样的圈子，谁都不希望那样的人是自己。

"第 9 名，刘凡，517 分，相比上一次，成绩没有多大变化，得加把劲，争取上游。"灭绝师叔宣布到这里的时候，突然停了一下，大家紧绷的神经更加着急了起来，尤其是前 10 名的几位同学，一个是霸王龙，另一个就是语文课代表付艳秋了，这俩人，都是前 10 名的啊，以前霸王龙的成绩还比付艳秋的要好一些，现在看起来，情况并不容乐观啊。

不过，有人紧张自然也有人不紧张的，李锐自然是在不紧张之列的，他自己很清楚自己的实力，自己从开始认真学到现在，才短短的 40 多天，这 40 多天能取得什么成绩？要知道，40 多天以前，自己的成绩只有 213 分，所以，能进步点就很不错了，显然对学习前 10 名不感兴趣，自己要追求的目标，就是前 30 名，如果是到了第 29 名，自己才应该真正紧张的。

整个高三（6）班一共 47 名同学，如果进入前 30，李锐不仅打破了什么吊车尾的诅咒，更是达到了班级成绩的中下游。这一点，再也不是先前大家口中的吊车尾和入海口了。

不过，班级成绩排行第 10 名同学的名字震惊了所有人，包括他自己。

"第 10 名，李锐，总分 505 分，年级第 126 名，上升 905 名。"

灭绝师叔用自己都难以相信的声音说道，要不是李锐平常的表现他都看在眼里，这样的分数，打死他都不相信。

灭绝师叔的话音刚落，整个教室就像炸开了锅一样，这个分数，怎么可能？

"这一定是抄的吧，绝对是抄的。"

程杨瑞忍不住吆喝道，这么个数据，别说自己不相信，恐怕李锐都难以相信吧。就连一旁的梁禄灵也呆了半会儿，虽然知道这小子能进步，但是这个进步速度，也太恐怖了吧。

李锐不知道的是，当这个成绩下来的时候，校方就注意到了，毕竟李锐的这个进步速度确实惊人。学校重视的不仅是学生的成绩，更注重学生本身的素质，尤其表现在考风考纪上面，如果查出李锐有弄虚作假的行为，务必要承担极其严重的后果，而这个后果就是直接劝退。

每个考场都是有设备监控的，李锐的正常考试都能在监控录像中看到，这家伙不仅没有跟考场外的人联系，而且就连做小抄都没有。再说，文综做小抄还是可以的，但是理综呢？你怎么做？

4 场考试，大家都看得很清楚，正是因为这个，李锐才能坦然欣喜地面对这样的一个成绩，校方也跟灭绝师叔取得联系，要知道这个孩子是怎么做到的。

面对程杨瑞这么大声音的质疑，灭绝师叔用很怪的调调说道："你要是在最后一个考场，我倒是想知道你能抄谁的？"

一句话就让班里的同学鸦雀无声，程杨瑞更是一脸的羞愧。

别说室内有电子仪器屏蔽器，就在室内，哪怕让李锐去抄都未必抄得到。毕竟考场是按名次划分出来的，能在最后一个考场待着的，成绩都是不相伯仲的，当然，能跟李锐这样的人很少很少。

也就是说，在整个考场里面，根本没有抄袭对象，这也从另外的一个角度印证了李锐的真才实学，也更让人没得话说。毕竟李锐平常的表现大家是看在眼里的。

不过虽然如此，但是大家的震撼还是史无前例的。虽然都听说过有人成绩怎么在短时间内提高，但是从来没有人想到过这样的事情也会发生在自己的身边，更何况提高得还这么明显，简直就是骇人听闻啊。

为这个成绩震撼的，自然还有聂少跟刘星宇和朱俊宏了，真没有想到，这小子居然成绩能提高的这么快，简直就难以置信啊。这么夸张的成绩，恐怕这小子笑得睡觉都合不拢嘴吧。

对于李锐这么逆天的成绩，灭绝师叔竟然就这么念了一下就过去了，然后接着宣布第 11 名和后面的成绩，这倒是让很多人难以理解。可以说在这次考试中，李锐的进步是最大的，但是灭绝师叔却不对他进行点评，这一点倒是有些出乎人的意料，尤其是李锐，本来还想老师夸赞一番的，但是没有想到老师什么也没说就这样过去了，心里难免有些失落。

"恭喜你啊，考的这么好。"

下课了，梁禄灵微笑着冲着李锐说道，这微笑，自然是真诚的，友好的。

李锐脸颊微红，有些不好意思地说道："哪有，这些还不都是你的帮忙，没有你的帮助，我怎么可能达到这样的成绩。"

"没想到你真的做到了，这样吧，我看明天我请你吃饭吧。"梁禄灵想着考试前的约定，这家伙不仅做到了，而且还超额完成了任务，是该奖励一下了。

"不，怎么好意思让你请吃饭呢，上次不是吃过你的饭吗？这次我能考这么好，都是你的功劳，就让我请你吃一次饭吧，我跟我妈妈都说好了，明天中午请你回家吃饭呢。"李锐整理了一下自己手头的那堆刚刚做完的作业说道，听灭绝师叔唠叨一节课真心受不了。

"你妈妈?"

梁禄灵一愣，脑袋里不由自主地想到了上次在菜市场碰到的那对年轻的卖白菜的母子俩，李锐的母亲看起来挺好说话的。

"嗯，我跟我妈说了最近有个同学一直在学习上帮我，带着我学，这次回去了我告诉我妈妈，她一定会开心得不得了，请你吃顿饭也没有什么，我告诉你哦，我妈妈做的饭特别的好吃。跟你做的，有的一拼呢。"为了让梁禄灵能去自己家吃一顿饭，李锐特意夸赞了一下自己母亲的手艺，这样的话，梁禄灵就没有什么托词不去了吧。

"可是这样不好吧，太麻烦伯母了。"

梁禄灵有些犹豫，但是李锐说的也确实诱人，李锐这顿饭当作谢谢自己也说得过去，加上他对他妈妈的手艺的夸赞，还真让梁禄灵动了心。毕竟学做菜一直是梁禄灵的爱好，俗话说，抓住男人的心首先就是抓住他的胃，这一点，梁禄灵可深信不疑。

以前爸妈对她管得严，后来她用厨艺征服了她老爸，获得了不少自由呢。

"不麻烦，不麻烦，这跟你每天跟我讲题目相比，太小儿科了，我母亲也想见见这个让我性情大变的神秘人物呢，好不好嘛?"

李锐居然开始撒起娇来，这倒是让梁禄灵一阵无语。

"好吧，听你的。"

梁禄灵微笑着答应道。她也想看看李锐的家庭究竟怎么样个情况，毕竟上一次只是在菜市场的匆匆一别，也看不出来个什么所以然。

这次就借这个机会去看看这个家伙吧，而且还可以看看这个家伙为何能迸发出这么强大的能量。

"李锐，先别走，给我们说说你怎么做到的好吗？"

梁禄灵刚背包离开教室，李锐也在收拾东西准备离开的时候，有几个女孩围上前来，把李锐堵着了。

这两三个女孩子李锐也不是不认识，一个付艳秋，还有一个是朱俊宏认的妹妹张梦玲，另一个就是知书达礼、贤妻良母的典范刘珍珍了。

"什么怎么做到的？"

李锐一边收拾自己的东西，一边装作不知道地问道。

"就是你成绩的事情啊，装什么蒜嘛，跟我们说说不行啊。"张梦玲一脸不悦地说道。这家伙，以前可没少欺负过自己，虽然自己认了朱俊宏当哥哥，但是这家伙还是不肯放过自己。要不是付艳秋执意来问，而且自己的成绩非但没有起色反而掉了一些，这才着急地跟她一起到李锐这儿来取取经，希望能得到什么有用的方法来提高自己的成绩。

"我也不知道，就是学着学着就这样了呗。"

想着明天可以跟梁禄灵一起在自己家里面吃午饭，李锐的心就特别的舒爽，一时跟 3 个女孩子开起玩笑来。

"少给老娘打马虎眼，我们也是学着的，怎么就没有那么厉害呢，你是不是有什么秘密藏着掖着，快跟我说，否则我就去告诉我哥去！"张梦玲也是霸王龙军队一员，这个说话态度和姿势，像极了霸王龙。提起那个霸王龙，李锐的气就不打一处来，不过这次好了，自己的成绩已经超过这个霸王龙了，看她今后还怎么说自己是吊车尾的，真是想到这里，李锐就神清气爽了起来。

感觉到张梦玲的这个态度不太友善，李锐也是一个吃软不吃硬的家伙，硬着头皮说道："你整天就知道你哥，你哥的，你咋不问问你哥去，问我干吗，你哥可比我还要厉害！"

说完这话，李锐也不管几个女孩子的目光，就径直地走出教室了，留下了一脸呆滞的 3 个女孩。

"这人怎么能这样啊！"刘珍珍看着李锐离开的背影有些难以理解，这家伙要不要这么恃才放旷，而且还嚣张得这么明显，刘珍珍显然是看不下去了。

"算了，别管他了，他既然不想说，咱们何必热脸贴个冷屁股呢？"付艳秋叹了口气说道。虽然李锐现在的态度让自己很不喜欢，但是自己毕竟有求于人家，也不好意思说些什么。

"不，这件事绝不能这么轻易地就算了。"

张梦玲看了一眼李锐离开的方向，那儿早就没了李锐的身影，但是张梦玲却看得十分凶狠。

"怎么了？我们可别在教室里面闹事啊，而且虽然他现在不是四小天王里面的人，但是别忘了他还是会整人的，而且现在他的成绩这么好，出了什么事情，恐怕老师也会偏袒到他那一边，我们还是别惹事了。"

刘珍珍胆子小，也没有什么大的抱负，就想默默无闻地学习，这一直是她的性格。

"绝不能这么便宜了这小子，如果他是四小天王里面的人，可能我还会看在我哥的面子上不跟他计较追究，但是现在他不是，那就别怪我心狠手辣了。"张梦玲的面子班里的霸王龙都要给，别说一个小小的穷不拉叽的李锐了，这小子，今天我张梦玲整定了。

"我看还是不要了吧，毕竟他那么可怜，我想还是算了吧。"付艳秋有些担忧，她是个母爱泛滥的家伙，听说李锐一直以来是跟着自己母亲的，心里难免有些同情，听张梦玲这么一说要整他，心里居然还隐隐地涌现出一些不忍。

　　"哼，你没看他刚才的那副嚣张的态度啊，不整整他，我心里的这股怨气难以平息！"张梦玲恨恨地望着窗外，好像透过窗户，已经看到了李锐被整的惨不忍睹然后向自己跪地求饶的景象。

第二十九章

神 秘 人 物

今天的天气很不错，太阳很早就上班了，阳光明媚的天气往往能给人很舒服的心情，李锐也是哼着小曲来到学校。

真是人逢喜事精神爽，自从知道了上次的第一轮复习考试的成绩后，李锐做什么事都格外用心尽力，以前制订的学习计划，李锐非但没有减少，反而增加了不少。李锐的目标可不是仅仅前 10 名而已，他心里藏着一个梦，一个不曾跟外人说过的梦。

马上就要到第二次的复习考试了，也就是广场高中的毕业考试，也就是跟李婉蕊打赌的那个考试，李锐自然不想输，否则自己真的要穿着裤衩当着全校同学的面裸奔了。

昨天回去的时候，李锐还主动地跟邱大嫂讲了下自己的学习情况。这么大的进步，邱大嫂也是高兴得睡不着觉，也对李锐说的那个神秘人物感激涕零了，而且当邱大嫂知道李锐要请这个人回家吃饭时，邱大嫂搞得还跟过年一样，一大早就出去卖菜了，准备卖完菜就买些菜早些回来，还说今天中午要加餐之类的，反正这个人已经成为李锐娘俩的贵客了。

当然，这些事梁禄灵并不知道。

早上起床的时候，李锐发现门前那棵老槐树上面停着一只乌鸦，叽叽喳喳地叫着，虽然这是所谓的不祥的征兆，但是李锐并没有在意，毕竟李锐现在心情正爽，看什么都是好的。

不过，李锐感觉到今天教室有些怪，准确来说不是教室，而是教室里的人，因为每个人看自己的眼神都不对。当然，不是那种惊羡和敬佩的眼神，而是那种敬而远之的眼神，跟以前的那种一样，不过带有更深的厌恶，看不出来怎么回事。

对于这点事，李锐自然不会在意，在他的心里，这些人只是看不惯有些嫉妒自己而已。确实，李锐从社会的底层向高层蜕变，肯定有人不愿意的。不过这些人李锐自然不放在眼里，只要自己的同桌不这样想就行，不过自己的同桌并没有来，这个点了，梁禄灵很少不在自己座位上的，刚好这个时候班长李婉蕊走进教室，来到李锐身边，有些嫌恶地说道："班主任叫你去他的办公室。"

昨天不让去，今天让去？李锐心中狐疑了一下，问道："什么事啊？"

李婉蕊给了李锐一个白眼说道："我怎么知道？他让你去你就去，废话这么多干吗，烦不烦啊！"

说完这句话李婉蕊就回到了自己的座位上，不再搭理李锐了，甚至看都不往这边看一下，这倒是让李锐有些无名火。

"去就去。"

李锐拍了下桌子，就往灭绝师叔的办公室走去，心中还是有些忐忑的，老师让我这次去肯定是要褒奖我吧，我这次考的这么好，老师一定会很开心吧。从来没有听到灭绝师叔对自己赞赏的话的李锐开始有些浮想联翩了，那个场景显然是太美妙了。

灭绝师叔因为是高级教师，又是班主任，有一个自己的独立办公室，虽然空间不是很大，但是足以见他在学校的地位了。

当李锐来到办公室的时候，里面除了一身休闲装的灭绝师叔，还坐着一个中年男人，此人气度不凡，一身西装穿的格外有神，而且锃亮的皮鞋也表明他非比寻常的身份，修着寸头，给人干练的感觉，细细看去，此人跟李锐眉宇之间还有些相像。当然，因为时间尚早，天未全亮，而且李锐的全部精神都在灭绝师叔那儿，这个人李锐并没有多看一眼。

"哟，李锐来了，来，你们俩聊，我去看看孩子们早读情况，李先生，我就帮到这儿了。"灭绝师叔用罕见的温柔的口气对俩人同时说道。

"哎，聂老师，你……"

李锐还想说些什么，灭绝师叔就逃也似地走掉了，李锐好生奇怪，怎么灭绝师叔突然间就这样了，这个人谁啊？

不过，当这个人站起身来的时候，李锐全身僵硬，半天吐不出一个字来。

"是你？"

李锐只是定睛看了他一眼，就低下了自己的脑袋，不愿再多看这人一眼。

"是我，听聂老师说你这次考试成绩有很大的起色，我专门过来谢谢老师，顺便过来看看你，最近过得好吗？"男人的声音中透露着慈祥和包容，还有一些说不清楚情绪的感觉在内，旁人听了，肯定很诧异，一个人说话怎么能包含这么多的情感。

"我成绩好不好关你什么事？我过得好不好又关你什么事？"

李锐脑袋偏向一边，看着班主任用的那个水晶烟灰缸，上面还铺着一层淡淡的烟灰，还有一些零星的火星，看来灭绝师叔刚点着了一根烟的。

"哎，小灵子，你到哪去啊？快要上课了？"

跟梁禄灵一起上学的汪亦娟见梁禄灵朝着教室相反的方向走去有些好奇地问道。

"哦，我找聂老师有点事，你先去吧，要是班长签到的时候跟她说一下，我一会儿就回去。"梁禄灵指了指自己手中几本数学参考书说道。

"哦，那你早点回来，晚了我怕别人说闲话。"汪亦娟嘱咐了一句就往教室里面奔，剩下的时间不足两分钟了。

时间比较紧，梁禄灵也加快了脚步往聂老师的办公室奔去，只要将手里的这些书放在老师的办公桌上面就可以了。

"怎么不关我的事？"

中年男人神情萎靡了一下，很难让人相信这样的表情居然能在这么成熟的男人脸上看到，顿了顿，他接着说道："我可是你爸啊！"

"我爸？"

听到这句话，李锐从牙齿缝里面挤出几声冷笑："我爸？哼，我没有爸，我只有我妈，我爸在很早的时候就死掉了，我哪里来的爸？"

"无论你承不承认，这都是我们血缘决定的，这是事实，容不得你不承认。"男人有些急了，语气有些急促，情绪有些激动，虽然这不是一次两次，但是每次李锐都是这样的表情，男人显然有些急了。

"别跟我扯什么血缘不血缘的，我跟你有个屁的血缘，别跟我说些有的没的，我不认识你，就这样了，我还要上课，我警告你，别来烦我！"

李锐可不想这样跟他黏糊下去，每次见到这个男人，自己心里就特别的不痛快。说什么是自己的爸爸，自己从小到大都是跟自己母亲一起过的，怎么可能有这样的爸爸？这家伙分明就是从精神病院跑出来的，脑子真是秀逗了。

"等等！"

见李锐转身想要出门，男子赶忙制止地说道。

"还有事？"

李锐想要出门，可不知道为什么，自己的脚却突然停滞了，习惯性地反问道。

"我知道，这么些年来你一直都跟你妈一起过的，不认我这个爸也没关系，我知道，你跟你妈的生活过得并不好，这里有些钱，你先拿着，就当作是零花钱吧，也别亏待了自己。"男子从自己西装的内口袋里面掏出一沓钱，还用白色的纸系好了，大概是1万，这些钱别说李锐见都没见过，就是想也没有想过。

李锐看了一眼，苦笑了一下，然后走上前去，接过那1万块钱。说实话，这是李锐有生以来，第一次触摸到这么多钱，全部都是崭新的。

见李锐肯接过这么些钱，男子紧蹙的眉头终于舒缓了一些，不管怎么说，这孩子终于肯接受自己了，虽然只是钱，但是这是一个很好的开头。

不过，事情并没有这个中年男子想象的那么简单。

只见李锐接过那笔钱的刹那就甩手出去，钱狠狠地砸在那个男人的脸上，顿时钞票像天女散花般的洒落开来。

"我不稀罕你这几个臭钱，你还是拿着这些钞票滚回你的金窝去吧，我不想再看见你，思想有多远，麻烦你就给我滚多远，我再也不想看你，知道吗？给我滚远点！"

李锐这句话几乎是用吼的，别说班主任办公室隔音效果不好，就是整个楼层都听得到这撕心裂肺的吼叫。要不是班主任事先打过招呼，估计不少老师过来围观了，所幸的是现在是早自习时间，教室里面都是学生们读书的声音，所以李锐的声音也不算是很大，但是门外的人倒是听得清清楚楚。

他居然让他父亲滚？

门外站的那个漂亮的女孩还以为自己听错了，可是那么一长句话，带有分明的 3 个滚字，怎么可能听错！

感觉到里面的人快要出来了，门外的女孩慌忙地抱着怀里的几本书往教室里面跑，边跑边唏嘘。

真没有想到，他居然是这样的人。

今天高三（6）班的早自习还是跟以往一样，同学们哼哼唧唧的也不知道是在讲话还是在晨读，反正都是有气无力的。

让人奇怪的是，早自习一贯读书最大声的李锐今天却一个字都没有读出来，只是静静地坐在那，看着自己的课本发呆。

好不容易挨到下课了，李锐转过身来对梁禄灵说道："走，一起吃早饭去吧。"

梁禄灵摇了摇头，淡淡地说道："不好意思，我约了人。"

随即转过身对身后的汪亦娟说道："娟子，一起吃早饭吧。"

汪亦娟先是一愣，不过凭借这么多年的姐妹关系，自然知道梁禄灵的意思，点了点头说道："嗯，我昨晚跟你说的，我还以为你忘了呢。走吧，早点去人还不多。"

虽然汪亦娟的演技不错，但是李锐还是看得出这对话中的端倪，再加上这段时间，都是自己陪着梁禄灵吃饭的，无论早饭还是晚饭，几乎都是俩人一起吃的，李锐经常借这个时间跟梁禄灵讨论问题，可是今天她是怎么了？

没有想通的李锐只能怄气地坐在那里一言不发，也不去吃饭，就在那里干坐着，看着梁禄灵跟汪亦娟俩人手挽着手走出教室。

"对了，小灵子，有件事不知道该不该跟你说。"

汪亦娟挽着梁禄灵的手，环视了一下四周对梁禄灵说道。

"说什么啊，搞得神神秘秘的，咱们俩之间，还有什么秘密不能说嘛。"梁禄灵表情郁闷地问道，今天这是怎么了，感觉都怪怪的，跟以往都不一样。

今天进教室的时候梁禄灵就感觉到大家看自己的眼光有些怪，具体表现在哪个地方，梁禄灵也说不清楚，不过那种怪怪的感觉确实是真实存在的，现在汪亦娟这么一说，恐怕要说的就是这件事了。

"算了，我还是不说了。"

不知道为什么，这汪亦娟说了一半就没有接着说下去了，这样吊人胃口。

"卖什么关子嘛，我们姐妹俩还有什么不能说的，来，告诉我，我看看是什么事情，这么让你难以启齿。"梁禄灵拍了拍汪亦娟的肩膀，努力的挤出一丝微笑说道。

"唉，你这笑得好假哦，这件事可是很严肃的。"汪亦娟看了一下四周，拉梁禄灵到一个人少的地方说道。

"干吗这么神神秘秘的，说嘛。"

梁禄灵有些不满地嘟囔着，这个汪亦娟，平常说话都不是这样的，怎么今天就这么婆婆妈妈了起来。不过，梁禄灵也意识到了汪亦娟要说的这些话的重要性，否则这家伙也不会这么神神道道的了。

汪亦娟低下头来，压低声音地说道："我说的这件事你别告诉别人是我说的哈，听班里人说，你在跟你同桌俩人处对象、谈恋爱呢。"

"胡说，这怎么可能？"

梁禄灵一听，小脸上顿时浮出了两坨红晕，分外好看。

"嘘，你小点声，要是知道这件事是我告诉你的，我可就在班里混不下去了。"汪亦娟一只手捂着梁禄灵的嘴巴，一边伸着头四处望了望，确定没有认识的同学在附近之后，接着说道："你没发现今天大家看你的眼神不对劲吗？起初我也觉得他们是在胡扯，可是他们说得有理有据的，有时候我觉得你跟他在一起的时间，比跟我在一起的时间都要久，你说你们吃饭在一起，下课都在一起，就差连上个厕所都在一起了，人家能不说闲话吗？"

汪亦娟说的这个问题，让梁禄灵一愣。这么说来，自己确实跟李锐待在一起的时间太长了，早饭、晚饭一起吃，课余时间都在一起，加上上课时间俩人也坐在一起，这样一来，不说闲话也难了。

而且最重要的是李锐的成绩，如果没有梁禄灵的帮助，李锐怎么可能有这么大的提升？以前也有人问过梁禄灵题目的，可是梁禄灵都是表情冰冷的给别人讲解题目，久而久之，同学们对她都是敬而远之了，但是唯独她对李锐讲题目是和颜悦色的，还有说有笑的，这一点不让同学们怀疑都难。

听汪亦娟这么一分析，梁禄灵脸色"唰"的一下就白了，虽然自己没有留意，但是汪亦娟这么一说，自然就引起了梁禄灵的注意，更严重的是，梁禄灵一分析，还果真如此。当然，跟李锐讲解题目的时候，李锐那种风趣幽默的说话方式，是梁禄灵和颜悦色地给他讲解题目的前提，但是这样说出来，大家谁会相信？

"这事是谁说的？"

梁禄灵面带怒容地问道，高中 3 年来，自己一直是小心谨慎的，关于自己的新闻在高三（6）班少之又少，真的没有想到在这个节骨眼上，自己会出这么大事情。梁禄灵简直难以想象这件事如果让自己爸妈知道会有什么样的后果，真不知道这是谁干的好事，这么可恶。

"我也不知道，只是早上来的时候听人说起的，你又不是不知道我们班，只要有那么一两个人说，哪怕是谣言也会成真的，更别说你的这件事，大家都是看在眼里的，就算不是真的，已经成为真的了。"汪亦娟有些无奈地说道，对于高三（6）班这个谣言诞生的速度，汪亦娟都不敢恭维，屁大点事，都可以弄成一个校级新闻出来，真不知道那些人是怎么做到的。

"怪不得早上那些人看我的目光有些怪了，那现在怎么办？"

联想到早晨的时候众人看自己的目光，梁禄灵一下子明白了，原来是这么一回事。可是这件事事关重大，该怎么办，梁禄灵也不知道，只能着急地问身边的闺蜜。

"能怎么办？这件事都闹出来了，对了，你先告诉我，你是不是真的喜欢上了他？"

汪亦娟提到那个李锐，心里就不爽，上次用尼古虫作弄自己的事情还没有找他算账呢，要不是这次事件的主角还涉及自己的闺蜜好友，汪亦娟指不定的要添油加醋、推波助澜呢。不过为了确定这件事的真假，汪亦娟还是得要先得到梁禄灵确切的答案。

"没，没有，我，我怎么可能会喜欢上他呢？"

不知道为什么，梁禄灵说这些话的时候，舌头竟然有些打结，而且自己的心里居然涌现出一种怪怪的感觉，不是很好受。

汪亦娟并没有察觉到梁禄灵的异样，拍了拍胸脯说："那就好，那就好，我也说你怎么会看得上那样的人呢，不过人言快过刀子，这件事不解决不行。"

听汪亦娟这么一说，梁禄灵赶忙地问道："那我该怎么办？去跟他们澄清吗？"

"不，千万别！"汪亦娟突然打断道："你想想，如果这件事发生在我的身上，我要是去辩解，是不是没有这件事也被人相信有这件事了？都知道现在我们高三严禁学生谈恋爱的，如果有人被曝光了第一时间就想着去辩解，你想想大家会相信他的辩解吗？当然不会，这样做，只会是欲盖弥彰而已。到时候，恐怕你越解释越难以解释了，没有的事也成了真的了。"

听汪亦娟这么一说，梁禄灵更是惊出一身冷汗，慌忙问道："那我该怎么办啊？"

汪亦娟眼珠子转了转，想了想，说道："要不这样……"

早饭的时间并不长，吃完早饭，同学们陆陆续续地回到教室，还是跟以往一样，该唠嗑的唠嗑，该学习的学习，不同的人做着不同的事情。

"你这是干吗？"

望着梁禄灵拿着粉笔在俩人的桌子上面画了一条粗壮的粉笔线，李锐有些不明所以地问道。

"这条线好久没画了，都掉了，今天补上去而已。"

梁禄灵低着头，也没有去管李锐什么眼神和表情，淡淡地说道，语气中没有丝毫的温度，仿佛一切，都回到了当初俩人坐在一起的时候。

"你这是唱哪一出啊，先前不还是好好的吗？"

李锐想伸出手擦掉那个粉笔线，但是被梁禄灵拿着圆珠笔给推开了："先前是先前，现在是现在。"

感觉到梁禄灵语气中的冰冷和隔绝，李锐心里莫名一阵痛的问道："那今天中午的饭怎么办？我跟我妈说了，她高兴得跟过年一样，说今天无论如何都要带你回去好好报答你。"

听到李锐说到这里，梁禄灵手中的笔略微一停，不过仅仅停留了片刻而已，接着说道："对不起，我今天中午有事，去不了，麻烦你跟伯母说下抱歉，还有，你成绩如何跟我并没有关系，一切都是你自己努力的结果。"

梁禄灵的话，可谓是冰冷至极，这一句话让李锐冷到骨髓，这到底是怎么了？昨天俩人还说得好好的，现在就变得一切都不认识了，这世界究竟怎么了啊？

先前还有同学们那样诧异的眼光，李锐倒是不在乎，他在乎的女孩只有梁禄灵一个人，但是现在连梁禄灵都是这个样子，让李锐情何以堪。

李锐试图去找四小天王解释什么，但是连聂少他们3个人都表现得比较冷淡，而且都是爱理不理的，这让李锐有一种被全世界抛弃的感觉，很冷，真的很冷。

"我到底是做错了什么啊？"

李锐找了一个没人的角落，仰天长啸一声，自己真的不知道错在哪里，可是为什么，老天要这样对待自己？

本来以为成绩有点起色的自己能够得到更好的待遇，但是没有想到，得到的却是这样的结局，李锐感觉自己就要崩溃了。

第三十章

本 性 难 移

    李锐显然不肯相信这件事是真的，第二节课下了，李锐跟以往一样，拿着一页自己准备好了的问题到梁禄灵的面前，他好想梁禄灵能跟以往一样，能给自己讲解这些题目，可是，自己错了，而且，错得很离谱。

    "小灵子，你看，这些题目都有些难呢，你知道怎么做吗？"李锐拿着梁禄灵先前给自己的那一沓 A4 纸的一张递到梁禄灵的眼前。

    梁禄灵一愣，然后将脑袋偏向一边说道："不好意思，我很忙，这些题目不会做你可以去问老师，我想老师肯定比我讲的更好，而且，拜托你今后不要叫我小灵子，听着很别扭。"

    梁禄灵的话，无疑让人冷到骨髓的，李锐也是一愣，自己已经想到了这样的结果，只是没有想到，这样的结果真的来的时候，自己的心会如此的痛。

    "为什么？为什么要这样？我们不是说好了吗？你教我学习的吗？你不是答应我了吗，我可以每天下课问你题目的，怎么了啊？我们说好了的啊？"

李锐声音有些呜咽，他不知道梁禄灵这是怎么了，班里的人怎么看自己并不重要，自己最在乎的人就是梁禄灵了，如果她也不搭理自己，自己真的不知道该如何面对这样的局面。

"我……"

梁禄灵有些语噎，有些于心不忍，眉宇之间涌现出几分纠结的神色。

"你必须要这样做，否则后患无穷，难道你忘记上次的那件事了吗？否则你又怎么会来到广场高中读书？你要是真的喜欢这个学校，真的还想要跟他坐在一起，你就必须得这样做，否则，你知道后果的……"

汪亦娟的话句句字字，如针如刀一般刻在梁禄灵的心里、肺上，每一笔都在泣血，每一画都在落泪，但是梁禄灵偏偏不能表现出来。

"对不起，真的对不起，李锐，我不能这样做，原谅我的自私，我原谅不了你，我更害怕别人的流言蜚语。"

在心里，梁禄灵这样对自己说着，她多么想把这所有的事情告诉李锐，但是自己却不能，因为这件事，李锐不能知道。即使知道，告诉他的那个人，也绝不能是自己。

"你肯教我了？"

李锐看到梁禄灵有些许迟疑，眼中的期望流露得更加强烈了，只要梁禄灵肯在乎自己，别的什么都不重要了。

"对不起，你也知道，那是以前，现在跟以前不一样了，你的成绩不也是发生了翻天覆地的变化了吗？这些问题你自己都可以解决的，相信你自己，实在解决不了的，你可以去找老师啊，我想现在老师都很喜欢你，你去找他们问问题肯定跟先前不一样。"

梁禄灵这样说着，李锐心里的难受却在一层层的叠加着，每一层都痛彻心扉，每一层都让自己疼得撕心裂肺。

"可是……"

李锐好想告诉梁禄灵，自己这样努力就是为了对得起她对自己的照顾，就是为了告诉她，自己并不是笨蛋，就是为了告诉他，自己也有资格追求她，只是这些的这些，都没有到那个恰当的时间。梦想总会盛开，但是李锐却发现现在居然没有时间让它那么自然的盛开，因为自己的梦想，在梁禄灵这儿被迫搁浅了。

"没有可是了，我很忙，你也忙你自己的事情吧，对了，今后别再超过这条线了，我会不习惯的。"

梁禄灵这样说着，心里面也不太好受，虽然只坐了短短的三四十天，但是她却已然习惯了李锐这个调皮捣蛋的家伙经常问些傻帽的问题把自己逗乐。现在少了他在身边缠着自己，恐怕不习惯的不会只有他，还有自己吧。

"我知道了，你忙你的吧……"

李锐失落地答应了一声，回到了自己的桌子上面，看着那些昔日无比熟悉的作业题目，李锐突然涌出了一种想要把这些东西全部扔掉的感觉。

可是他没敢，毕竟那些作业本上还有梁禄灵留下的那些红色水笔的娟秀的字迹，每一个都仿佛是一个生命，都在雀跃，只是这些生命在此刻，都变成了灰白。

李锐是一个感性的人，也是一个缺爱的人，当谁对他有一丝丝的好，他就会对那个人好一千倍，甚至一万倍，同样地，对他不好的人，他也会加倍的奉还，现在梁禄灵不理他了，他的世界里面顿时灰蒙蒙一片，再也找不到感觉了，尤其是那一种长期以来坚持的感觉，仿佛和泰山崩塌了一般，再也找不到当初的那种感觉了。

仿佛自己很困，也许是自己这么久以来从来没有好好睡过一觉，李锐感觉自己困得不行了，已经不记得有多久了，李锐将自己的脑袋埋在自己的臂弯里面，想要好好地睡一觉。而下一节课，是班主任的数学课，而他仿佛对此完全不在乎一样。

梁禄灵看在眼里，却急在心里，如果这个家伙上课还睡觉，那么老师会怎么说他，同学们又会怎么看他？他这样做，那么在百日誓师大会上他说的那些豪言壮语算什么？那他跟李婉蕊打的赌又该怎么办？自己应不应该这个时候去提醒他？

梁禄灵心里很是纠结可是也没有办法，如果自己现在去提醒他，那自己之前故作坚强的把戏一定会被他看穿。而且，自己也确实原谅不了他对他父亲如此态度，有什么深仇大恨，他要骂他父亲呢？

梁禄灵想不通，一直都是乖乖女的她对父母虽然有过抱怨，但是她十分爱戴自己的父母，每次看到报纸新闻上说的子女对父母不孝顺的新闻，梁禄灵都会气得咬牙切齿。当然，梁禄灵也说过，自己将来绝对不会嫁给一个对自己父母不孝顺的家伙。

梁禄灵想的什么，李锐自然不知道。而且李锐也绝对不会想到自己跟父亲在灭绝师叔办公室里面争吵的时候，梁禄灵就是站在门外的那个女孩，自己跟父亲发生的一切，她都看在眼里。

上课铃声还是响起来了，灭绝师叔走上讲台，看见台下李锐蒙头大睡，咳嗽了两声，但是李锐仍旧没有什么反应，灭绝师叔示意梁禄灵提醒一下。但是梁禄灵却死活不肯抬头跟灭绝师叔的眼光相对，毕竟不看老师的眼色自然就不知道老师的眼色是在提醒自己让自己叫醒同桌了。

因为李锐的问题，灭绝师叔一直没有开始讲课，朱俊宏实在是看不下去了，从后面踢了踢李锐的椅子，可是没有丝毫的反应。朱俊宏只得又使了点劲，踢了上去，没想到这一次踢得劲头有点大，李锐都差点摔倒了。

"踢什么踢，要死了吗？"

因为是灭绝师叔的课，所以教师特别的安静，而且李锐的嗓门特别的大，几乎是吼出来的。这一下就在全班引起了很大的波澜，这家伙，也太嚣张了吧。

"李锐，你给我站起来，怎么回事？没睡好给我回去睡，教室是你睡觉的地儿吗？"灭绝师叔说话向来不留情面，虽然李锐的成绩有了这么大的起色，但是该说的，灭绝师叔照说不误。

"回去睡就回去睡，有什么大不了的！"

李锐看都没有看灭绝师叔一眼，就站起身来，在众人目瞪口呆的注视下，慢悠悠地走出教室门，没有回头一下。这小子，回复到以前的模样了。

付艳秋和刘珍珍有些不忍心地看了李锐的背影一眼，但是张梦玲却是一脸的得意。

李锐的表现虽然让灭绝师叔有些颜面扫地，但是灭绝师叔毕竟是灭绝师叔，有这么多年的教书经验的他，这点事自然不会放在眼里。

"大家别管他，真是狗改不了吃屎，大家别看了，继续上课。"灭绝师叔可不是什么省油的灯，这家伙自己迟早要找他算账的。

望着空荡荡的门外，梁禄灵的心居然也跟着空落落的，没有想到自己这样做并没有达到汪亦娟说的那种解脱，那种以不变应万变的境界。但是自己心里真的很不舒服，她感觉李锐就像是一个孩子一样，自己能够感受到他内心的那份善良和淳朴，并不是所谓的坏人。

一连几天，李锐都没有来教室，大家都纷纷猜测，这家伙可能真的是江山易改，本性难移，取得点成就就沾沾自喜，自以为是，还敢旷课，坏孩子果然就是坏到骨子里面去了，这家伙始终成不了大器。

面对众人的流言蜚语，梁禄灵的心里十分难受，她很清楚，李锐之所以这样消沉，并不是因为别人的话。她能很清楚地感觉得到，这是因为自己的问题，是因为自己对他的冷淡，造成了他现在的困惑。

梁禄灵也很难受，她也尝试着去理解他，可是他真的难以接受这样对待自己父亲的他。这一点，对于梁禄灵来说，隔阂真的很深。

"小猪，你怎么能让你妹做这么缺德的事情呢？"

聂少把朱俊宏喊出教室，劈头盖脸就是一阵训斥。

"我妹她怎么了？"

虽然张梦玲不是自己的亲妹妹，可是朱俊宏真心把她当成妹妹的，虽然聂少也是兄弟，但是兄弟也不能这样说自己的妹妹啊，朱俊宏脸色顿时不好看了起来。

"你说她怎么了？你知不知道最近班里的一个谣言？"

聂少终于忍不住地要说这件事了。

"班里的谣言那么多，每天都有，我怎么知道你说的哪一个？"朱俊宏没好气地说道，要不是聂少一开口就说自己的妹妹，朱俊宏的语气肯定会好很多，朱俊宏一向比较护短的，更何况这个妹妹对自己还挺好的。

"你少跟我装蒜，哪些谣言值得我这么跟你说话呢？就是关于小李子的那个，我实在是看不下去了。"聂少有些打抱不平地说道，虽然李锐现在不是四小天王里的人了，但是四人毕竟有那么多年的交情，聂少也不忍心班里的人这么黑他，聂少怎么会知道李锐不来上课是因为梁禄灵，所以他以为李锐不来上课就是跟这个流言有关系，李锐好几天没来上课了，聂少实在忍不住了，才开口问道。

"你是说他跟梁禄灵之间有一腿？"朱俊宏说话也不太友善。

"对，就是这个，你怎么能让你妹做出这么缺德事情呢？"聂少有些不爽地说道。

"缺德？"朱俊宏也有些恼了，反唇相讥道："你咋就知道这是我妹做的，再说，这件事也未必是流言，你干吗就非要跟我妹过不去，她招你惹你了？"

见朱俊宏如此维护自己的妹妹置兄弟情谊于不顾，聂少愤怒地说道："这件事我说出来自然是有理有据的，你大可以让我跟你妹当面对质，到时候不就真相大白了吗？不过我不管她是出于何种目的，都必须要向全班同学澄清这个事实，而且，必须要跟小李子道歉！"

没想到聂少的态度突然这么强硬，朱俊宏也是一个吃软不吃硬的主儿，聂少这么说，朱俊宏也气不打一处来地同样怒道："我可没有你那么闲，我很忙，而且这件事我从头到尾都不知道，我也不想知道，李锐已经不是我们的兄弟了，可张梦玲她还是我的妹妹，该维护谁，我很清楚，我也相信，我妹妹绝对没有平白无故的造出这样的谎言。我相信她，正如你相信李锐一样，你要怎么做随你，我不奉陪了！"

说完这句话，朱俊宏就走进了教室，看也没看一脸怒气的聂少。

"哼，这算哪门子的兄弟！"聂少恨恨地说了一声，真不知道张梦玲给这家伙什么好处了，让朱俊宏这家伙如此死心塌地地相信她。

刘星宇一直站在一边，没有说话，不过从他眼神中却分明看出了愤怒，也不知道这怒火的对象是对谁的。

没了李锐在旁边叽叽喳喳，梁禄灵的日子并没有过得那么清净，反而有些惴惴不安和心绪不宁。看来这个坏坏的小子已经不知不觉影响到自己的心情了，时不时地，梁禄灵也会看着那个空荡荡的椅子发呆。

"咳咳，梁禄灵，你来回答这个问题！"语文老师李险峰敲了敲讲桌，善意地提醒道，这个清华生最近怎么了，上课老走神。

梁禄灵神色仓皇地站起身来，也不知道老师问了些什么，脸上通红一片，李险峰也不好再说些什么了。

"坐下吧，上课要专心听讲啊，否则下次就被人拔了头筹啊！"

李险峰的话梁禄灵也没有听进心里去，只是缓缓地整理自己的课本，却无意间发现课本上夹着一张小纸条。

李锐是被人陷害的，流言的制造者必须严惩！

这些字是用红笔写的，有些凄厉，看起来十分诡异，让人不寒而栗。

已经连续一个星期没有见到李锐的身影了，梁禄灵真的坐不住了，这才来到霸王龙的身边。

"对不起，李霆，我想你帮我做件事，好吗?"梁禄灵的语气很轻，仿佛是一个做错事的孩子在给母亲道歉。

"啥事啊?还需要我们的清华生亲自来找我?怎么了，不跟你的小情人好了啊?"霸王龙李霆说话向来那么直接而且伤人，但是如果李锐在这里一定会吃惊，因为这霸王龙对梁禄灵的态度。

不错，还记得上一次尼古虫事件霸王龙是怎么对待李锐的吗?就因为李锐不小心摔在梁禄灵的身上就结结实实地挨了她的一巴掌，可是现在，梁禄灵居然如此低声下气地对她说话。

"李霆，算了啦，大家都是好姐妹，先听听小灵子说的什么事吧。"李婉蕊在一旁打圆场地说道。

李霆不屑地哼了一声，示意先听听。

"我知道你很介意上次那件事，但是我希望你能理解我，还记得这个手链吗?我希望你能帮我一件事，好吗?"梁禄灵指了指自己右手手腕上面的那根金色的手链，那是俩人友谊的见证，以前，两人的关系好得如同亲姐妹，两人存了好久的钱，才买了这么一对金手链，象征着俩人友谊的长长久久。

没想到梁禄灵还戴着，而且，李霆也戴着。

"说吧，什么事。"

李霆的声音终于恢复了些许温度，霸王龙也并非是那种不通情达理之人。

"我想要知道那个最先说我跟李锐在谈恋爱的那个人是谁。"梁禄灵有些怨恨地说道。梁禄灵一直是一个善良的人，她很少有生气的时候，但是这一次她的语气很冰冷，而且眼神里面很愤怒，看得出来，梁禄灵对这个人很生气，而对某个人很在意。

"又是那个臭小子，不干！"

一提到李锐，霸王龙就气不打一处来，俩人虽然都姓李，但是就像死对头一样，这次自己的成绩跟李锐只相差一分，但是自己班级第 11 名。因为这件事，霸王龙李霆还被家里人狠狠地说了一通，要不是李锐这个搅屎棍的出现，自己犯得着这样吗。

现在梁禄灵居然让自己帮李锐那家伙澄清这件事，李霆自然一万个不愿意。

"这也是在帮我澄清这个事，李霆，希望你看在我们昔日的交情上，帮我这一把，求求你了。"

梁禄灵的声音很软，跟霸王龙的强势完全对立，李婉蕊也没有见过梁禄灵如此低声下气的做一件事。可能这件事真的影响到了梁禄灵的情绪吧。

毕竟相识那么多年，霸王龙李霆也有些于心不忍地说道："行，这件事就当作帮你澄清事实了，别给我算在李锐那个浑小子头上，今后你就别来麻烦我了！"

李霆说完这句话就背对着梁禄灵，并不想再看见她，当初的那条路，是她选的，李霆早就期待着梁禄灵来求自己的这一天了。但是没有想到的是，真正到了这一天，李霆居然没有丝毫的快感，心里居然酸酸的，李锐那个臭小子，究竟有什么好的？

"那就谢谢你了。"

梁禄灵说完这句话，深深地看了李霆的后背一眼，就转身离开了。这件事，梁禄灵也不知道自己是在为自己着想，还是在为某个旷课了没来的家伙着想。

第三十一章
猛 虎 归 山

不得不说霸王龙的办事效率，仅仅半天的时间就有了梁禄灵想要问题的答案。虽然这个人李霆不想说出来，但是毕竟梁禄灵曾经是自己最好的朋友，而且自己也答应了梁禄灵要帮她办好这件事。

"张梦玲？"

梁禄灵一听李婉蕊给李霆传的话惊慌地说道："怎么可能？是不是弄错了？"

"信不信由你，我可跟你说了，李霆为了你这件事可是动用了自己所有的关系，这个人也是她多方面求证的结果呢，应该不会错的。"李婉蕊说话向来这么直接，有点霸王龙的范儿，这件事自己也是跟着霸王龙跑下来的。

听李婉蕊这么一说，梁禄灵顿感自己心中五味杂陈，一方面感激李霆还记得自己，还念着那些昔日的友情，肯这么帮自己，但一方面，心里却又为这幕后黑手是张梦玲恼火，为什么是她？自己对她那么好！

还记得上次在食堂吃饭的时候，张梦玲因为不小心将自己餐盘上面吃完的食物弄在一个跛脚的女孩身上，梁禄灵想尽办法帮她解围的场景，她怎么能做出这样的事情来呢？

　　当然，梁禄灵之所以这么生气并不是因为这个流言涉及自己的利益，而是因为这个流言严重地损害了李锐的形象。本来一个调皮捣蛋的孩子，决心洗心革面，好好学习，却因为这件事闹的现在连课都不来上，虽然梁禄灵很清楚，李锐不来上课跟自己有着根本关系，但是毕竟这件事是导火索。如果班里没有这件事，自己也绝不会这么快就对李锐这样冰冷，冰冷的连自己都觉得可怕。

　　无论如何，梁禄灵必须要向张梦玲讨一个说法，不仅是为了自己，更是为了李锐。

　　知道这个消息的梁禄灵上课更加坐立难安了，注意力也更加难以集中。不过好不容易挨到了晚自习下课，梁禄灵很早就拦住了张梦玲，也不知道班里谁传出的消息说今晚晚自习后班里有热闹看，大家都没走，看着这一幕。

　　“张梦玲，我有话跟你说，跟我出来一下吧！”

　　梁禄灵不会说狠话，说出来的话，居然有些商量的口吻。

　　张梦玲心里有鬼，自然不敢单独跟梁禄灵出去，故作正经地说道：“有什么事不能在班里说吗？非要出去说？”

　　张梦玲的话让梁禄灵一愣，难道自己戳穿她制造流言的罪名还要当着这么多人的面说？梁禄灵本来是想私下解决的，这样既可以解决问题，又可以维护到张梦玲的形象，但是没有想到，这家伙居然想在班里解决，那样你还要不要形象了？

　　张梦玲的嗓音比较大，加上今天上午聂少找自己谈话的内容，朱俊宏自然不难猜到梁禄灵是要找自己妹妹的麻烦了，赶忙地走到自己妹妹的一边，将张梦玲护在自己的身后说道："梁禄灵，现在放学了，我妹家还有点远，得早些回去，有什么话，明天再说吧。"

朱俊宏的这个借口显然很正当，而且很合理。

"不急，今天这件事必须得澄清了，否则我是不会安心的。"梁禄灵难得地强硬了一把，现在张梦玲的身边有两人，自己这边呢，以前还有霸王龙支持，可是自从那件事之后，梁禄灵就只剩下自己一个人了。

"你安不安心，跟我妹有什么关系，你是你，她是她，有什么事，下次再说吧，我妹累了，我得送她回家休息了！"朱俊宏有些不耐烦地说道。他肯定猜到了这个梁禄灵想要说什么，先不管这流言所说的是真是假，朱俊宏都懒得去管，现在他要做的，就是维护自己的妹妹。

朱俊宏的话虽然说得冠冕堂皇，但是听在别人的耳里都知道，朱俊宏这家伙是在袒护，是在人多欺负人少。现在看热闹的人都将这边围成一个圈了，里面争论的主角已然划分为两个阵营了，不过梁禄灵这边显然太形只影单了，因为在张梦玲那边，除了朱俊宏，还有付艳秋和刘珍珍。

"哼，休想走，今天这事不说明白了，我妹就不舒服了，我这当哥的自然不会让我妹不舒服的！"

正在梁禄灵眼眶微红不知道怎么面对的时候，一个响亮的声音在教室里面响起，众人的目光赶紧聚焦过去，倒想看看这个强出头的家伙是谁。

只见聂少拨开众人，在全班同学的注视下信步走到梁禄灵的身边，目视着朱俊宏，意思很明显，要玩，我陪你玩到底。

"你妹妹，你什么时候认她做妹妹的？"朱俊宏的话里面有很明显的警告意味，仿佛在说，这件事你最好别插手，否则我跟你恩断义绝。

不过，聂少可不去理会这家伙的言外之意，众目睽睽之下，径直地走到梁禄灵的身边说道："现在，难道不行吗？"

梁禄灵微微一愣，聂少接着说道："梁禄灵，你愿意做我妹妹不？愿意就喊我一声哥，做哥哥的我绝不会让你受半点委屈的。"

聂少一边说话一边朝着梁禄灵使眼色，意思很明显，赶快认啊，哪怕是逢场作戏也可以的啊。

梁禄灵也不笨，而且这个场景刚好需要帮手，聂少是四小天王的头，以前跟李锐的关系也不错，这个时候他肯出面帮自己，肯定是因为李锐的关系，梁禄灵自然也不好拒绝，只能有些羞涩地叫道："哥。"

有了梁禄灵的肯定，聂少更是肆无忌惮地站在梁禄灵的身前，瞪视着朱俊宏，意思很明显，你是要替你妹妹出头是吧，那我也替我妹妹出头。

虽然聂少的这个妹妹认得有点勉强，但是毕竟是当着这么多人的面，朱俊宏也发作不得，只能问道："有什么事赶紧说，说完了就别挡路。"

聂少不甘示弱地说道："放心，不会挡路，只怕你妹妹知道这件事连路都走不了了。"

真没想到四小天王里的爆破天王跟妖孽天王斗起来了，班里的同学大呼过瘾。一时间，非但没有人离开教室，教室外面还聚集了大部分同学，趴在玻璃窗上看。

"你！"

朱俊宏自知论说话的水平自己是斗不过聂少的，一时之间有些词穷了。

"别你啊你的，女人之间的事，我想由她们自己解决比较好，咱俩最好别掺和。"聂少生硬地拍了拍朱俊宏的肩膀，然后站在一边，意思很明显，如果你不让张梦玲跟梁禄灵两人直接面对面地说话，那么我就跟你玩到底。

这一次，聂少真的是豁出去了，这朱俊宏，为了一个女人居然跟兄弟反目，这一点，聂少最看不惯了。

朱俊宏看了一眼张梦玲，拍了拍她的肩膀，让她放心，这里有他在，聂少等人不敢拿张梦玲怎么样的。

"有什么事，你说吧，不必弄得这么兴师动众的吧。"

张梦玲隐隐约约的知道梁禄灵找自己所为何事了，既然她制造了这个谣言，自然想到了今天，而她早就准备好了说辞，只是没有想到这一天来得这么快，而且还这么兴师动众，确实有点出乎张梦玲的意料。

"我问你，班里同学说的我跟李锐在谈恋爱的谣言是不是你说的？"

梁禄灵语气中满含愤怒地问道，这不像是一个问题，更像是一句责怪的话。

"不错，是我说的！"

张梦玲没有丝毫隐瞒地说道。

张梦玲的一句话不仅让一旁的付艳秋和刘珍珍吃了一惊，也让一直维护她的朱俊宏目瞪口呆了一下，更别说梁禄灵了。

本来还以为要费一番口水才能让张梦玲承认的，没有想到这家伙就这么简单地承认了，这倒是让梁禄灵有些难为情，毕竟这样的进度让梁禄灵一时没有方寸。

"你为什么这么做？"

沉默了半天，梁禄灵才再次开口问道，她不知道自己做错了什么，得罪了这样一个人。她不怕别人当面说话损自己，就怕别人背后捅刀子，而且捅刀子的人还是自己曾经帮过的她，怎么说，这都有点让人难以接受，更让人难以相信。

"为什么？"张梦玲站起身来，看了一下梁禄灵，顿了顿说道："没有为什么，只是说说而已！"

张梦玲的话听在梁禄灵的耳朵里，完全不能理解，却又让自己如此的生气。

"你知不知道你的说说而已让他现在连课都不来上了？这就是你说说而已想要的效果吗？你还是不是同学啊，你怎么能这样对待他呢？"梁禄灵有些声嘶力竭地喊道。但是却发现这份声嘶力竭里面却少了一个叫作理直气壮的成分，毕竟自己知道李锐离开的真正原因。

面对梁禄灵有史以来第一次的大发雷霆，张梦玲虽惊不乱地说道："喂，他离不离开跟我并没有关系，别跟我挂上钩，我说的是实话，是大家的心里话，并不是流言，你可以问问大家，你们两个人给大家的感觉是不是在谈恋爱？是不是在搞地下恋情？如果不是，你觉得大家会相信这句话吗？真是可笑。"

梁禄灵也没有想到这个张梦玲会说出这样的话，而且还说得如此理直气壮，更加可怕的是，梁禄灵居然发现自己无言以对！

感觉到梁禄灵气势上的减弱，张梦玲乘胜追击地说道："我就纳闷了，这么大事情怎么班主任不知道，按理说他应该知道了啊，可是为什么就不找你们两个人的麻烦呢？是不是因为这次考试你们俩人的成绩都提高了的原因呢？这还真是一个谜，不过听说你爸妈对你管得特别严，也不知道他们知道了你在学校这样会不会管你，唉，真作孽。"

"你！"

梁禄灵指着张梦玲那张带有诡异微笑的脸，但就是说不出一句话来，可能是气得够呛，梁禄灵一直咳嗽着，众人虽然心疼，但是也不敢插手向前，毕竟这样的事情，明哲保身。

"你什么你啊，我要是你，就不会在这儿跟我扯理由找说法，早就去找李锐私会去了！"张梦玲的声音本就有些尖锐，再加上这种特有的尖厉在里面，让人听着不寒而栗。

这句话，说的确实伤人，只见梁禄灵不停地用手抚摸着自己的胸口，不停地喘着粗气。她不像是霸王龙那样不仅长得彪悍，而且暴躁，小家碧玉的她鲜有跟人吵架，吵架的水平还是很低劣的，张梦玲之所以能成为霸王龙军队的一员，就是因为她的嘴巴太厉害。当然，如果梁禄灵还是霸王龙军队的一员的话，张梦玲是断然不敢得罪的。只是现在，她不是，再说，现在自己还有哥哥在旁边帮自己撑腰，张梦玲说话自然尖酸刻薄了一些。当然，前提是她占有绝大部分的理由，而且，梁禄灵也不太会吵架，一直都处在劣势，加上张梦玲的身经百战，吵起架来，更是如鱼得水，梁禄灵自然不是对手。

见此情景，聂少有些不忍心，刚想开口说什么，就见朱俊宏瞪视了他一眼，眼神中的意思很明显，你不是要来闹事吗？行，咱们就闹吧，看这件事谁输谁赢。你要是敢插手那就试试，反正我也不会对我妹妹袖手旁观的。

梁禄灵不会吵架，那些稍微带有贬义的词都没有什么记忆，自然不会使用，而在这样的场合之下，无意自己受到了最大的委屈，而且，张梦玲完全是以一个胜利者的姿态来数落自己。

"我没有私会他，我没有！"梁禄灵几乎哭着说道。可是她越是这么说，张梦玲抓得越紧，从前至后，所有话语的主动权都在张梦玲的手里，现在的她已经占据了全部的主动。

"没有？没有你们为什么晚上一起回家？没有为什么你们早饭、晚饭一起吃？还有，别以为你们那天在教室里面吃饭我不知道，都做饭给人家吃了，还不是谈恋爱了么？在我面前装什么清纯，真是恶心！"

张梦玲步步紧逼，梁禄灵步步后退，身后已是悬崖，自己居然无路可退了。早知道找张梦玲是这样的结果，梁禄灵说什么都不会来了，当着这么多人的面，如同汪亦娟所说，自己越是澄清，就越是澄清不了了。

梁禄灵的眼泪一滴滴地滑落下来，这一刻，她发现自己好无助，在整个班里，居然没有人愿意为自己说一句话，哪怕只是一句，都没有。此时此刻，梁禄灵才真正地感觉到李锐所体会到的那种孤独有多的可怕，她好想李锐能在自己的身边，可是，这怎么可能？

　　"哭？呵呵，自以为长得漂亮哭就值点钱，你也不看看自己，除了学习好点，长得漂亮点，你还有什么优势，连最简单的吵架都不会，真不知道你爸妈怎么把你生出来的！"张梦玲说话越说越激动，而且还大有一发不可收拾的情势，看起来这家伙势必要让梁禄灵狠狠地丢一次人了。

　　付艳秋和刘珍珍也感觉不太好，想拉住张梦玲，但是现在的张梦玲完全沉浸在自己的快感中，哪有心思听人劝了，越说越带劲了起来。

　　"我看你呐，还是别在这儿哭了，赶快回去私会你的李锐去吧，别在这儿跟我耗时间了，人家可等不及了啊！"

　　张梦玲不依不饶地说道。

　　"我没有，我没有！"

　　梁禄灵蹲在地上，双手环着自己的膝盖，摇着头无助地辩解道。自己真不应该去追究这件事，真的不该，可是不澄清这件事，梁禄灵的心里却像针扎一样。

　　"私会？好啊，我倒是巴不得呢，是你要跟我私会吗？"

　　正在梁禄灵即将崩溃的时候，一个熟悉的粗犷的男声传了过来。众人寻声望去，却发现李锐正依在门框边，带有他那种邪魅的、诡异的笑容出现在那儿。

　　聂少微微一笑，这下可轮到这边反击了。

　　张梦玲显然没有料到这个时候李锐会出现在教室里面，有些惊慌地说道："你、你怎么回来了？"

论吵架，梁禄灵自然不会，不过，这可是李锐的强项。

只见李锐径直地走到梁禄灵的身边，轻轻地拍了拍梁禄灵的肩膀，递给了她一张纸，还轻轻地在她耳边说了一句让她泪如泉涌的话："我回来了，剩下的，交给我了。"

在场的观众本以为这是一边倒的局势，但是没有想到的是，另一位当事人的出现，这下，这场戏绝对热闹翻了。

"我回来了！我肯定要回来了，你不是说要跟我私会吗？我等你这么久了，你都不出来！"李锐的痞子样，通过这句话表露无遗。

"我是说你跟她！"张梦玲有些恼怒地指了指蹲在地上的梁禄灵说道，这不指还好，一指倒是让李锐瞬间不爽。

"什么我跟她？我跟她什么关系要你管啊，你是太平洋警察还是索马里海盗啊，管得宽也就算了，还长得跟土匪一样，你妈没有告诉你出门要戴面具啊，就算不戴面具你也该化个妆再出来吧。你知不知道你这样就跑出来，小朋友见到了会吓得浑身发抖啊，长得跟猴子一样，还学人说话，真是恬不知耻！"

李锐可是跟刘一苇相处了一段时间，以前骂人的功夫就了得，更别说在高手面前学过艺了。不仅骂得让人听了毫无反驳之力，而且还听得让人捧腹大笑。

张梦玲涨红了脸。

这下轮到张梦玲无语了，这小子，这张嘴好生厉害。

"不许你这样说我妹！"见张梦玲被人这样当众羞辱，做哥哥的朱俊宏自然看不下去了，随即开口说道，聂少刚想出手帮忙，但是李锐就行动了。

李锐直接右手按在朱俊宏的右肩上，一使劲就将朱俊宏推到一边去了。

李锐从小就跟着妈妈做各种家务，身体壮实得很，朱俊宏自然不是对手，可是朱俊宏还是挺倔强地站起来拦在李锐的身前。

"你给我滚一边去，这里没你的事，我跟你的账，待会儿再算！"李锐面无惧色地对着朱俊宏说道。这就是昔日的兄弟，现在为了一女人跟自己反目成仇。

"她是我妹，我不许你这样说她！"朱俊宏的话，说得义正词严，没有丝毫的怯懦和退让，意思很明显，想要数落他妹，先得过他这关。

"你让我说你傻好呢，还是说你蠢得跟猪一样呢？你知不知道这个女人一直在利用你？你的成绩好，她才巴结你，你还傻不拉叽的以为人家看上你了？你妹妹？还一口一个妹妹，一口一个妹妹的，喊的比亲的还亲，我就纳闷了，你怎么就看上了这么一个黑不溜秋跟个泥鳅一样的家伙做妹妹，是你瞎了眼，还是少了肺啊，瞎了眼还可以治，少了肺你就成了残疾，残疾不是病，发作起来更要命，我劝你准备你的后事吧，别在这里磨蹭了！"

刚才教室发生的绝大部分，李锐都看在眼里，没有想到这个张梦玲敢如此嚣张地在大庭广众之下欺负梁禄灵，这还让不让人活了啊。

"你！"

这下轮到朱俊宏哑口无言了，李锐这家伙馊主意多，嘴也厉害，自己肯定不是对手，真的没有想到这件事最后会演变成这样。

"你什么你，这没你什么事，识相点就给我一边凉快去，我有正事要办！"李锐使劲推了一把朱俊宏，朱俊宏没站稳，直接退到聂少那边去了，聂少跟刘星宇及时地抓住了这家伙，场面一度失控。

"你，你想干什么？"这谣言虽然是张梦玲搞出来的，但是张梦玲也在担着心。她并不怕梁禄灵，但是唯独怕李锐，李锐整人的手段可都是相当卑劣的，而且整不死人死不休的那种。

　　起初张梦玲只想小范围的闹着玩而已，但是没有想到这件事在班级里面发酵得这么快，而且影响范围这么广，这倒是出乎意料了。

　　"你是自己跟梁禄灵道歉呢，还是要我把那天晚上的事情说出来呢？你应该知道我的手段。"李锐紧了紧自己的拳头，又在张梦玲的耳边轻声说道："你要是真的认朱俊宏为哥的话，我觉得你应该说实话，否则，呵呵，别忘了，我现在已经不是四小天王里的人了。"

　　论手段，张梦玲绝对玩不过李锐，早在市井之中摸爬滚打这么多年的他深谙世事，这点小事都摆平不了，李锐就瞎混这么些时间了。

　　果不其然，李锐的话，让张梦玲的脸一片惨白，这才唯唯诺诺地朝着梁禄灵所在的方向说道："对不起，都是我的错，不好意思，我不该乱说话，请你原谅我。"

　　"不该乱说话，你乱说什么了啊？不好意思，我年纪大了，耳朵不好使，你再说一遍。"李锐站在张梦玲的身边，明知故问地说道。

　　"对不起，我不该造谣说你跟李锐有什么关系，对不起！"

第三十二章

前 尘 往 事

谁也没有想到事情最后会发展成这样，但是这件事既然都已经发生了。众人自然不能当作什么事也没发生，虽然李锐让众人该干吗干吗去，旁观者都觉得，这场戏大家看得甚是过瘾。

可能大家都知道教室已经非久留之地了，也可能是真的太晚了，同学们如潮水般散去，教室里只剩下空落落的梁禄灵和李锐两人。

"对不起，我回来了太晚了，让她这么欺负你。"李锐满脸愧疚地说道。梁禄灵依旧蹲在那个位置，不肯挪步，却可以听见轻微的抽泣的声音，痛击在李锐的心里。

这一刻，李锐才明白，为什么梁禄灵要对自己如此冷漠，原来就是为了这所谓的流言，李锐的心也忍不住地冰凉了起来。原来，这只是一个流言，梁禄灵只是为了澄清自己，可能她从始至终都没有喜欢过自己，一切都是自己的一厢情愿而已。

可不知道为什么，李锐真的很痛心，看着这么一个水灵灵的女孩子这么无助地蜷缩在角落里哭泣。

"你为什么要回来？你不是不回来了吗？你干吗还要回来啊？"梁禄灵抬起头发泄着心里的憋屈，这个死李锐、烂李锐，碰到问题就知道逃，扔下自己一个人面对问题，干吗还要回来？

看着梁禄灵满脸泪水，李锐也不知道该说些什么，只是感觉自己心疼得无法呼吸。

"我没有说不回来啊，我这不是回来了吗？"李锐不知道说些什么，自己最怕女孩子流泪了，一哭自己就乱了分寸了。

"你回来？你回来有什么用，人家怎么说还不是怎么说，你这一搅和，白的也变成黑的了，你让我还怎么有脸在这个班里待下去？"梁禄灵哭的声音更大了，泪水也流得更凶了。

李锐显然没有想到梁禄灵会这样说，脸色一片惨白，软弱地问道："难道，你真的一点都没有喜欢过我吗？"

"没有，别说一点，一丁点都没有，我怎么会喜欢上你这样本性难移、碰到事就跑的混蛋！"梁禄灵愤愤地说道，还止不住地抽泣。这3年来，自己一直小心谨慎，一直在班里少言寡语，尽量避免流言绯闻，可是现在倒好，自己倒是成了舆论的旋涡地带了。

"原来，我在你心目中就是这样的人，好，很好，是我自作多情，是我一厢情愿，对不起，我打扰到你了！"

仿佛来自地狱的冰冷，痛击在梁禄灵的深处，只见李锐拿起自己抽屉里面那张写着《男子戒律十八条》的那张纸，撕得粉碎，然后决然离开高三（6）班的教室。

望着李锐离去的背影，梁禄灵突然感觉到自己的身体好冷，好冷："混蛋，你给我回来！回来！"

梁禄灵想要呐喊出声，可是发现自己怎么都喊不出来，或许，自己身体本能上的抗拒，不过她多么想告诉李锐自己不是这样想的。

虽然班里发生这么大的事情，毕竟高考在即，这件事再大也只能当作粗茶淡饭里面的一粒沙子而已，学习生活，照样要过。

只是第二天上课的时候，灭绝师叔带给众人一个惊天的消息：李锐退学了。

望着班里长得比较壮实的王解和杨怡奉灭绝师叔的旨意将李锐的桌椅搬出教室，梁禄灵的心沉到了谷底，这小子，真的不回来了吗？

不知道为什么，此刻梁禄灵的心好痛好痛。

是不是昨天自己的语气太重了？是不是自己做得太过分了？梁禄灵一直在心里这样反复的拷问自己，可是每一次拷问，自己的灵魂都会疼痛一分，昨天要不是李锐替自己出头，自己还怎么解围？

李锐走了，走得这么唐突，所谓的流言，所谓的争端，都随着李锐的离开而离开，可是昨天的那些伤痕，梁禄灵深知依旧还在。

"哥，有件事我想问你，请你帮下我好吗？"梁禄灵将聂少喊出教室，找到了一棵有些年月的梧桐树下问道。

"什么事，你说吧，我知道的，一定告诉你。"聂少跟李锐的关系最好，也是帮助李锐最多的，更是四小天王的头儿，再加上现在是梁禄灵的哥哥，梁禄灵有事找他，聂少自然没有拒绝之理。

梁禄灵叹了口气，说道："你知道李锐的家庭情况吗？"

没想到梁禄灵会这样问，聂少很是警惕的说了一句："你问这个干什么？"

"没什么，我心里只是有一个结，不解开的话很难受，而且，解开了，我相信可以帮助李锐回到课堂上。"梁禄灵这样说道。

"什么？"聂少有点难以置信，李锐退学这件事还是他告诉自己，让自己跟灭绝师叔说的，自己还劝说了很久，可是李锐心意已决，而且还说自己可能要去南方打工，这几天正准备买票出发的。

不过看梁禄灵的语气中充满了坚决，聂少不由得动摇了几分，李锐曾经跟自己说过自己的身世，而且要聂少严格保密的，整个班里，除了聂少，没有第二个人知道李锐的家庭究竟是怎么回事，就连灭绝师叔都不知道。

"哥，告诉我好吗？这件事不仅对他，对我也很重要，希望你能帮帮我。"

梁禄灵的语气中有着些许哀求的意味，让聂少的心不再平静。

沉默了良久，聂少终于叹了口气："好吧，那我就跟你简单地说说吧。"

原来，李锐的亲生父亲年轻时四处拈花惹草不说，还专门要坏，李锐这么调皮捣蛋可能就是遗传了他父亲的，而李锐的母亲邱大嫂当年就是受害人之一。当他父亲知道邱大嫂怀有自己的孩子之后，非但没有想要将邱大嫂娶回家，反而一脚踢开，理由就是邱大嫂坚决要这个孩子。

邱大嫂也是个个性刚强的人，本来想回到家中好好养胎把腹中的孩子生出来。可是没有想到她家里面的人非让邱大嫂打胎，否则不让她进家门，毕竟未婚先孕在那个封闭的小山村是不容存在的。

邱大嫂不从，就带着李锐离家出走，这么些年，一直在外面，一个人将李锐含辛茹苦地养大成人。

因为他们娘俩无依无靠，这些年来也不知道受到了怎么样的待遇和折磨，不过好在李锐比较懂事，知道与自己的母亲相依为命，一直照顾体贴着自己的母亲。

聂少的声音不大，也没有很动情，只是静静地陈述着这个事实，可是一旁的梁禄灵却早已经泪流满面。

"这个混蛋，他怎么不告诉我是这样的！为什么他不告诉我！"梁禄灵有些无理取闹地埋怨道，其实她自己心里也很清楚，李锐根本就不知道自己听到了他骂自己父亲滚。

"什么没有告诉你?"

聂少有些诧异，梁禄灵怎么尽说些无厘头的话。

"没，没什么。"梁禄灵一边接过聂少递过来的纸巾，一边摇着头。

真没有想到外表坚强的李锐居然有如此可怜的身世，虽然梁禄灵痛恨对父母不孝顺的子女，但是更痛恨那些抛妻弃子的臭男人，真没有想到自己误会了李锐，让李锐如此的伤心。

不过梁禄灵总感觉到不对劲，如果李锐的父亲真的抛妻弃子的话，为什么他还会出现在李锐的学校找李锐? 这件事肯定没有那么简单，事有蹊跷，梁禄灵不敢再像先前那样武断和先入为主地判断了。

"对了，哥，你知道李锐他父亲在哪吗? 我想去找找他。"梁禄灵擦干眼泪说道，凭直觉，梁禄灵感觉到这件事没那么简单。

"他父亲? 你找他干吗?"

聂少有些不理解，难道梁禄灵想要去找这个臭男人理论? 这毕竟是人家的私事，自然不适合梁禄灵这样一个外人插手。

"有很重要的事情，哥，你知道他吗?"梁禄灵有些着急地问道。

感觉到梁禄灵那种坚决，聂少也抱着死马当作活马医的心态说道："他现在在武汉，天豪国际有限公司的总经理，这是他的名片。"

聂少递给梁禄灵一张烫金的名片，制作得很是豪华，看得出来，这个人是很有品位的，但是没有想到，这个家伙居然如此行迹卑劣。

"你怎么会有这个呢?"梁禄灵有些好奇地问道，按理说，李锐的父亲，聂少怎么知道这么清楚，而且还有他的名片?

"这有什么好奇怪的，我爸的公司刚好跟这个天豪国际有限公司有合作，前几天他还来过我家，不过我没认出来而已，这张名片就是他留下来的，被我拿过来了，准备让李锐去找这个人找个事干干的，这不，我还没见到他，就给你了。"

原来聂少也希望这对父子能相认，这倒是让梁禄灵有些意外。

"嗯，我知道了，这张卡片先给我了，麻烦你跟聂老师帮我请两天假。"梁禄灵拿着名片就往学校大门走去。

"你要干什么啊？"

聂少有些惊慌地问道，这丫头，办起事来要不要这样冲动，什么都没有商量好啊。

"我去一趟武汉！"

第三十三章
难 言 之 苦

GS 市距离武汉并不远，4 个小时的火车就够了。

出了火车站的梁禄灵直接上了计程车，吩咐师父朝着聂少给的那个名片的地址奔去，同时心里还在念叨着，一定要有人啊。

在车上的梁禄灵也冷静地分析了一下这件事。比如说自己见到了李锐的父亲该怎么打招呼，该以一个什么样的身份去跟他谈，这些都得注意，毕竟自己只是一个外人。

可能是梁禄灵想得比较沉，也可能是名片上的地点距离火车站并不远，不多会儿，司机就把车停了下来，收了梁禄灵 40 块钱的出租费。

"不用找了。"

见出租车师父翻上翻下也没有找到 10 元钱的零钱，梁禄灵也不在久等，现在已经是下午三四点钟了，去晚了可就怕他下班了，那样不就找不到人了吗？

梁禄灵想过先给这个男人打个电话，可是发现电话里居然不方便说，而且自己什么身份都不好表明，人家会接听自己的电话吗？

思前想后，梁禄灵决定了还是先去当面拜会下这个人，如果他不在，再打电话也不迟。反正这次来武汉，这个人必须得见着，否则梁禄灵绝不会就这么回去的。

天豪国际有限责任公司，不愧是个跨国企业，刚下车的梁禄灵还愁要找一会，但是一下车就看到了马路对面那些林立的高楼大厦，最外面的那一栋楼顶上就顶着"天豪国际"4 个金色大字的招牌，这么好找，肯定是个大公司了。

好在梁禄灵打扮的不是学生装，而且加上自己独特的气质，进门的时候门口的保安只是看了一眼，并没有阻拦。

因为有急事，梁禄灵也没有去留意着公司的建筑布局，进了大门，就直奔前台服务处，那里正站着 3 个身材高挑、外貌姣好的年轻女孩。

"您好，请问一下贵公司总经理办公室怎么走？"

梁禄灵瞅了一眼 3 个穿着白色制服的那个身材略微偏瘦，看起来比较和蔼好说话的女孩子问道。

"总经理办公室在 18 层，上去右拐您到那里就可以看到了。"果然是训练有素，女孩微笑着回答道，给人的感觉十分清爽。

梁禄灵也没有多唠嗑，直接小跑到公司的电梯门口。

整栋楼一共 25 层，貌似都是天豪国际的，看来这应该是公司的总部了，真没有想到这个公司这么有资本，李锐的父亲该是多有钱啊。

没有深想，梁禄灵到了 18 层之后右拐，看到了一个总经理办公室的字样，旁边还有一个漂亮的女秘书正在那里办公。

"您好，有预约吗？"

梁禄灵刚想敲门的时候，那个漂亮的女秘书就抬起头来问道，可能是看出梁禄灵的年龄并不大，女秘书说话语气有点重。

"没，需要预约吗？我找总经理有急事。"

梁禄灵有些着急地说道，没想到见个人还这么麻烦。

"你是总经理的亲属吗？"漂亮女孩有些小心谨慎地问，总经理的亲属自己都见过，却从来没有见过这个女孩，难道这是总经理的新欢？

"不是，可是我找他真的有很重要的事情。"梁禄灵害怕见不到这个男人，赶忙强调了一下这件事的重要性。

"那你稍等一下。"

漂亮女孩有些顾虑并不敢直接阻拦，而是让梁禄灵稍等一下，自己拿起办公桌的内线电话，打了过去。

"李总，外面有一个十七八岁的女孩说有重要的事情见您，您看……"

梁禄灵并没有兴趣去听两个人在那通话，只是有些跺脚地四处张望，看着公司忙碌而又井井有条的众人，心里也说不出是什么滋味。

不多一会儿，漂亮女孩就通知梁禄灵可以进去了，梁禄灵说了声谢谢就头也没回地溜了进去，这样的地方，不知道为什么，自己待着一分钟都觉得多余。

梁禄灵进门的时候，本以为会看到总经理在那埋头工作的。但是没有想到，他却在办公室的沙发休息处盯着一幅画看，画上有一对情侣，俩人站在梧桐树下，环抱着梧桐树的树干，阳光洒在他们的身上，看起来分外的和谐。

"你叫梁禄灵吧。"

梁禄灵还不知道怎么开口，就诧异地听到了眼前这个男人对自己说的话。

"伯父，您知道我？"

梁禄灵的疑惑藏不住，完全表现在脸上。

"我怎么会不知道你呢，我家那个野孩子还多亏了你才能考得这么好的成绩啊！"男人回过身来，那张算不上英俊的脸上居然也有些许的皱纹，不过眉宇之间，跟李锐确实有几分相像。

"伯父，您过奖了，都是李锐他自己努力的结果，我也没有帮什么忙。"梁禄灵被眼前这个男人和蔼的语气给软化了，先前那么怒气冲冲的劲头，也缓解了不少。

"来，别站着，坐。"

李宏权招呼着让梁禄灵这个后辈坐下，还让秘书给送来了一杯果汁放在梁禄灵的桌子前面。

"伯父，别客气，我这次来就是想问问你……"

李宏权如此悉心的招待，倒是让梁禄灵有些安心了，但是这次来的目的，梁禄灵可没有忘记。

"我知道你的问题，先别急，你愿意听一个故事吗？一个关于这张照片的故事。"

李宏权语速不快，声音不大，但是充满着不容置疑。这张照片，梁禄灵也看了好几眼，如果没猜错的话，这照片上的两个人，应该就是在座的李宏权和李锐的母亲邱大嫂了。说实话，这张照片上的俩人真的很般配，而且看得出来，很恩爱，真的没有想到事情会发展成这样。

梁禄灵自然知道李宏权的这个故事非听不可的，也只能耐着性子说道："好，我也正想听听呢。"

李锐的父亲知道自己肯定是从聂老师那儿得到的消息。如此说来，李宏权还是很关心自己儿子的，梁禄灵在心里默默想道，可是，事情为什么会演变成这样呢？或许李宏权的故事能告诉自己答案，梁禄灵不得不静下心来，认真去听。

"他出生在一个有钱的人家。从小他就过着锦衣玉食的奢侈生活，物质上极大的富有让他精神世界极度空虚。在大学里，他更是结识了其他一些富家子弟，跟着学坏，到处拈花惹草，换女朋友比换衣服还勤，可是直到他遇到了照片上的那个她，他的心开始安定下来。"

说到这里，李宏权的目光开始变得灵动起来，紧紧地锁在那张照片上，仿佛回到了以前那段时间，他的脸上也洋溢着淡淡的幸福。

"她，只是出身于一个穷苦人家的女孩子，过着勤工俭学的生活。一直把自己当作救世主的他觉得可怜，想要包养她，可是却发现，她如此的有个性，对自己所有的好，都拒之门外，说人穷不可怕，可怕的是穷的没有志气，这样的臭钱，她不稀罕！"

"从来没有女人敢这样拒绝他的好意，感觉到新鲜的他开始留意这样的女孩。他发现这个女孩宁可饿着，也不愿意吃自己送来的美食，他感到奇怪，起初还认为这个女孩故作矜持，而且当着众人的面说非要追到这个女孩不可，还跟众兄弟打了赌。可是，一连两个月，女孩对他的态度一直很冷淡，就当众人觉得没趣的时候，他却没有放弃。开始变着套路，开始真正的走近这个女孩，陪她去上课，陪她去图书馆，陪她去兼职，走进她的世界之后，他才知道，这个女孩，是多么的独特，而跟她真正相处的这段时间，他发现自己也渐渐过得充实起来，这感觉，不是用钱能买来的。"

"后来呢？"

梁禄灵渐渐的沉浸在这个故事里面了。

"后来，他发现自己真正地爱上了这个女孩，而她也慢慢地发现自己的世界里面已经渐渐习惯了他的存在。在一次的元旦晚会上，他用自己跟女孩一起工作赚的第一笔钱，给女孩买了一条围巾，感动了女孩好久，也是女孩第一次接受他送的礼物，俩人相爱了。"

"爱情真的是不可理喻的，爱起来真的如同洪水猛兽，他从来没有想到过，她会如此的深爱他。就在那一晚，女孩把自己最宝贵的东西给了他，虽然他并没有承诺女孩什么。因为女孩知道，他会对自己负责的，而他心里也暗自发誓，自己一定要对这个女孩负责。"

说到这里，李宏权的眼神有些黯然，神色有些茫然，而后又有一些痛苦地接着说道："可是好景不长，家里人知道他要娶这么一个女孩子当老婆的时候，强烈反对。他的父亲更是以断绝父子关系为要挟，可是，倔强的他怎么也不从，经商多年的父亲向他发出最后的通牒，要是他不离开那个女孩，女孩的家人就不会那么平安。父亲的狠辣让他不得不扮演了一个背叛者的角色，他不得不忍着剧痛跟女孩说分手。"

听到这里，梁禄灵有些潸然，这怎么跟电视剧一样，感人的同时，梁禄灵也不禁生出许多疑问，毕竟这只是李宏权的一面之词。

"后来，他遵从父命，跟一个当官的千金结婚了。虽然他并不喜欢她，可他不得不从，本来以为只能抱着对那个女孩的愧疚过一生，但是没有想到，可能是老天对他的报应，他不能再生育了。得知这个消息的他哭笑不得，他父亲更是花了巨资进行治疗，可依旧没有成效。更加讽刺的是，自己的妻子在一次车祸中去世，现在的他，只剩下他一个人了，是他活该，是老天的报应，哈哈……"

李宏权很是苦涩地笑道，一边笑着，眼泪却一边流着，那模样分外怪异，但是梁禄灵却已然泣不成声了，原来，这一直是个不为人知的故事。

"这事，李锐他知道吗？"

"他都不肯见我，怎么可能知道这些？"

李宏权垂头丧气地说道，可能这就是老天的惩罚，就是老天对自己成为背叛者的报应。

梁禄灵擦了擦眼泪，说道："你也别怪李锐，这些年来，他们娘俩过得也不好，难免会对你产生仇恨，我相信这件事都会过去的，不过，伯父，我怎么相信你说的这些呢？"梁禄灵终于问出了自己心中的疑惑。确实，讲故事谁都会，在社会上摸爬滚打这么多年的李宏权，想要编一个故事来骗涉世未深的自己，是一件很简单的事情。

貌似李宏权早就知道梁禄了会这样说，李宏权站起身，朝着自己的办公桌走去，那背影，竟然有些佝偻。

"或许，这个能够证明我说的。"

李宏权拿着一本封面包装精美，但是内页有些泛黄的本子慎重地递给梁禄灵，仿佛是自己的挚爱一般。

感觉到这个本子在眼前男人心中的分量，梁禄灵小心翼翼地翻开一页，眼泪却止不住地流了下来……

也不知道过了多久，这个本子上的内容终于被梁禄灵看完了，而梁禄灵早就哭成一个泪人了，桌子上的卫生纸早已经形成一座小山了。

"孩子，谢谢你，谢谢你肯去听我这样一个坏人的故事。"李宏权有些伤感地说道。

"没想到你们父子两个都这么坏，呜呜……"

梁禄灵忍不住又抽出一张纸擦了擦鼻涕，说道："伯父，这个本子可以先借给我吗？我想我可以帮你，让你们一家团圆。"

"什么？"

李宏权全身一震，紧张地站起身来，有些诧异地看着梁禄灵，这小女孩，怎么有这么大的口气说这样的话。要知道这件事可是自己努力了十几年都没有做到的事情啊，要是现在能父子相认，一家团圆，哪怕自己的父亲再反对，李宏权都要坚持己见，再加上李家现在没后，怎么说自己的父亲都不会反对了。

梁禄灵仿佛从李宏权的神态中看到了他心中的顾虑和震惊，眼圈红红地说道："有些事情并不是不可能的，李锐先前的成绩不也是一摊烂泥吗？我想你应该先学会相信人。"

"好，好，我相信你，只要事成之后，你要多少钱都可以！"

李宏权似乎看到了一些希望，有些喜出望外地说道。

没想到李宏权的话让梁禄灵一愣，不悦地说道："这世界上不是所有事情都可以用钱买到的。爱情不可以，亲情更是不可以，而且，我告诉你，我不差钱！"

李宏权没有想到这小姑娘如此硬气，就跟当年李锐他娘那样，心里顿时一暖，而且看到了些许希望。

"不好意思，我有些失态了，我需要做些什么吗？"李宏权有些尴尬地说道。

"我想借这个本子。"

梁禄灵指了指自己怀里的那个本子，这里面的东西，足以说明一切。

"嗯，好，只要能让我们一家团聚，这个本子也算是物尽其用了，真太谢谢你了。"虽然事情还不知道能不能办成功，李宏权就感激地说道。

"先别急着道谢，只要你好好善待他们母子俩就好了，好了，时候不早了，我也得回去了，我买了晚上的火车票了。"

梁禄灵起身欲走。

"等等，我开车送你吧。"

到了车站，望了一眼梁禄灵，李锐的父亲咬了咬牙，说道："姑娘，这件事能等你高考完了之后再办吗？"

梁禄灵有些吃惊的反问道："为什么?"

"孩子马上就要高考了，我不想在这个时候让他分心，希望他能好好考。"李宏权叹了口气说道："反正这么些年我也等了，不急这一时，今后李锐还拜托你好好照顾他啊，他人不坏。"

看来李宏权并不知道李锐已经退学了啊，看来自己回去还要跑一趟，唉，望着李宏权鬓角的白发，梁禄灵忍不住地叹了口气："可怜天下父母心啊。"

第三十四章

因为是兄弟

梁禄灵回到 GS 市的时候已经是凌晨 5 点了，也没有停歇，上了出租车就直奔学校了，昨天要不是汪亦娟给自己打掩护，说自己在她那儿睡觉，恐怕自己的爸妈就要找到学校里面来了。

不过，事情并没有那么简单。

当梁禄灵回到学校的时候已经是早上 7 点钟了，这个点按理说大家都在教室自习，但是梁禄灵并没见到聂少和朱俊宏，这倒是有点奇怪，担心李锐问题的梁禄灵赶忙地拨打了聂少的电话，现在高考只剩下不到 20 天，这家伙还不回到教室，还想干什么啊！

"喂，哥，你在哪儿，怎么没来上课？你知道李锐的家在哪儿吗？我有重要事情告诉他！"梁禄灵找了一个僻静的地方拨电话给聂少。

"呃，我，我还在家，今天有事，就不去学校了，李锐啊，李锐家在哪儿，我也不知道。"聂少有些支支吾吾地说道。如果聂少说话不这么吞吞吐吐倒是不容易被人怀疑，但是聂少说话都这么结结巴巴了，梁禄灵再不怀疑自己就是傻子了。

"哥，你这是怎么了，我真的有很重要的事情找他，你肯定知道他在哪儿对不对？你就告诉我好不好啊？"梁禄灵感觉到事情有些不对劲，看来在自己离开的这段时间，学校里肯定发生了什么事，而且还跟李锐有关。

"你就别找他了，我答应他了不会告诉你他在哪儿的，别问了好不？"

聂少有些纠结，一方面他答应了李锐不告诉梁禄灵，另一方面，如果不告诉梁禄灵的话，可能她再也见不到他了。

"哥，你就别吞吞吐吐了，上次你还不是告诉我李锐父亲的事情了吗？这件事我都打听好了，你都说过了，而且我们也为李锐着想不是吗？你就告诉我吧。"梁禄灵近乎哭腔地说道，不知道为什么，自己有一种极为强烈的不祥感，而且，这感觉跟李锐有关。

感觉到纸包不住火，聂少只能和盘托出地说道："李锐跟人打架受了伤，现在在 GS 市第一人民医院的急救室。"

"什么？"

梁禄灵感觉自己眼前一黑，这家伙怎么这么混蛋？自己帮他跑上跑下，他自己却在外面胡闹打架，还有没有点人性啊。

不过骂归骂，梁禄灵也不敢多迟疑，赶忙地挂掉电话，出门就拦了一个出租车直奔 GS 市第一人民医院。

广场高中距离第一人民医院的路并不远，差不多 10 分钟的车程就到了，下了车的梁禄灵急急忙忙地往三楼急症室奔去。

不过出乎梁禄灵意外的是，在急症室门外，除了已经哭成泪人的一个中年妇女之外，还有聂少、朱俊宏、刘星宇，四小天王都在，而且，就连张梦玲、曾露都在，好不热闹。

那个妇女不用说，梁禄灵就知道是李锐的母亲邱大嫂了，一个是在菜市场上有过一面之缘，另外在武汉李宏权的办公桌上也还见过。真没想到岁月的变迁让昔日如此漂亮的女孩子磨砺成为现在的沧桑妇女，梁禄灵也忍不住心里生出一阵唏嘘之感。

"哥，李锐情况怎么样？"

梁禄灵并没有挨着去打招呼，只是跑到聂少的跟前，喘着粗气问道。

"不知道，进去已经6个小时了，还没医生出来。"

聂少眉头紧锁，看来这一次，李锐真的是凶多吉少了。

"这究竟是怎么回事啊？"

梁禄灵有些愤怒地问道，自己出发前好好的，就过了一晚上，怎么就变成这个样子了。

"都怪我，都是我不好！"

曾露也在一旁扶着邱大嫂，也哭成了一个泪人。倒是让梁禄灵有些莫名其妙，曾露跟李锐并不熟，李锐受伤了，跟她又哪门子的关系。

"不，这件事跟你没关系，都是我不好，如果当时我不懦弱的话，他就不会进医院的！"朱俊宏也开口说道，神情之中多有愧责。

"哥，这件事不怪你，又不是你想要发生的，要怪只能怪那些人太恶毒了。"张梦玲也在一旁说道。

听着众人说着自己理解不了的话，梁禄灵感觉自己就要崩溃了，有些急躁地拉了一把聂少，怒道："这究竟是怎么回事？"

可能是声音有点大，大家都静了下来，不过神色都是萎靡的，眼睛都有些红红的，可能昨晚一宿都没睡了。

"是这样的，你知道曾露跟朱俊宏之间的事情吗？"聂少看了一眼朱俊宏和泪眼婆娑的曾露，有些尴尬地说道。

"嗯，我知道，李锐跟我说过。"梁禄灵示意聂少接着说下去。

"朱俊宏曾经跟曾露表白过，可是因为曾露有男朋友了，俩人就没有在一起了。"聂少说到这里就有些说不下去了。

"嗯，我知道，然后呢？"

梁禄灵急着知道下面的事情，但是聂少就像挤牙膏一样，问一句说一句，让梁禄灵心里像是猫抓一般的难受。

"然后我来说吧。"

张梦玲接过话茬说道，她很清楚接下来的话，聂少有些说不出来。

"你一定不知道曾露的男朋友是谁吧，我来跟你说吧，是湛稳！"

"啊，怎么会是他？"梁禄灵震惊地后退了一步，怎么会是这个人？

"不错，就是那个每个星期都会给你写情书，送巧克力给你的那个湛稳！你一定不知道这个人的德行吧，他就是外面十足的痞子。"张梦玲恨恨地说道。

真没有想到湛稳有女朋友了还向自己表白，梁禄灵听着都觉得恶心。还好自己从来没有搭理过他，每次他送自己的东西都是看都没看地扔掉了。

不过梁禄灵还是不知道这跟李锐有什么关系。

仿佛猜到了梁禄灵心中的疑惑，张梦玲接着说道："你昨天晚上不是不在教室吗？湛稳那家伙又来送情书了，不过是放在你的桌子上，因为你就坐在我哥的斜对角，曾露过来问题目的时候自然就看到了。"

"啊！"

梁禄灵显然没有想到会发生这样的事情。

"曾露知道之后自然很伤心，朱俊宏自然看不过去，细心询问才知道这是那个叫作湛稳的家伙搞的鬼。这才带着曾露去湛稳的班里找个说法，但是没有想到的是，湛稳非但没有承认错误，还当众羞辱了曾露。"

聂少接着说道："朱俊宏自然不忍看到曾露受人欺负，就挺身而出，但是没想到湛稳当即就跟朱俊宏动了手，要不是我和刘星宇及时赶到，

257

恐怕这件事没那么简单就了结了。"

"本以为这件事就这么算了，但是没有想到的是，放学后，湛稳带着四五个痞子拦着我哥和曾露的去路，非要讨个说法。"张梦玲满脸愤怒地说道："我哥本以为这件事结束了，没跟他们计较，但是没想到他们还没说两句，对方就动起手来了。"

这些人这么坏啊！

梁禄灵心中一惊，可是貌似还没有得到有关于李锐的片段信息。

"这个时候，李锐刚收拾好所有的书本准备回家的。"聂少弱弱地补充了一句。

原来，梁禄灵不在学校的消息告诉了李锐，李锐想了想，还是决定将自己的书都带回去。毕竟上面有很多自己的笔记，有很多跟梁禄灵在一起的记忆，就算今后两人再也不能相逢了，但是至少，有记忆，那段时间，彼此还很开心。

而正是因为聂少的这一个电话，让李锐过来取书回家的时候，李锐看到了这一幕。

当时湛稳拿着一把刀就这么朝着朱俊宏的肩膀砍了过来，读死书的朱俊宏哪里见过这样的场面啊，吓得只能紧紧地闭着眼睛，一动不动。说时迟，那时快，只见李锐扔下书包，推开朱俊宏，自己却结结实实地挨上了这一刀，当时就血流不止。

湛稳也没有想到李锐这个时候会突然出来，还替朱俊宏挨上这一刀，刚好这个时候刘星宇和聂少也过来了，湛稳也不好说什么，几个人就灰溜溜地跑了。

朱俊宏现在还在惊吓之中，他根本没有想到会发生这样的事情，更没有想到这个时候李锐会帮自己挡下这一刀。呆立中的朱俊宏几乎是流着泪的问李锐为什么。

李锐只是虚弱地眨了眨眼，说了句："因为我们是兄弟!"

听到这里的梁禄灵，再一次泣不成声了，这傻瓜，这混蛋，怎么就这么笨啊！

也就在这个时候，手术室的门缓缓地推开了……

第三十五章

血 缘 无 罪

等了许久，急症室的门终于推了开来，众人赶忙围了上去。

"请问谁是病人家属？"医生有些急地问道。

"我。"几乎是同一时间，梁禄灵跟邱大嫂同时应答，众人一愣，梁禄灵有些不好意思地低下了头。

"我是他娘，医生，我家孩儿他怎么样了啊？他可不能有事啊！"邱大嫂双手拖着医生的手臂，老泪纵横地说道。

"您先别急，我们一定会尽力的，只是这孩子失血太多，我们急需采血，但是这孩子血型特殊，RH 阴性血，我们库存的不够，请问你是什么血型啊？"医生有些着急地问道，看来情况刻不容缓。

"可我是 A 型血啊。"

邱大嫂脸色顿时黯然，真没有想到，这孩子居然是这么罕见的血型，这可怎么办啊？

"先用我的吧，我是 RH 阴性血。"梁禄灵撸起自己右手的袖子，慌忙说道，生怕耽误了李锐的治疗。

谁知医生皱了下眉头说道："就你一个人？不行，你还没有18岁吧，光有你一个人的不够。"

梁禄灵忍不住的啊了一声，一个人的血不够？那怎么办？

"这孩子的父亲呢？他的血型应该也应该是RH阴性血吧。"医生让旁边的护士带着梁禄灵先去采血，看情况再说。

"可是……"

邱大嫂满脸为难，不知如何是好。

感觉到事态的严重性，梁禄灵也不好意思再犹豫什么，不过现在还不是说的时候。

"伯母，你先别担心，会有办法的，我认识一个人呢，他应该也是RH阴性血的，我跟他联系下问问。"梁禄灵安慰着邱大嫂说道。

"那你们尽快！"

医生说了一句就又进去了，留下了焦急的众人，不过众人的目光都聚焦到梁禄灵的身上，人命关天，容不得半点玩笑啊。

梁禄灵安慰了邱大嫂几句，就跟着医护人员下去采血了。采血前还跟李宏权通了电话，果然不出所料，李宏权的血型也是RH阴性血，看来李锐这次有救了。

一听孩子出了这么大的事情，李宏权可是没有半点停歇，赶忙地开车直奔GS市。

得知李宏权正在路上的梁禄灵心里稍微安定了一些，接下来的事情，就看李锐能不能熬过了。

不过，事情并没有这么简单。

梁禄灵前前后后总共献了两次血，感觉头有点晕了，不过李锐那边还没有情况，所有人都在焦急地等待着。

这个时候梁禄灵的电话响了，紧接着众人面前就出现了一个神秘男人。不过他神情有些疲惫，而且还有些慌张，衣衫也被汗水湿透了，气喘吁吁的他肯定是跑上来的。

"你怎么在这里？"这个男人的出现，让邱大嫂很警惕地问道，这个男人自己怎么可能不认识，就是当年的那个他啊！

不过，时隔多年，再见面，却是如此的冷淡。

"我听说儿子出事了，这不，我就赶来了，情况怎么样？需要多少血？赶紧抽我的吧。"男子一进来就说神情慌张地说道，也没有跟眼前的这个女人唠嗑叙旧，看来俩人有过相逢。

"走，他不是你儿子，这里没有你的儿子。"

邱大嫂赶忙地推着男子往外走，这里根本就不应该有他的存在。虽然很纳闷这个男人怎么会出现在这里，但是毕竟这里不该是他出现的地方。

见此状况，聂少很识趣地拉着朱俊宏等人离开，只有梁禄灵留在当场。也只有她，在这里有着存在的理由。

"伯母，您也别急着这样做啊，伯父也是为了李锐着想啊，您想想看，现在李锐还在里面，生死未卜，而且急需 RH 阴性血，伯父刚好是 RH 阴性血，刚好可以帮上忙。您这样撵他走了，谁来给李锐献血啊，您不看在他的面子上，也要看在自己的儿子身上啊！"

梁禄灵有些虚弱地说道，自己献血献得有点多，头有点晕，说起话来还有气无力的。

"是你告诉他李锐需要输血？"

邱大嫂突然回过头来怒视着梁禄灵，这眼神让梁禄灵吓了一跳，真没有想到邱大嫂会这样极端，可能真的是爱之深，才会恨之切吧。

"我……"

梁禄灵不知道说些什么，现在的邱大嫂心急如焚加上伯父的刺激，恐怕真的要发疯了吧，梁禄灵不知道该怎么说。但是她知道，现在不该来刺激邱大嫂，要是邱大嫂再有个什么三长两短的话，真不知道李锐醒过来会怎么样。

"小芳，你别怪孩子，要不是孩子有生命危险，我也不至于这么不要脸地出现在这里，现在儿子的生命要紧，我们不能在这里吵架啊！"

李宏权有些无奈，但是他也能深深理解邱大嫂现在的悲痛心情。确实，自己曾经是那样的伤害过这个深爱过自己的女人，自己再次出现在她的面前，她何以能控制好自己的心情？

"不，他不是你的儿子，他是我的儿子，他跟你没有一丁点的关系，没有一丁点的关系，你听到了没？你走，你给我走啊！"

邱大嫂声嘶力竭地呼喊着，斥责着，"为什么，为什么你还要回来，你当年不是走得那么潇洒吗？不是走得那么义无反顾吗？那你现在干吗还要回来？这不是你的儿子，这是我的儿子！"邱大嫂的无奈和这么些年的委屈，和着自己的眼泪，一句句迸发出来，痛击在这个中年男子和梁禄灵的心里。

梁禄灵只能上前搀扶好这个早已经哭成泪人的伯母，伯父也在一旁泪水盈盈。

"伯母，你误会伯父他了，其实，这些年，他……"

梁禄灵刚想替男子说几句话，但是没有想到邱大嫂一下子推开梁禄灵说道："走，你们都走，我儿子不需要你们的怜悯，不需要你们的同情，他是我儿子，他是我儿子！"

梁禄灵虽然只是一个高中生，但是早熟的她完全能体会到邱大嫂内心的那股疼痛，但是为了李锐的安全，只能迎难而上了。

"伯母，我知道，您很心疼李锐，很在乎李锐，我是李锐的同桌，我们相处过整整 43 天，您知道吗？在这 43 天里面，几乎每一天，李锐都会跟我提一遍您，上次他还说您做的饭特别好吃，让我去您家吃一次，见识下您的手艺。可是，因为我有事，没有去成，后来因为一点矛盾，李锐就决心要退学了，我知道，无论是李锐想要去打工，还是决心好好学习，我想都是想让您放心。"

梁禄灵扶着邱大嫂慢慢地坐下，用一个讲故事的方法给邱大嫂说着。

"前段时间，我去老师办公室还书的时候，我看到伯父来找过李锐，当时还塞给李锐 1 万块钱，用作家用，您知道李锐当时是怎么做的吗？他居然把钱全部都砸在伯父的脸上，还骂着让伯父滚出自己的世界。"

梁禄灵说到这里，中年男子忍不住地叹了口气，而邱大嫂也止住了抽噎。这件事，李锐从来没有告诉自己，而李锐的做法也让邱大嫂吃了一惊，虽然这孩子的做法让自己舒心，可是也不至于让自己的父亲滚吧。但是至少邱大嫂安心了许多，这孩子不会跟着有钱的老爸跑了，还是很有孝心的。

"伯母，我知道，您也同样爱着您的儿子，虽然我不知道你们两人有什么恩恩怨怨，但是毕竟血缘是无罪的，不是吗？"见邱大嫂神情略微的放松，梁禄灵继续动之以情，晓之以理地说道。

"我想，如果李锐要是不在了，您一定会很伤心，毕竟这是您一手带大的孩子啊，您还没有看他成家立业，您还没有给他照看孩子呢啊！"

不得不说，梁禄灵在劝人这方面确实有一手，这样的场景一直是邱大嫂梦寐以求的事情，自己最大的盼头就是孩子长大成人，然后成家立业，这一生也就有盼头了。

一旁的李宏权也是微微一愣，他没有想到，这个小丫头片子也这么会说，一时间也对她说的可以帮自己一家团聚的话，增加了些许信心。

"伯母，我知道您很恨伯父，可是孩子毕竟是无辜的，父辈的恩恩怨怨，李锐是无罪的，当务之急，是先把李锐救活过来啊！"梁禄灵动情地说道，同时也给李宏权使了使眼色。

李宏权经商这么多年，这么点眼色自然看得出来，见邱大嫂一副泪人的模样，他低下身子，压低声音地说道："是啊，小芳，你不原谅我我能接受，可是咱不能拿孩子的生命开玩笑啊，有什么事，咱们等孩子度过危险再说，好吗？"

或许是被梁禄灵的话给说动了，或许是真的担心李锐的生命安全，邱大嫂只能屈服了。

"要我答应也可以，不过你必须答应我一个条件，否则我宁可跟儿子一起死，也决不让你救儿子！"

第三十六章
拉钩钩的誓言

"你说，只要能救儿子，什么条件我都答应。"李宏权慌忙地说道，
生怕自己的一丝迟疑会让眼前的这个女人改变主意，自己只是一个赎罪
者，只能奢求眼前她的原谅。

邱大嫂顿了顿，闭上眼，有些痛苦地说道："捐完血，你就离开我们
母子俩，别再来打扰我们娘俩的生活了！"

"啊？"

梁禄灵跟李宏权俱是一惊。虽然能够想到邱大嫂提出的要求没那么
简单，但是没有想到是如此的残忍和冷酷，听邱大嫂的意思，这是让李
锐父子俩今生别再见面啊！

梁禄灵站在一旁不知所措，或者说此时此刻的自己，不知道该说些
什么，因为面临抉择的不是自己，这毕竟是他们家的事情。

李宏权点燃了一支烟，使劲地吸了一口，几乎一口气吸完，然后沉
沉地吐了出来，仿佛做出了什么重大的决定一般："好，我答应你。"

说完这句话，李宏权头也没回地跟着医护人员走了出去，而就在他离开的一瞬间，邱大嫂就在梁禄灵的肩膀上痛哭出来，这个决定，她何尝不心痛！

这又何苦呢？彼此深爱，却又彼此伤害！

梁禄灵轻轻拍着邱大嫂的肩膀，深深地叹了一口气，还真是家家有本难念的经。

有了李宏权的 RH 阴性血的补充，李锐总算是度过了危险期，转移到了重症看护病房，医疗费都是李宏权结的。

李宏权献完血就没有再出现在众人的面前，谁也不知道他去了哪里。虽然邱大嫂什么也没说，但是梁禄灵却从她那有些灰暗的瞳孔里面看到了些许失落，或许，跟某个人有关吧。

过了几天，李锐才从重症看护病房转到普通病房。梁禄灵还专门抽时间去了一趟 GS 市第一人民医院，李锐的父亲还挺周到的，就算是普通病房，李锐住的也是单人间。当然，李锐并不知道自己手术的这段时间自己的父亲来过，这些都是邱大嫂要求的。

"你来干什么？"

没有些许的神采，瞳孔中依旧是茫然，李锐的病好像不在身体上，更像是在心里，而那里的伤却是最难痊愈的。

"我来看看你的伤怎么样了。"

梁禄灵拎着一个保温桶放在李锐的床头柜上，看着李锐肩膀上绑着那么长的白布绷带，梁禄灵有些心疼不已，但是却又不能表现出来。

"你不是不管我了吗？我是死是活跟你一点关系都没有，你走吧，我不想打扰你，你很忙，我知道的。"

也不知道李锐说的哪门子的气话，也不去看梁禄灵一眼，尽管她今天打扮得很漂亮，很惹人注目。

没想到李锐会这样说，梁禄灵忍不住眉头微微一皱，不过瞬即舒展开来："我知道，你恨我，可是，你就不能考虑到我的感受吗？我是一个女孩子，我承认，我是把面子看得比较重。可是，我也希望你能站在我的角度想问题，我身处那样的一个家庭环境，我是不能这么早谈恋爱的，虽然，我……"

梁禄灵的话说到一半就戛然而止了，并没有接着说下去，可是这话，意思已经很明显了。

"虽然什么？虽然你想要男孩子的玩具，虽然你要考到很远的地方去？"李锐有些滞愣地说道，这些都是梁禄灵的梦想，都是梁禄灵想要做的事情，而在她的心里，却没有自己的立足之地。

梁禄灵一愣，这小子是真白痴还是装白痴啊，这么简单的事情还要自己怎么说啊！

不过梁禄灵还是没有去计较，上次回到教室的时候，她在自己的抽屉里面居然看到了李锐留给自己的一个小盒子，里面居然放着一把小气枪和一个小陀螺。当时梁禄灵就感动得泪水直流，其实，自己真的是一个很容易被感动的人，而李锐这家伙无疑让自己感动得太多，这几天自己流的泪水简直比这几年加起来的都多。

"唉，这事都过去了，你也知道的，你看，我今天还是给你带来我特制的农家小炒饭，你上次吃的肯定不过瘾吧，这次我做了两人份的哦！"

梁禄灵把那个粉色的保温桶拿过来，李锐却看都没看地说道："我没胃口，你拿回去吃吧，我可怕别人再说什么闲话。"

李锐这家伙，冷起来还真要命，要不是梁禄灵知道这家伙的偏脾气，按照自己的小姐脾气来，才懒得管这个家伙呢。

"好吧，对不起，上次是我不好，你看，我这次不是给你赔礼道歉来了吗？其实，上次我说对你没感觉，是不对的，我……"

说到这里，梁禄灵不自觉地低下了脑袋，脸蛋上浮现两坨红晕，分外好看。

本来生无可恋的李锐一听这话，顿时来了精神，慌忙地转过身来问道："那你的意思是，你还是有点喜欢我的？"

梁禄灵知道这个时候不能开玩笑，更不能隐瞒自己心里的想法，只能羞涩地点了点头。

"太好了！真的是太好了！"

李锐一下子从床上跳了起来，却没注意自己还带着伤，一下子疼得呲牙咧嘴的。

"小心啊，你看你，一高兴就忘乎所以了。"

梁禄灵将李锐扶着躺下，关切地问道："怎么样，还疼不疼？要不要叫医生过来看看？"

李锐连忙把头摇得跟拨浪鼓一样："不疼不疼，我才不要那个四眼进来打扰我俩的好事呢！"

"去你的，尽瞎说！"

梁禄灵拍了拍李锐的肩膀，有些嗔怒道，不过李锐疼的一哆嗦，却让梁禄灵忍不住的将手放在绷带上面："对不起，我不是故意的！"

"你要是故意的就好了！"

李锐调皮地将自己的手反扣住梁禄灵的小手，这双手，李锐很早以前就很渴望去握着了，只是一直没有胆量，但是这一次，梁禄灵并没有拒绝，只是脸上有些红红的。

"好了吧，够了吧！"

梁禄灵将自己的手抽了回来，刚才自己的手被李锐那双宽大的手给握着，自己的心居然怦怦地跳个不停，非但没有生出抵触的感觉，反而有些依恋，自己这是怎么了？

"没有，一辈子都不够呢！"李锐撒着娇说道。

不过梁禄灵可没去管这家伙，两个人也算是表露心迹了。梁禄灵知道，李锐管朱俊宏这事，其实也是在帮自己，因为李锐好几次要找这个湛稳算账了，只是一直被梁禄灵给压着没让。

"李锐，我跟你说件事啊，你必须得答应我。"梁禄灵突然严肃地说道。

听到梁禄灵这口气，李锐自然知道这件事没有那么简单，收敛了一下，问道："什么事，你说！"

"你知道的，我家里人对我管得严，现在我是不可能谈恋爱的，所以……"说到这里，梁禄灵有些惆怅了。

"所以就不能在一起了吗?"李锐有些懊恼，难道自己就配不上她吗？不过细细想来，自己确实配不上梁禄灵，无论方方面面，一个天上，一个地下，简直就是霄壤之别。

感觉到李锐的失落，梁禄灵嫣然一笑地说道："那倒不是，所以，我们必要到大学才能做男女朋友，所以啊，你必须要考上跟我同一所大学!"

"啊?"

李锐一惊，也不知道李锐是在吃惊梁禄灵会这么说，还是在担心自己能不能跟梁禄灵上同一所大学。

"怎么? 你是对自己没信心呢，觉得自己没实力跟我上同一所大学，还是不够喜欢我啊?"梁禄灵俏皮地反问道。

"没，没，哈哈，这真的是太便宜我了，这可是你说的，不许再反悔，来，我们拉钩钩!"

李锐伸出自己的右手小手指，梁禄灵迟疑了一下，也伸出了自己葱白的小手指，俩人的小手指紧紧地勾连在一起。

"拉钩上吊，一百年，不许变!"

第三十七章

再见，高三！

　　谁也没有想到，在距离高考还有 17 天的时候，李锐终于再次回到了高三（6）班，而他的回归，班里的同学居然还专门为他搞了一个迎接晚会。毕竟李锐为兄弟扛下那一刀的事迹被传得神乎其神，几乎整个广场高中的人都知道了，而湛稳也受到了学校和派出所的双重惩罚。

　　有人欢喜有人忧，这个世界就是这样，不过对于李锐来说是喜忧参半，毕竟还有两天就要来的结业考试就让自己头疼不已了，自己跟李婉蕊的赌约还在那里呢，现在的自己成了学校的正面人物了，可谓是有头有脸的。如果自己真的顶着自己的裤衩围着学校跑一圈，那自己还不丢死人了！

　　所以，尽管只有两天，李锐还是抓紧每分每秒的时间复习着，争取在这次的结业考试里面再创新高。

　　不过说也奇怪，这次的结业考试，蔡灯跟朱俊宏两人缺考了一门英语，谁也不知道这俩家伙搞什么去了，不过正是因为蔡灯和朱俊宏有两

门课的缺考，这才让班级里面的排名发生了翻天覆地的变化，李锐成绩
排行第2，与梁禄灵相差20分。

看到这个成绩，朱俊宏显得比较淡然，哪怕是在暴跳如雷的灭绝师
叔那儿，朱俊宏也觉得无所谓。灭绝师叔的唠叨，跟李锐替自己挨的那
一刀相比，算什么？

只是苦了这个蔡灯，什么都要跟自己比，考完理综的上午，俩家伙
居然出去比喝酒，这不，下午的英语考试直接睡过去了，当然，这是不
是朱俊宏的阴谋不得而知，反正结业考试就这么过去了。

"这次考得不错，不过还得加把劲，高考快要到了！"

梁禄灵拿出一根棒棒糖放在李锐的桌子上，微笑着说道，照李锐这
样的状态，考上一所重点大学，应该没有什么问题。

"那当然，谁让我有你这么厉害的师父呢？"李锐撕掉糖衣，塞进嘴
里得瑟地说道。

李锐跟梁禄灵的关系怎么样，班里人都心知肚明，但是谁也没有明
说，毕竟这个节骨眼上，每个人都在为自己的梦想做出最后的努力，哪
还有工夫去管别人是不是真的在谈恋爱。

再加上上次张梦玲的造谣事件，现在班里基本上已经不再讨论这件
事了。就算真有其事，也没有人会去说些什么了，有些事情，知道不一
定要说。

至于跟李婉蕊的那个打赌，李锐也释然了，虽然自己赢了，但是也
没有真让李婉蕊给自己拎鞋跑一圈。到了这个时候，这些都不重要了，
现在的李锐已经不是当初的那个他了。

李锐一直觉得灭绝师叔很坏，尤其是对自己，从来没有一句夸赞的
话，但是灭绝师叔却没有把这件事告诉梁禄灵的父母。而且当梁禄灵的
父母打电话来询问自己女儿的学习情况以及同桌的时候，灭绝师叔居然

还撒了谎压了下来，这一点，李锐还是挺感激这个老师的。

看着黑板旁边的那张贴着脑清新广告的高考倒计时，所有人的心都揪成一团，10天，9天，8天……

"明天就是高考了，加油，我相信你！"

梁禄灵知道李锐需要听什么，而且毫不吝啬地鼓励道。

望着昔日大家吵吵闹闹却又夜以继日学习的教室，现在变得冷冷清清的，而且贴上了高考第78考场的纸条，李锐感叹了一下："是啊，明天就要高考了，时间过得真快！"

"好了啦，别感叹了，今天回去好好休息一下，明天好好考！"梁禄灵拍了一下李锐的肩膀，这个时候，就别在这儿感叹唏嘘了。

李锐再看了一眼那个教室，那个位置，驻足了3秒，这才跟梁禄灵告别："你也是，别忘了我们的约定！"

"知道啦！"

梁禄灵脸红着跑开了，明天这小子就要上考场了。之后就可以告诉他关于他父亲的事情了，一想到李锐能跟父亲相认的场景，梁禄灵就脸颊发热。

"咦，你们怎么也在这儿？"

李锐离开教学楼，信步在教学楼畔的那排梧桐树下，却发现那儿站着熟悉的老同学，聂少、小猪、小牛、张梦玲、曾露、蔡灯，还有汪亦娟……

"你不也来了？快来坐坐吧，跟我们的学校道个别吧！"张梦玲挥了挥手，示意李锐过来。

此时正是夕阳西下，前面有一个小池塘，里面有些小金鱼在游动。夕阳的余晖洒在上面，一片金黄，偶尔一阵微风拂过，发黄的梧桐树叶就纷纷而下，飘落在众人的头上，肩上，脚上，也有些许滑落到池塘里，荡漾起阵阵涟漪……

"突然发现我们学校好美!"李锐不由自主地感叹道,可能是以前自己从来没有融进这个学校吧。当真正要离开的时候,才发现,自己有这么的舍不得,哪怕是昔日的一间教室,一条小路,一片池塘,甚至是一片树叶,现在都有些深深地留恋。

"是啊,时间过得真快,不知不觉,我们就已经结束了我们的高三生涯,唉,现在想来,高三苦是苦了点,可是还蛮有意义的!"说话的是曾露。

自从上次的事件之后,曾露就跟湛稳撇清关系了,现在的她也变得乐观了不少,而且真正地融入了这个集体。

一群少年,穿着五颜六色的衣服坐在池塘边的大石头上,晃着脚丫子,微风吹动着他们的头发,在粼粼波光的倒影里,见证着此时此刻,属于他们的高三,以及他们的青春。

这一刻,学校是静谧的,因为高一高二的同学们,已经欢快地回家休假去了,高考这件事,自然轮不到他们担心,毕竟这是高三学长的事情,而他们,某一年,也会面对同样的事情。

谁也没有说话,都静静地感受着这最后的宁静,大家都很清楚,这一次相会,可能就是最后一次聚首了,毕竟高考之后,每个人都各奔东西去了,天涯海北,可能就是一辈子了。

"对了,你们跟我来!"李锐突然抽风一样带着大家来到一棵百年梧桐树下,拿出一个小刀。

"这可是校树啊,你怎么可以在上面乱画?"汪亦娟有些震惊地说道,这家伙居然在校树上面刻画,还是那么胆大妄为。

"没有乱画啊,我只是留下了自己来过这所学校的痕迹而已,让这个痕迹,伴随这棵校树一起被记忆,说不定将来的哪一天,回到这个学校的我们，还可以看到这棵树上我们留下的痕迹呢？你们谁来？"李锐微笑着举起自己手中的小刀。

"我来！"大家还在犹豫的时候，聂少的声音就响了起来，身为四小天王的头儿，他怎能不支持一下呢？再说，自己也正有此意。

紧接着，朱俊宏、刘星宇也跟着刻了自己的名字，或许在这4个人的感染下，张梦玲、曾露等人也陆陆续续地将自己的名字刻了上去，还有汪亦娟。

这棵梧桐树，会一直存在下去吧？

所有人都仰望着这棵高大的梧桐树，高中的青春，就在这里，告一段落了。

再见，高三！

第三十八章
梦 落 厦 大

高考的节奏总是那么明快的，一连两天，牵动着全国考生家长的心，也牵动着无数考生们的心。

李锐自己都忘了自己是怎么走出高考考场的，自己会做的、不会做的，都写了上去。虽然不知道这份考卷是不是自己最满意的，但是绝对是自己写得最认真的。一切，都要等考试成绩宣布的那一天，也只有那一天，才会尘埃落定，才会决定一切。

好不容易考完了，聂少自然要请大家出来好好放松一下，但是李锐却没有参加，因为他还有更重要的事情，说好的，陪梁禄灵去三潭玩。

这一次不是集体春游，而是两个人的旅游，不是群体的发泄，而是两个人的怡情，这样的机会，李锐自然不肯错过。

三潭是 GS 市最著名的景点之一，与中华山相比，三潭更注重的是水，而不是山，这里山环水绕，景色怡然，而且还是盛夏之时最佳的避暑胜地，不过，应该没有人会在景点久住吧。

一大早李锐就跟梁禄灵俩人约好出门，去三潭的路并不远，1个小时的车程就到了，俩人出发比较早，到达三潭的时候，景区的人并不多，这样更好，更清净一些。

三潭的绿化相当的好，山上的树木种类繁多，各种鸟类层出不穷，越往深处走，越有一种走近原始的感觉，这种自然环境是梁禄灵最喜欢的了。

虽然三潭的山不高，但是地形崎岖，山路难走，走了不到3个小时，梁禄灵就嚷着脚疼，没办法，李锐只能找个有水的地方，休憩一会儿。

看着旁边的水潭，李锐和梁禄灵忍不住地同时脸红。上次在中华山的时候，梁禄灵还在水潭里捞起过这家伙，真没有想到，这么壮实的家伙居然是个旱鸭子，连个泳都不会游，真的白长这么大了。

"小灵子，到大学去了，教我游泳好不好？"李锐看着水潭的水有些畏惧地说道，自己从小就不会水。

"好啊，可是前提是你要跟我考上同一所大学啊！"梁禄灵笑着说道，看这家伙有些胸有成竹的样子，梁禄灵不禁有些好笑。

"嗯，那当然，一定会的。"李锐看了一眼梁禄灵说道。

"对了，李锐，你想上哪所大学？"梁禄灵突然想到这个问题问道。

"哪所大学？"

李锐也是一愣，虽然自己说要考上跟梁禄灵一样的大学，可是自己并不知道梁禄灵要考哪一所大学，其实自己根本就没有想过自己能上大学的，更别说自己想要去哪所大学了。

"不知道，没有想过，反正你去哪所大学，我就去哪所大学了。"

"那你想知道我去哪所大学吗？"望着前面盛开的那些不知名的野花，梁禄灵的心神早就不知道飞到哪个地方去了。

一听梁禄灵要告诉自己她心仪的大学，李锐赶紧竖起耳朵来，问道：

"哪所啊？"

"厦门大学。"梁禄灵很是慎重地说道，仿佛在缓缓地道出一个不曾对外人说过的秘密，这个学校确实是一个秘密，如果让对自己期望很深的爸妈知道自己想要去这么远的学校一定会不乐意、不同意的。

"为什么去这个学校呢？"

李锐有些不理解，厦门大学还是自己第一次听，知道地图上好像有厦门这个地点。厦门大学应该就是厦门当地的一所大学吧，应该没什么特别好的地方吧。

"因为那个学校很漂亮啊！你不知道，厦门是个滨海城市，我特别想要去看海。虽然看过不少次，而且厦大有很多漂亮的景点，我喜欢它那儿的芙蓉湖，以及上面的黑天鹅，如果有阳光的话，它们会成群结队的在那儿山太阳，有风起来的时候，他们还会成群结队的飞翔，那场面应该很美吧，还有白城沙滩，我也很想去！"

梁禄灵一边描述着厦大的美，一边陶醉其中，让李锐都看得有些呆。

"那我们就去那个地方吧，去看那个黑天鹅。"梁禄灵说的让李锐都心动了。

"可是，我们还不知道成绩呢。"梁禄灵有些担心地说道，也不知道她担心的是自己的成绩还是李锐的成绩。其实李锐能这样说梁禄灵已经很开心了，毕竟李锐愿意跟自己去这么一个学校。

"放心，我们一定能去的！"李锐环抱着梁禄灵，让她依偎在自己的身上，看着眼前的那潭清水，仿佛已经回到了厦大的那个芙蓉湖畔。

高考那段时间并不是最难熬的，最难熬的时间就是等待成绩的那些天，好不容易挨到了 6 月 23 号，李锐查了下自己的成绩，还不错，发挥正常，比厦大的录取分数线高 10 分，去厦大完全没有问题。

从电话那边，李锐得知梁禄灵的分数也没有问题，两人就准备填写志愿，报考这个厦门大学了。不管哪个专业，至少俩人能去同一个大学，这件事，实在是太美妙了。

其实，直到李锐拿到成绩的那一天，他还不敢相信这会是自己的分数，这真的是老天爷肯帮忙。让这个本来连大学都上不了的家伙考上了这么好的学校，这无疑给邱大嫂脸上增光不少，为此，邱大嫂还难得的放了一次鞭炮。

不过，就在填写志愿的前一天，李锐接到了一个电话。

"喂，您好，有事吗？"李锐的语气很温和，里面还透露着喜悦，毕竟自己即将可以跟梁禄灵在一起了，还有什么事情能比这个更让自己兴奋的呢？

梁禄灵的那姿色，去厦大了也绝对是校花级别的存在了，有这样一个女朋友，绝对有面子。

"你是李锐吧，我是梁禄灵他父亲。"

电话那边是一个中年男子的声音，语气有些低沉，有些说不清楚的意味。

"嗯，我是，伯父，您找我有什么事啊？"李锐有些疑惑地问道，难到梁禄灵这么早就跟他父亲说了？这家伙，怎么这么沉不住气呢？不过李锐也打心眼里高兴，反正这件事伯父迟早要知道的。

不过，对方接下来的话可没让李锐高兴起来。

"我希望你能离开我女儿，越远越好。"对方突然说了这么一句话，让李锐吃惊不小。

"为什么？"李锐的表情僵硬在那里，真的没有想到，梁禄灵的父亲会这样对自己说。

"你也年纪不小了，我跟你实话说吧，我家就灵儿她一个，做父亲的我自然希望她能嫁给一个能给她幸福的人，我这么说你明白了吗？"电话那端的话，说得比较委婉。

"伯父，我是真心喜欢小灵子的，我会给他幸福的。"李锐有些急了，他好怕有人从自己的身边将梁禄灵抢走。可是，自己又确实没有足够的资本去留住她，准确来说，留住她父母的心。

"孩子，我知道，但是我希望你也看清楚自己的家庭条件。灵儿的分数很高，可是她一直想去厦大，这一点我和他妈从了她，可是女儿感情的事情，我们不能掉以轻心，虽说你的分数也够上厦大的，可是你想过没有，你付得起厦大的费用吗？你每年的学费都欠了不少，你还怎么负担得起大学的学费？难到你想让你妈更加拼命地卖菜为你赚钱上学谈恋爱吗？"电话那边的声音很低沉，李锐却听的句句震撼心灵。

不错，自己只想着自己跟梁禄灵在一起，却没有想到自己有没有那个资格跟梁禄灵在一起。

"孩子，我知道你喜欢我家的灵儿，可是她有她自己的生活，你也有你的日子要过，这样吧，我这里有 10 万块钱，只要你肯离开灵儿，我这钱就当作捐助给你的上学费用了。"电话那端的声音有些轻蔑，李锐听得分明。

"伯父，我知道您的意思了，您放心，我不会再去烦她的，您让她多保重，好好照顾自己，这 10 万块钱您就自己留着吧，我还有事，我就先挂了哈！"

李锐也不知道自己是怎么挂掉电话，然后捽上门捂在被窝里面哭的稀里糊涂的。他只是觉得这个世界好残酷，真的好残酷，为什么就在自己以为幸福就要来临的时候，却突然发生如此意外，人世间最痛苦的事情莫过于此了。

看来，这个厦大，今生注定与李锐无缘了。

第三十九章
一 个 礼 物

李锐怎么也没有想到，在填报志愿的前一天，居然接到梁禄灵父亲的电话，而且还是这样的电话，一时间，李锐心乱如麻。

哭了一宿，李锐终于下定决心的将梁禄灵送给自己所有的东西都收了起来，而且还删掉了梁禄灵的电话。

走出自己的房间，李锐仿佛下定了什么决心似的："妈，我不上大学了，明天就买票去广东。"

"你这是咋了，前几天不是好好地嚷着要上好大学吗？怎么突然间就说不上了啊？"邱大嫂刚还在做饭，听孩子突然这么说，有些诧异地问道。

"没什么，我就是不想去念书了，还是早点工作有好处，还能帮家里分担点压力，妈，我也不想您太辛苦了。"一想到昨晚那个人的话，李锐的心里就一阵酸意，自己确实不孝，怎么能让自己的母亲如此操劳，家里的什么情况，自己还不清楚。

"傻孩子，这有啥辛苦不辛苦的，你能考上这么好的大学，是你的福气，不读书，在社会上去哪儿都会被人欺负，您就听娘一句劝，上大学去好吗?"邱大嫂劝说道，现在孩子都这么大了，都可以自己决定了，如果李锐执意不上大学，邱大嫂自然也不能强迫他。

"妈，没事，我想好了，这大学我不上了，我要出去打工!"李锐红着眼跑出了这个小屋，邱大嫂跟出去的时候，这孩子就跑的没影了，这孩子，这么大了，还让自己操心。

映台山广场上。

"你真的决定了?"聂少点燃一支烟，深深地吸了一口然后吐了一个不算规整的烟圈出来说道。

他真没有搞懂，这小子考这么好居然不去上大学，白白浪费了这么一个名额，要是自己也能考这么好，就不用在这里学抽烟了。

"嗯，这件事你别再告诉梁禄灵了，我决定走了，就不会再回来了，你让她别找我了，我不值得她等。"李锐站在亭子里面眺望远处的高楼大厦，心中一阵酸过一阵。让自己放手，真的很难，或许逃避，真的是个很好的办法。

"是因为学费的事情吧。"聂少不愧是最懂李锐的，"你为什么不向他借钱，我想，他很乐意帮你。"

"我说了，别在我的面前提他!"李锐突然间吼道，倒是让聂少吃了一惊，过了这么久，李锐还是对这个人如此反感。

"可是这是你的幸福啊，你想，如果你们父子相认，你的身份绝对跟梁禄灵是门当户对，而且十分般配的啊，这可是你的终身大事，是你的幸福啊!"聂少劝解道，确实，他如此有钱，要是李锐认了他，所有的问题就迎刃而解了，李锐也能跟梁禄灵在一起了。

不过，没有想到的是，李锐转过身来推了聂少一把，骂道："你还是兄弟吗？我把我的幸福建立在我妈的痛苦上，那样我还是人吗我！别再跟我提他，否则我跟你绝交！"

聂少显然没有想到李锐的态度如此强硬，只能语气缓和地说道："好好好，我不提他就是了，不过你真的决定不读书了？你要是不想见她，也用不着不读书啊，你这么高的分数，选一个差一点的学校，去人家学校，老师给你奖金都够你学费和生活费了。"

李锐摇了摇头，神色有些凄然。

"其实，我真的没有想过自己能上大学的，我很有自知之明的。不过，是她改变了我的一生，让我获得了许多我以前从来没有获得过的东西。我很感激她，我这个大学，只想陪她一个人上，没有了她的大学，对我来说跟没了梦想的人一样，都没有意义。这一次，我想去一个远一点的地方，放松一下自己，然后给家里人分担下压力，我妈把我养这么大，也不容易，也是时候报答她了。"

李锐的话都说到这个份上了，聂少自然不好意思再说些什么了，只能唏嘘几句："唉，真不知道你们两个怎么回事，不过也没办法，造化弄人，既然你决定去了，兄弟我也不能拦着你，毕竟这是你自己的选择，去了就好好干，兄弟我等你干出一片天来！"

聂少伸出右手，李锐苦笑着将自己的手握了上去，两人的手紧紧地握着，这一别，不知又是何年何月。

"哥，你真的不告诉我他去哪儿了吗?"

电话这边，梁禄灵的眼睛肿肿的，声音有些沙哑，看来哭了好久。

"我说我的大妹妹啊，哥我都跟你说了多少遍了，不是我不告诉你他去哪儿了，是你哥我根本就不知道他去哪儿了，这段时间他人间蒸发了，我也联系不到他啊！"聂少有些于心不忍，但是想着李锐的话，确实，长痛不如短痛，既然这是李锐的选择，聂少也只能帮他这一次。

而且，聂少确实不知道李锐去哪儿了，因为李锐只说去南方，也不知道是南方的哪一座城市，也不知道什么时候出发。

"那你告诉我他家在哪儿？这个你一定知道！"梁禄灵抽泣了几声说道。当她失去了跟李锐的联系之后就一直闷闷不乐的，心急如焚的她怎么也联系不上这个混蛋，没想到这家伙突然就跟自己玩失踪。

失去李锐音讯的梁禄灵寝食难安，看着女儿日渐消瘦，母亲终于忍不住地告诉了梁禄灵让她别等了，因为李锐拿了他父亲给的 10 万块钱走了。

梁禄灵不相信自己在李锐那里比不上这小小的 10 万块钱，她一定要找到这个李锐，哪怕是掘地三尺也要找到，自己一定要找到一个说法。

"以前的地址我知道，可是房租到期了，他们换新家了，新地址我也不知道。"聂少有些为难地说道，这一次，自己是真的帮不到自己的这个妹妹了，看来李锐这一次，真的是要彻底地消失在梁禄灵的世界里了。

"那就没有其他的方法联系到他了吗？"梁禄灵近乎哭腔。

"对不起，哥这次真的帮不了你了。"聂少无奈的挂掉了电话，长叹一声。

梁禄灵不甘心，她不相信自己比不上 10 万块钱，她不相信李锐就这样的扔下自己，说好的一起去厦大呢，说好的做自己的男朋友呢？这些说好了的呢？

在整理那些跟李锐有关东西的时候，梁禄灵突然发现了那个本子，灵光一闪，或许，有个人知道。

寻着那张有些褶皱的名片上的号码，梁禄灵心里忐忑的拨了过去。

"喂，伯父，我是梁禄灵。"梁禄灵没有想到过去这么久了，这个电话还打得通，看来这个电话他一直没有换过。

"啊，怎么了？李锐他又出什么事了吗？"电话那边的他总是挂念着不认自己的儿子。

感觉有些心酸，有些无奈，梁禄灵急忙说道："没有，没有，他很好，伯父最近怎么样？"

试图为了缓解对方的紧张，梁禄灵故意岔开话题。

"我还行，这不是李锐他的生日快到了吗，我听你说他一直想要一双跑鞋，我今天特意去给他买了一双，准备让你帮我送过去的，我现在高速公路上，马上就要到了。"电话那边的声音有些激动。虽然自己不能见儿子，但是李宏权发现自己可以通过梁禄灵这层关系给儿子买很多的东西，而且绝大部分的东西，李锐都会很高兴地接受，梁禄灵也深深地感觉到这个父亲的无奈和悲哀。

可是李锐和邱大嫂那边对他一直是讳莫如深，自己的说服计划一直找不到机会，一拖再拖。

"其实这双鞋你可以买好了快递给我，然后我转交给他的啊，何必麻烦伯父亲自跑一趟呢？"梁禄灵有些不理解地说道。自己也准备了一份生日礼物给李锐这个家伙，但是没有想到这个家伙居然在这个节骨眼的时候给自己玩起失踪来了。

"不行，儿子生日，老爸不在场已经不好了，怎么还能在那么远的地方呢，你不知道吧，他们娘俩每年生日，我都在他们家附近，虽然不能陪着他们一起过，但是我都会在他们身边守着。这不，他们换了新住处，我还得去找一找。"

李宏权在电话那边缓缓地说道，声音不大，但是爱意深沉，让梁禄灵为之感动，不过让梁禄灵激动的是，他果然知道李锐娘俩的新住处。

"伯父，您知道李锐他们娘俩在哪儿吗？他们换了住处还没通知我，我这里有点东西要送过去。"梁禄灵小心翼翼地问道，尽量不要让对方察觉到自己的话语中有什么异样。

　　不过梁禄灵的担忧完全是多余的，李宏权早已经把梁禄灵看成自己人了："你等等，我写在一个纸片上，我找出来给你看看！"

　　"嗯，麻烦伯父了！"感觉到有希望找到李锐了，梁禄灵悬着的心终于可以放下来了。

　　可是没有想到的是，梁禄灵等待的不是李锐新住处的下落，而是刺耳的刹车声……

　　嘁……

　　而后就是一阵忙音。

第四十章

一扇门的距离

梁禄灵脸色惨白地走出医院，手里还拿着一张沾有血迹的纸片，上面写着：沙湾街 78 号，如此精确，连门牌号都标记了出来。

随手拦了一辆出租车，梁禄灵失魂落魄地向司机说了这张纸片上的地址，心却沉入了谷底。这一刻，她突然发现自己很害怕见到李锐母子俩，尤其是李锐的母亲，先前自己还是那样费尽心思地去找能联系到李锐的方式，可是此刻，却发现自己居然如此地害怕见到他们。

沙湾街 78 号，并不远，出租车只开了十二三分钟的样子就把车停了。不知什么时候，外面已经下起了大雨，梁禄灵没有带伞，只带了一个书包，给了司机 100 块钱也没要找零就这样离开了。

梁禄灵也不知道自己怎么找到这一户人家的，但是进去的时候，只看见了邱大嫂一个人，屋内大厅里面并没有见到李锐的身影。

"哎呀，丫头，这么晚你怎么到这儿来了，也没带伞，你看你衣服都淋湿了，快，快进来，我找身衣服给你换一下！"虽然邱大嫂也很好奇梁禄灵怎么找到这个地方的，但是这丫头淋的这么湿，感冒了可不好。

"伯母，对不起……"就在邱大嫂转身准备去找衣服的时候，梁禄灵扑通一声跪倒在地，哭哑着的声音说道。

"啊，丫头，你这是干吗啊，真是折煞我了，快起来，快站起来！"邱大嫂一见梁禄灵这样，慌忙地上前搀扶，可是梁禄灵说什么也不起来，而且哭得更凶了，眼泪簌簌地往下落。这么漂亮的一个女孩儿，哭得这么凶，让邱大嫂心里很不是个滋味。

"究竟是怎么回事嘛，丫头，你跟邱大嫂说，是不是我家那娃欺负你了？你跟我说，我一定替你出气！"邱大嫂胡乱猜测道，她也不知道为什么梁禄灵一进门就这样，这显然不是因为李锐的问题。

"不是，伯母，不是他，是他父亲，他……"

梁禄灵知道自己不该在邱大嫂面前再提那个人，可是再不提，就再也没有机会了。

"他？他怎么了？死了吗？"

不提这个人邱大嫂还没气，一提这个人，邱大嫂的气就不打一处来，直接背过身去说道。

"嗯，伯父他出车祸了，快要走了，呜呜……"

说到这里，梁禄灵更是泣不成声，真没想到会这样，真的没有想到会这样。

"什么？"邱大嫂一愣，一个没站稳，竟然坐到了地面上，"这，这究竟是怎么回事？他死不死关我什么、什么事？"邱大嫂几乎脸色苍白地说道，尽管自己想要极力去克制自己的情绪，但是没想到自己居然还是忍不住地脸色惨白一片。

"都怪我，都怪我，要不是我在他开车回来的路上给他打电话要你们的地址，他就不会去找小纸片，那样就不会发生车祸了，对不起，伯母，都是我的错，对不起……"梁禄灵哭得更伤心了，都是自己的错，都怪自己，要不是自己要什么李锐的地址，就不会发生这样的事情了。如果给梁禄灵一颗后悔药的话，她宁可让李锐消失在自己的世界里也决不能让这样的一个好父亲消失在这个世界里，可是，这个世界上没有后悔药，没有。

因为自己的一己私欲，居然害死一个这样善良的好人，梁禄灵无法原谅自己，更无法面对这样的邱大嫂一家人。

"他怎么会有我们的地址，啊?"也不知道是不是被梁禄灵这悲怆至极的氛围所感染，邱大嫂也忍不住地流出了泪水，这是多少年之后第一次流的泪水啊，邱大嫂自己都记不清楚了。只记得当初自己离家出走的时候就发过誓，自己选择的路，宁可流着血走完，也不流着泪求援。而现实中的她也一直是这样做的。

"看完这个，我想你就会明白了，而且，这也是伯父很早以前就托付给我，让我转交给你的。"梁禄灵将那张沾有血迹的纸片放在冰凉的瓷砖地板上，然后从自己的背包里面拿出一个方便袋装的包裹，方便袋都湿透了，但是里面的东西，却一点水都没有沾。

"这个是伯父给李锐准备的跑鞋，他知道李锐一直想要一双跑鞋，特意从武汉驱车赶回来，为的就是亲手把这双鞋交给我，然后让我转交给李锐，如果他不亲自来，也不会发生这样的事情，都怪我! 为什么我偏偏要在那个时候打电话!"梁禄灵一边责怪着自己，一边将那双崭新的乔丹篮球鞋放在一边。

"这个本子，是伯父写了十多年的日记，也是伯父最珍重的东西，他让我转交给你，可能他今后再也看不见了。"梁禄灵的每一个字句都非常的悲怆，眼泪早就混着雨水滴答下来了。

"虽然我不知道李锐他为什么躲着我，我也不相信他会为了区区的10万块钱就跟我断了来往，这里有封信，是我写给他的，如果他回来了，希望伯母您能转交给他。"梁禄灵把这三样东西拿出来之后，就向邱大嫂深深地鞠了一躬，说了声对不起，然后起身，准备离开。

"你去哪儿?"

邱大嫂的眼眶也红红的，她真的不知道自己该怎么办? 这一刻的她，发现自己真的好无助，好纠结，终于看到了自己期盼已久的事情，他终于遭到了报应。可是这一刻的她，却发现自己并没有想象中的那么开心，反而痛的无法呼吸。

"医院，我不想伯父走的时候，身边没有一个人陪着他……"梁禄灵头也不回地说道，虽然这个家里有两个人是医院里那个人的至亲。可是，在他最后的时刻里，居然没有人陪在他的身边，梁禄灵绝对不允许发生这样的事情。

梁禄灵走了，邱大嫂瘫软地坐在椅子上，李锐从房间里面走了出来，俩人无言以对，各自拾起其中的物什。

邱大嫂拿的是那本内页有些泛黄的日记本，上面用不同颜色的笔写的，字迹虽然有些潦草，但是并不难认。

1992年5月28日，我从来没有如此难受过，我不得不按照父亲说的去做。当我看到小芳那绝望的眼神的时候，我多么想要上去抱住她说这都是假的，可是我不能，我父亲的狠庚我是知道的，小芳是如此爱她父母，我决不能让自己的父亲伤害她的家人。小芳，对不起，都是我的错，我不该爱上你，更不该出现在你的世界里。

1995年10月15日，今天是我大喜的日子，可是我却一点都开心不起来。我这将来的妻子是父亲一手安排的，我在她的身上找不到一点爱情的滋味，可我却还要答应这门婚事，还要在外人面前咧开嘴笑。我好累，真的好累，小芳，你在哪里？你知道吗，在我心里，没有任何人比得上你。

1996年7月17日，可能真的是老天的报应，结婚一年多了，可是一直没有生育，父亲着急了，让我去检查，才发现自己已经不能生育了。父亲很着急，联系了很多国内外的专家医生给我看病，可是都不见好。我想我是一辈子都不能生育了，一辈子都不能当爸爸了，可能这就是老天对我的惩罚吧。小芳，你还记得吗？当初我跟你说的，我想跟你一起带着孩子去香港迪士尼乐园玩？还记得吗？我好想当爸爸，我好想有自己的孩子。你要是把孩子生下来，现在也有三四岁了吧，三四岁应该会叫爸爸，妈妈吧，小芳，我好想我们的孩子。

1997年6月13日，今天真的是一个开心的日子，小芳，你知道吗？我派出去的私家侦探终于找到你了，你知道吗？而且我还知道你带着我们的孩子，你知道吗？我好高兴，我好想去找你们，可是我怕我的突然出现会让你诧异，会让你嫌恶，我不敢去打扰你，只能在你旁边租下一个小屋。有空就去看看你，虽然你不知道，但是我一直都在，要是哪个流氓混蛋敢欺负你，我第一个就帮你出气。

看到这里，邱大嫂就忍不住地哭得泣不成声了。原来，这么些年来，并不是房东人好，十几年来不涨价，并不是人家看她娘俩可怜不收水电煤费，并不是因为她卖菜所以买菜便宜些，并不是运气好所以这么些年来都没有遇到过小偷、抢劫之类的事情发生。在这个日记本里，邱大嫂看到了太多太多，而这些的太多太多，自己却从来不曾看到，原来不知不觉，他已经在自己身边陪伴了十多年了。

想到这里，邱大嫂拿着那张沾有血迹的纸片，望着上面写有这个门牌号的文字，邱大嫂哭得更凶了，这是真的，都是真的，看来这么些年来，自己真的误会他了。

邱大嫂也没带伞，就消失在夜色当中。她要做的，不仅是去见上那个曾经自己深恶痛绝的坏男人的最后一面，更重要的是，要告诉他，自己原谅他了，这些话不说，恐怕是没有机会再说了。

而这一边，李锐也同样感动莫名。

这是梁禄灵写给自己的一封信：

混蛋李锐：

我不知道你看到这封信的时候我是不是已经一个人踏上了前往南方的火车。你这人真的很混蛋耶，说好的一起去厦大，你怎么就撇下我失踪了呢。

我不相信你会为了我爸的 10 万块钱离开我，我相信你不是这样的人，知道为什么吗？

因为你的善良。

还记得我们第一次在学校超市相遇的情景吗？那个时候我只知道你是我们班的，但是我并不认识你，对于一个外人，你肯这样帮我，慷慨解囊，让我很意外，也很感动。或许你不知道吧，正是因为这个原因，我才答应聂老师的调位，挨着你坐。后来你的表现也没有让我失望，你的善良只是被你深深地隐藏。

还有，因为你的勇敢。

当我从武汉回来的时候，得知你因为打架进医院的时候，我当时真的很生气，还以为你恶习不改，又犯事了。可是从我哥那里得知，你是替朱俊宏挨了那一刀，你真的很勇敢，也很有正义感。你知道吗？上一次我在班里被张梦玲骂的时候，好无助，好想有个人来帮我解围，可是没有，我很绝望，可在最后，我真的没有想到你会出现在我的面前，不仅帮我解围，而且还帮我澄清了事实，我真的很开心，对不起，当时的我，真的不该说那样的话伤你的心。我知道，你的勇敢，源于你内心的爱，对兄弟的爱，还有，对我的。

还有，因为你的拼搏。

虽然我知道你很努力，但是我真的没有想到你能如此拼命地去学，在相处的短短的几十天里，你让我看到了什么叫作奋斗出奇迹，你知道吗？你的事迹已经写进了广场高中的校史里面去了，你这家伙，真让人惊奇，怎么会有这么强大的潜力。

当然，还有很多，我这里就不一一列举了。我仅仅提到的这些，就这些品质对你来说，已经远远不是金钱所能衡量的了，更不是小小的10万元就可以收买的。

想到这里，我真的觉得我爸爸很好笑，他以为能用这个谎言来说服我，让我安心去上学。其实他错了，错得很离谱，因为我从始至终都不相信这件事，我只想见到你，听你告诉我这个故事的来龙去脉。

混蛋家伙，虽然我不知道你为什么躲着我，但是这绝对不是逃避事情的最好的最好办法，你还知道上次你逃避的事情吗？一个遇到事情就逃避的人，是一个不可能成大器的人，而你注定了是一个不平凡的人，我希望你能像个男人一样解决问题，而不是一味地逃避。

我不知道我们今生还能不能再见，我想有些事，不告诉你，就会是我一辈子的遗憾，因为，她是关于我们俩的记忆。

还记得吗，上次的中华山一游？

你不知道的是，那一次之后我就决定帮你一把，加上你在百日誓师大会上的那番痛彻心扉的演讲，更坚定了我的决心。我从来没有想过你这家伙口才也可以那么好。但是你不知道的是，李霆跟你势不两立的关系逼迫的我不得不做出选择，在你和她之间的选择，我到底该选谁呢？

一边是从小到大的闺蜜，而另一边，是一个蠢得一塌糊涂的你，我也不知道自己抽什么疯，居然选择了你这个遇到事就会逃避的家伙。否则，那天晚上，我想李霆也不会看我出糗而不管我吧。

还记得吗，上次的尼古虫事件？

我都不好意思说你了，你怎么就这么坏呢？汪亦娟是我的闺蜜，向来怕虫，你们却那样恶搞她，后来也把我牵扯进去了，知道吗？那次之后我家里人就知道你了，好几次都要求我换座位，甚至去找过聂老师，可是都被我压了下来，因为我相信，你是一个好孩子，事实证明，你也没有让我失望。

当然，还有一些你不知道的事情，我也想告诉你，否则可能再也没有机会了。

知道为什么你的学费不交为什么聂老师一直没催你，而你还傻傻地以为他忘了吗？你知道为什么你在学校这么坏，学校却一直没有找你谈话，你还以为是因为聂少的原因吗？你知道你这次打架中刀大出血，需要珍贵血型而血库不够你还能够活下来的原因吗？

不错，是他，他一直在你身边，以一个隐形人的存在呵护着你，照顾着这个陌生而又熟悉无比的家庭，而你却让他滚。

你知道为什么我给你的《男子戒律十八条》为什么没有写第十八条吗？

因为，我想让你做一个孝顺的人……

深爱你的，梁禄灵

看完这封信，李锐泪流满面地瘫坐在地上，那封信的下面，居然还有一份有些岁月的那张A4纸，一式两份，自己的那一份早就被撕得粉碎，只是这一份，在第十八条上用红笔，补上了一行话，一行让李锐无言以对的话……

医院的这一扇门，不知道隔绝过多少生离死别，也不知道隔绝了多少爱恨情仇。只是这一刻，隔绝了两代人，也同样，隔绝了一段曾经和现在刻骨铭心的爱情。

也不知道过了多久，这扇大门被缓缓推开……

番外

十年前，十年后

10 年后，GS 市云都大酒店。

10 年时间，跟人一样，这个城市发生了翻天覆地的变化，不过云都大酒店还在，而且已经跟国际社会接轨了。

"怎么李锐这货还没来啊，说好的 11 点钟集合，现在都 11 点半了。"酒席之上，一个矮胖矮胖的家伙摸着自己的肚子说到，估计是饿得不耐烦了。

"哎哟，我说程杨瑞，几年不见你又发福了，这是二胎了吧。"坐在这个胖子旁边的是一位打扮时髦的摩登女郎，说话还是那么犀利。

程杨瑞子承父业，干起经商这块了，这么些年来，捞了不少油水。

"我说你这个张梦玲，你嘴巴不恶毒一下会死啊！指不定这个梁禄灵又被你吓跑了！"程杨瑞也不甘示弱地说道。

张梦玲现在是一家银行的主管，典型的金领了。

"我看你俩也不用闹了，高中 3 年都没让你们闹够啊！"说话的是一个帅气的小伙，西装革履的，不过他那张脸细腻白皙，有点像女人的脸蛋，不用说，就是当年叱咤风云四小天王的头儿——聂少了。

"唉，跟你说多少遍了，吸烟不好，拿来我给你扔掉。"聂少旁边坐着一个身材高挑的女孩子，很是体贴地将聂少手里的烟拿走熄掉，聂少无奈地摇了摇头。

如果这个像小猫一样依偎在聂少身边的女孩不自我介绍的话，大家打死都不相信这个就是当年的高三（6）班一号风云人物霸王龙李霆了。

10年的时间，真的能让人变化如此之大，聂少如愿以偿地开了一家自己的公司，预计明年上市，而李霆则赋闲在家，帮着聂少处理家务。

至于聂少身边曾经出现的那个女孩，聂少不曾提起，大家也就不曾记忆起。毕竟，人世匆匆，谁都可能成为谁的匆匆过客，没有那么永恒不变的东西。

"哎哟，你俩还在那里秀亲热，我鸡皮疙瘩都掉了一地啰。"一旁衣着得体的女孩子有点看不过去了，此刻的她正挽着一个学士模样男人的臂弯，亲密度不亚于他人。

"我说你个死曾露，待会儿等汪亦娟来了，看我不让她收了你!"说话的是李霆，众人都有些吃惊地发现她的脸居然红了! 多么不可思议的景象，10年后，果然不同于10年前。

"好啦，你再这样说，我哥可要找个地洞钻下去了。"张梦玲打趣地说道，因为曾露旁边的那位已经脸红到脖子根了，他不是别人，正是当年的爆破专家，现在在国家实验室工作，待遇那就保密了。

10年前，谁也不知道，在李锐跟梁禄灵那件闹得满城风雨的高中恋情之下，掩盖着朱俊宏跟汪亦娟的丝丝情愫，只是造化弄人，世事无常。

"我看啊，那丫头是回不来了，她的梦想可是升职加薪，当上总经理，出任 CEO，迎娶高富帅，走上人生巅峰呢!"

正在大家诧异这么富有磁性的声音从哪里来的时候，只见包间的大门缓缓打开。走进一对年轻的情侣，男的一副墨镜，一身西装，步履矫健，气宇轩昂。女的则是旗袍修身，盘发为髻，好不动人心魄。

来的不是李锐和梁禄灵还能有谁？

当年李锐推开病房门不仅挽救了一个想要赎罪的父亲的生命，更挽留住了一场来之不易的爱情。

10年了，所有都变了，可是，所有却又都没有变。

巡视了一下，李锐有些黯然地说道："还有一个人呢？"

众人黯然，聂少有些尴尬地举起酒杯说道："他有事，走不开，让我跟你喝一杯，来！"

李锐有些诧异，可还是举起酒杯，这个时候其他同学都站了起来，为下一个10年干杯。

刘星宇因为在一次打架事件中失手将人打残，被判10年，而这个人就是当初砍伤李锐的那个他，本来聂少定在今天的同学宴也是给他的洗尘宴。只是他没来，留下了一张纸条，还是当年那个红笔字迹：祝你们幸福。